삼국지 1

도원(桃園)

삼국지 1
도원(桃園)

1판 1쇄 펴냄 2020년 2월 26일

원 작	나관중
편 저	요시카와 에이지
번 역	바른번역
출 간	하진석
출판사	코너스톤
주 소	서울시 마포구 독막로3길 51
전 화	02-518-3919
ISBN	979-11-87011-80-4 04830

삼국지

천하 패권을 다투는 영웅들

도원

차례

◆◆◆

서(序)

《삼국지》는 두말할 나위 없는 고전으로, 지금으로부터 약 1800년 전 이야기지만 등장인물들이 현재에도 중국 대륙 곳곳에서 활약하는 것처럼 생동감 넘치는 느낌을 준다. 실제로 중국 대륙에 건너가 현지에서 생활하는 다양한 서민과 주요 인사 등을 만나 부대끼다 보면,《삼국지》속 등장인물과 비슷한 점을 발견하는 경우가 종종 있다.

이처럼 《삼국지》에서 다룬 흥망치란(興亡治亂)의 이야기는 현대 중국에도 그대로 녹아 있으며, 다양한 작중 인물도 역사적 상황과 겉모습만 바뀌었을 뿐 오늘날까지 살아 숨 쉬고 있다 해도 과언이 아니다.

《삼국지》에는 시(詩)가 있다.

단순히 흥망치란을 방대하게 기술한 전기(戰記)나 군담(軍談)의 일종이 아니며, 여기에는 동양인의 피를 뜨겁게 하는 조화와 음악 그리고 색채가 고스란히 스며들어 있다.

《삼국지》에서 시를 빼놓는다면 세계적이라 불리는 위대한 구상의 가치도 매우 무미건조해질 것이다.

그러니《삼국지》의 내용을 부러 간략화하거나 초역(抄譯)한다면 중요한 시적인 분위기를 놓칠 수 있으며, 사람의 심금을 울리는 힘을 잃어버릴 우려가 크다.

그래서 간략화나 초역을 피하고 장편 집필에 적합한 신문 연재소설로써 이 작품을 썼다. 유현덕이라든지 조조, 관우, 장비 등 주요 인물에게는 나만의 해석과 창의를 덧붙여 저술하였다. 군데군데 원본에 없는 문장이나 대사는 내가 묘사한 것이다.

물론《삼국지》는 중국 역사에서 소재를 가져왔지만, 정사(正史)는 아니다. 그러나 역사에 기록된 인물을 교묘하고 자유롭게 끌어들여 활약하게 하고, 후한 제12대 영제의 시대(서기 168년경)부터 무제가 오(吳)를 멸망시킨 태강 원년까지 약 112년 동안의 긴 세월에 걸친 치란을 그려냈다. 웅대한 구상과 광활한 무대라는 측면에서 세계에 존재하는 어느 고전 소설에도 비할 바가 없다고 일컬어진다. 등장인물도 꼼꼼히 세어본다면 수천, 수만에 달할 것이다. 그뿐 아니라 중국 특유의 화려하고 호탕한 가락, 애잔하고 아름다운 정서, 비분강개한 문장, 과장과 환상의 정취, 탄복할 만한 열정으로 상세히 기술했으니, 독자는 100년 동안 지상에서 점멸한 수많은 인간의 성쇠와 문화의 흥망을 단 한 권으로 회상할 수 있으며 깊은 감동에 빠져들 것이라 장담한다.

관점에 따라서는《삼국지》를 민속 소설이라 볼 수도 있다. 《삼국지》에서 그려지는 인간의 애욕, 도덕, 종교, 생활 그리고 주요 소재인 전쟁과 군웅할거(群雄割據)의 양상은 그야말로 형형색색의 민속화고, 그 생동감 넘치는 모습은 천지를 무대로 웅장한 음악에 맞춰 연기하는 인류의 대연극과도 같다.

오늘날 쓰이는 지명과 원본에 쓰인 지명은 시대가 흐르면서 차이가 날 수밖에 없다. 그래서 명백하게 밝힐 수 있는 지역에는 주석을 달았지만, 알 수 없는 옛 지명도 상당수 있다. 등장인물의 작위와 관직 등 한자로 추측할 수 있는 명칭은 그대로 가져왔다. 현대어로 바꾸면 그 명칭이 지닌 특유의 색채와 감각을 잃어버리기 때문이다.

삼국지 원본으로는 《통속삼국지》, 《삼국지연의》 등 여러 종류가 있으나 그 어느 한쪽의 직역에 치우치지 않고 각각의 장점을 가려 뽑아 나만의 방식으로 썼다. 이 작품을 쓰며 소년 시절 구보 덴즈이(久保天隨)가 쓴 《연의삼국지》를 탐독하느라 밤늦도록 등잔 밑에 달라붙어 있다가 그만 자라며 아버지께 꾸중을 들었던 기억이 떠올랐다. 본래 《삼국지》만의 참맛을 알기 위해서는 원서를 읽는 게 가장 좋다. 하지만 요즘 독자들에게 그 과정은 견디기 어려운 일이며, 대중이 요구하는 목적과 의의와 다르므로 출판사의 희망에 따라 재개정하여 출간하기로 했음을 밝힌다.

요시카와 에이지

황건적

1

후한(後漢) 건녕(建寧) 원년 무렵. 지금으로부터 약 1780여 년 전 일이다.

한 나그네가 있었다.

허리에 칼을 한 자루 찼을 뿐 행색은 남루했으나, 눈썹은 빼어나고 입술은 붉었으며 특히 총기를 띤 눈과 두툼한 볼, 늘 미소를 머금은 것이 전체적으로 천한 구석이 없는 용모였다.

나이는 스물네댓 정도 되어 보였다.

나그네는 풀숲에 우두커니 앉아 무릎을 감싸고 있었다.

물은 유구히 흐르고,

산들바람은 상쾌하게 귓가의 머리털을 어루만졌다.

그야말로 서늘한 8월의 가을이다.

그곳은 황하(黃河) 부근에 있는 황토층이 얕은 기슭이다.

"어이!"

누군가 강에서 불렀다.

"거기 젊은이! 무얼 보고 있는 겐가? 아무리 기다려봤자 거긴 나룻배가 서지 않는다고."

조그마한 고깃배에서 어부가 소리쳤다.

청년은 미소 지으며 고개를 가볍게 숙였다.

"고맙습니다."

고깃배는 강 아래로 흘러갔다. 청년은 그 자리에 우두커니 앉아 있었다. 무릎을 감싸 쥐고 앉은 채 멀리 바라보는 시선을 움직이지 않았다.

"어이, 이보게 나그네!"

이번에는 뒤에서 지나가던 사람이 불렀다. 가까운 마을의 농사꾼일 터였다. 한 사람은 닭의 다리를 잡아 거꾸로 들고 있었고, 한 사람은 농기구를 짊어진 차림새였다.

"그런 데서 아침부터 무얼 기다리나? 근래 황건적인가 하는 못된 도둑들이 들끓으니 관리들한테 의심받기 쉽네."

청년은 뒤돌아서 점잖게 인사했다.

"예, 고맙습니다."

여전히 꿈쩍도 하지 않았다.

그러고는 몇천만 년이나 이렇게 흐르고 있었을 황하의 물을 줄곧 바라보았다.

'어째서 황하의 물은 이처럼 누런빛일까?'

둔치의 물을 자세히 들여다보니, 강물 자체가 누런 것이 아니라 숫돌을 가루로 빻은 듯한 누런 모래가 물속에서 춤을 추고 있어 탁해 보일 뿐이었다.

"아아…. 이 흙도…."

청년은 대지의 흙 한 줌을 손바닥으로 퍼 올렸다. 그러더니 눈을 아득한 서북쪽 하늘로 향했다.

중국의 대지를 이룬 것도, 황하의 물을 누렇게 만든 것도 모두 이 모래 알갱이다. 이 모래는 중앙아시아에 있는 사막에서 바람을 타고 날아왔다. 아직 인류의 삶이 시작되지도 않은 몇만 년 전 머나먼 옛날부터 끊임없이 날아와 쌓이고 쌓인 대지다. 그리고 이 넓은 황토와 황하의 강물이 되었다.

"내 선조도 이 강을 따라 내려와…."

나그네는 지금 자기 몸에서 맥이 뛰는 피가 어디에서 온 것인지, 그 깊은 뿌리를 상상했다.

중국을 개척한 한족(漢族)도 이 모래가 불어온 아시아의 산악을 넘어왔다. 황하의 흐름을 따라 점차 세가 불어나 묘족(苗族)이라는 미개인들을 내쫓은 후, 농토를 일구고 산업을 일으켜 이곳에 수천 년의 문화를 정착시켰다.

"선조시여, 굽어봐 주소서. 아니, 이 유비(劉備)를 다그쳐주십시오. 유비는 반드시 한의 백성을 부흥시키겠습니다. 한족의 피와 평화를 지키겠습니다."

하늘을 향해 맹세하듯 청년 유비는 허공을 우러러봤다.

그러자 바로 뒤에 누군가 우뚝 다가서더니 유비 머리 위에서 소리쳤다.

"수상한 녀석이로군. 네놈은 황건적 무리렷다?"

2

유비는 깜짝 놀라 누가 서 있는지 돌아보았다.

"어디에서 온 게냐!"

소리친 사람은 가차 없이 유비의 목덜미를 잡았다.

"…?"

살펴보니 가슴에 현(縣)의 표식을 단 것으로 보아 관리인 듯했다. 요즈음 세상이 뒤숭숭한 탓에 지방 말단 관리까지 죄다 평상시에 무장을 하고 다녔다. 두 사람 중 하나는 철궁을 가졌고, 다른 하나는 반월창을 끼고 있었다.

"저는 탁현(涿縣) 사람입니다."

"탁현이 어디냐?"

유비가 대답하자 곧 다그치며 물었다.

"탁현 누상촌(樓桑村, 오늘날 경광선의 북경北京과 보정保定 사이) 태생으로, 지금도 어머니와 함께 누상촌에 살고 있습니다."

"직업은?"

"돗자리를 짜거나 발을 만들어 팝니다."

"뭐야, 행상인인가?"

"그렇습니다."

"그런데…."

관리는 갑자기 더러운 물건에서 손을 떼듯 목덜미를 풀더니 유비가 허리춤에 찬 칼을 힐끗 쳐다봤다.

"이 칼은 황금 고리에 옥구슬까지 장식되어 있지 않은가. 돗자리 장사꾼에겐 과분한 칼이다. 어디서 훔쳤느냐?"

"이 칼은 아버지 유품입니다. 훔친 물건이 아닙니다."

솔직하면서도 늠름한 대답이었다. 관리는 유비의 눈을 보더니 황급히 시선을 옮겼다.

"그런데 말이야, 이런 데서 반나절이나 쭈그리고 앉아 도대체 뭘 보는 게지? 의심받아 마땅치 않으냐. 때마침 어젯밤 이 근처 마을에 황건적 무리가 쳐들어와 약탈하고 도망쳤으니 말이다. 보아하니 점잖은 게 도적은 아닌 듯싶으나 일단 수상히 여기고 볼 일이다."

"옳은 말씀입니다. 제가 기다리는 건 오늘쯤 강 하류로 내려온다고 들은 낙양선(洛陽船)입니다."

"하하, 피붙이라도 거기에 타고 오는 겐가?"

"아닙니다, 차(茶)를 구하고 싶어 기다리고 있었을 뿐입니다."

"차를?"

관리는 눈이 휘둥그레졌다.

관리들은 아직 차의 맛을 알지 못했다. 차라는 것은 빈사지경의 환자가 마시거나 상당한 귀인이 아니면 접할 수 없었기 때문이다. 그만큼 값이 비싸고 귀중하게 여겨지는 물건이다.

"차는 누가 마실 건가. 식솔 중에 환자라도 있나?"

"환자는 아닙니다만, 제 어머니가 차를 아주 좋아하십니다. 형편이 어려워 좀처럼 사드리기 힘들지만, 한두 해 벌어 모은 푼돈이 있어 이번 귀향길에 선물로 사 가려 합니다."

"흐음…. 기특할세. 나도 아들이 있다만 부모한테 차를 대접할 생각은커녕 그 모양 그 꼴이니."

두 관리는 얼굴을 마주 보며 그렇게 말하더니, 어느새 유비에 대한 의심이 풀렸는지 이야기를 주고받으며 물러갔다.

해가 서쪽으로 뉘엿뉘엿 넘어가고 있었다.

붉게 물든 저녁노을, 붉은 황하의 강물을 바라보며 유비는 또다시 생각에 잠겼다.

이윽고 배가 들어오는 길이다.

"어어, 배의 깃발이다. 낙양선이 틀림없어."

유비는 비로소 풀숲에서 일어섰다. 그러고 나서 이마에 손을 올린 채 상류 쪽을 멀리 내다보았다.

3

기울어가는 저녁 해를 등지고 느릿느릿 강을 내려오는 배의 까만 그림자가 서서히 눈앞으로 다가왔다.

일반 여객선이나 화물선과 달리 낙양선은 한눈에 알아볼 수 있었다. 무수히 많은 용설기(龍舌旗)가 돛대에서 휘날렸고, 선루에는 오색이 칠해져 돋보였다.

"어이!"

유비는 손을 흔들었다.

그러나 배는 한낱 유비에게는 눈길조차 주지 않고 나아갔다.

천천히 뱃머리를 돌리고 스르르 돛을 내려 황하의 흐름에 몸을 맡긴 채 그곳에서 훨씬 하류에 해당하는 연안에 멈춰 섰다.

100여 호 남짓한 강촌이 보였다.

오늘 낙양선을 기다린 사람은 유비만이 아니었다. 연안에는 많은 인파가 시끌벅적대며 한데 모여 있었다. 나귀를 끄는 거간꾼 무리며, 계거(鷄車)라 불리는 손수레에 그 고장의 실과 천을 실은 농사꾼, 고기와 과일을 상자에 싣고 기다리는 상인이며 이미 그곳에는 낙양선을 맞이하여 시장이 열리려는 참이었다.

여하튼 황하 상류에 있는 낙양은 오늘날 후한의 제12대 황제인 영제(靈帝)의 거성이 위치한 곳이다. 온갖 진귀한 물건과 문화의 정수가 대부분 낙양에서 생겨나 중국의 전 지역으로 퍼져나갔다.

몇 달에 한 번씩 진귀한 문물을 실은 낙양선이 이 지방에도 내려왔다. 그러면 연안의 작은 도시, 마을 등 장이 서는 곳에 배를 대고 교역했다.

이곳에서도 마찬가지였다.

해 질 무렵이 되자 무시무시하게 소란스럽고 어수선한 거래가 왕성하게 시작되었다.

유비는 그 떠들썩한 아우성과 사람들의 틈바구니에서 어찌할 바를 몰라 쩔쩔맸다. 자기가 사려는 차가 거간꾼 손에 들어가는 걸 염려하면서 말이다. 한번 상인의 손에 넘어가면 값이 다락같이 올라, 빈약한 주머니 사정으로는 도저히 살 수 없어지기 때문이다.

눈 깜짝할 사이에 거래는 끝나버렸다. 거간꾼도, 농사꾼도, 행상인도 삼삼오오 땅거미 속으로 사라져갔다.

유비는 낙양선 상인으로 보이는 남자를 발견하고 급히 곁으로 다가갔다.

"차를 팔아주십시오. 차를 사고 싶습니다."

"뭐? 차라고?"

낙양의 상인은 대범하게 유비를 돌아보았다.

"안타깝지만 자네한테 줄 만한 값싼 차는 없네. 찻잎 한 장당 값을 매기는 귀한 물건밖에 안 남았어."

"괜찮습니다. 많이 필요하진 않습니다."

"자네 차를 마셔본 적이 있는가? 지방 사람들이 이상한 잎을 끓여 마시는데, 그건 차가 아니야."

"예, 그 진짜 차를 제게 주십시오."

유비의 목소리는 절실했다.

차가 얼마나 귀하고 값이 비싼지 또 지방에서는 얼마나 구하기 힘든 것인지 누구보다 잘 아는 처지였다.

차 씨앗은 머나먼 열대국에서 극히 소량만이 건너와 주(周) 시대에 궁궐에서 은밀히 즐기게 되었다. 한제(漢帝) 대에 이르러서도 후궁의 다원에서 조금 가꾸거나 민간에 대단한 귀인의 사유지에서 드물게 재배되는 정도라고 들었다.

또 다른 설에 의하면, 하루에 백초를 맛보며 인간들에게 먹을 풀을 전수한 신농(神農, 중국의 전설상 제왕으로 의학과 농업을 관장하는 신 – 옮긴이)이 자주 독초를 핥았는데, 차를 구해 깨무니 즉시 해독되어 그 이후로 비밀리에 즐겼다는 이야기도 있었다.

사실이야 어떻든 유비의 신분으로 차를 구하려는 행동이 얼마나 무모한지는 자명했다.

그러나 유비의 절실한 표정과 성실함, 차를 사고자 하는 까닭을 설명하는 태도를 보더니 낙양의 상인도 마음이 움직였는지 이렇게 물었다.

"그럼 조금 나눠줘도 좋겠네. 실례지만 자네, 그만한 돈은 있는가?"

4

"있습니다."

유비는 품에서 가죽 주머니를 꺼내 은과 사금(砂金)을 섞어 상인의 양손에 미련 없이 건넸다.

"오…."

낙양의 상인은 손바닥 위의 무게를 헤아렸다.

"있기는 있군. 헌데 대부분 은이 아닌가. 이걸로는 좋은 차를 얼마 내줄 수 없네."

"조금이라도 좋습니다."

"그렇게나 사고 싶은가?"

"어머니께서 활짝 웃으며 기뻐하시는 모습을 보고 싶습니다."

"자네 직업은 뭔가?"

"돗자리와 발을 만들어 팝니다."

"그럼, 실례가 될지 모르나 묻지. 이만한 돈을 모으려면 힘들지 않은가?"

"2년 걸렸습니다. 제가 먹고 싶은 음식과 입고 싶은 옷은 삼가면서…."

"그렇게 말하니 더는 거절할 수 없군. 그래도 이 정도 은과 바꾸면 타산이 맞지 않네. 달리 뭐 없는가?"

"이것도 드리겠습니다."

유비는 칼자루 끈에 매달린 옥구슬을 풀어 내밀었다. 낙양의 상인은 옥구슬 따위 대수롭지 않다는 표정으로 보았지만, 곧 선실에서 작은 주석 항아리를 하나 가져와 유비에게 건넸다.

"좋네. 자네의 효심을 봐서 차와 바꿔주지."

황하는 어둑어둑해졌다. 서남쪽 하늘에 해괴한 고양이 눈처럼 큰 별이 반짝였다. 그 별빛을 자세히 보니 무지개색 무리가 확 타오르듯 비쳤다.

세상이 드디어 혼란스러워진다는 불길한 징조였다.

근래에 빈번히 나타나 세간 사람들이 두려워하는 별이었다.

"고맙습니다."

유비는 작은 주석 항아리를 양손에 든 채, 이윽고 연안을 떠나는 배의 그림자를 바라보았다. 벌써 어머니의 기뻐하는 얼굴이 눈에 아른거렸다.

허나 이곳에서 고향까지는 100리도 더 되었다. 며칠 밤을 밖에서 지새우고 지새워야 닿을 수 있는 거리였다.

"오늘 밤은 이만 자야겠다."

저 멀리 바라보니 작은 강촌에 빛이 두셋 깜빡였다. 유비는 마을 여인숙에 머물렀다.

자정 무렵.

여인숙 주인이 유비를 정신없이 깨웠다. 눈을 뜨니 문 앞이 온통 새빨갰다. 푹 찌는 듯한 뜨거운 열기 속에서 탁탁거리며 불타는 소리가 들렸다.

"앗, 불이 났습니까?"

"황건적이 쳐들어왔습니다, 나리. 낙양선과 거래한 거간꾼들이 오늘 밤 이곳에 머문 걸 노렸습니다."

"예? 도적이요?"

"나리도 거래하시지 않았습니까. 그놈들이 가장 먼저 노리는 건 오늘 여기서 머무는 거간꾼들입니다. 다음은 저희 차례지만. 어서 뒷문으로 달아나십시오."

유비는 얼른 칼을 찼다.

뒷문으로 빠져나와 보니 이미 근처는 다 타들어 가는 중이었다. 가축들은 괴이한 울음소리를 냈고, 여자와 아이들은 불길 아래에서 비명을 지르며 도망쳤다.

마치 대낮처럼 대지가 환했다.

자세히 들여다보니 사나운 귀신의 모습을 한 사람 그림자가 보였다. 창과 쇠몽둥이를 휘두르며, 도망치는 행객과 마을 사람들을 보이는 대로 마구 죽이고 있었다. 차마 눈 뜨고 볼 수 없는 지옥이 펼쳐져 있는 게 아닌가.

대낮이었다면 눈에 훤히 보였으리라. 그 악귀들은 하나같이 묶은 머리에 누런 두건을 매고 있을 것이다. '황건적'이라는 이름은 바로 이런 차림새에서 유래되었다. 본래는 중국의 가장 존귀한 색이어야 할 황토의 국색(國色)도 이제는 선량한 백성들을 공포에 떨게 하는 악귀의 상징으로 변했다.

5

"아, 참혹하다."

유비는 자기도 모르게 중얼거렸다.

"마침 내가 여기에 머문 건, 하늘을 대신하여 이 가엾은 백성들을 구하라는 뜻일지도 모른다…. 이놈 마귀 같은 짐승들!"

칼을 들어 대문을 박차고 뛰어나가려 했으나, 마음을 고쳐먹었다.

'어머니가 계시다. 내게는 나를 의지하고 살아가는 세상에 단 하나뿐인 어머니가 계시다.'

황건적 무리는 이 지방에만 있는 것도 아니다. 메뚜기처럼 온 천하에 떼를 지어 날뛰고 있다.

칼 하나의 용기로는 저 많은 도적을 해치우기 어렵다. 저 도적들을 해치운다 하더라도 천하는 구할 수 없다.

어머니를 슬프게 하며 도적들의 목숨과 내 목숨 하나를 바꾼다 한들 무슨 소용인가.

"그렇다. 오늘도 황하에서 하늘에 맹세하지 않았는가!"

유비는 눈을 감고 뒷문으로 빠져나온 뒤,

칠흑 같은 어둠 속을 가로질러 드디어 마을에서 떨어진 산어귀에 다다랐다.

"이쯤이면 됐겠지."

땀을 훔치고 돌아보니 다 타버린 마을이 아득한 광야 끝의 모닥불보다 작은 불씨로 보일 뿐이었다.

허공을 우러르며 흰 무지개 성운이 펼쳐진 우주와 비교해보니, 이 세상에 존재하는 산악의 거대함도, 황하의 아득함도, 중국 대륙의 위대한 광활함도 오히려 처량히 여겨질 만큼 미약한 존재에 불과했다.

하물며 인간의 미약함, 일개 나 한 사람 따위야, 유비는 자신의 무력함을 한탄했다.

"아니다, 그렇지 않다! 인간이 있은 연후에 우주가 존재하는 것이다. 인간이 없는 우주는 단지 허공일 뿐이다. 인간은 우주보다 위대하다!"

넋을 잃고 하늘을 향해 소리 질렀다.

옳소, 옳소.

뒤에서 누군가 말한 것 같아 돌아보았으나 사람 그림자는 보이지 않았다.

다만 숲 그늘에 공자묘 한 기(基)가 있었다.

유비는 가까이 다가간 뒤 사당을 향해 절했다.

"그렇다. 공자는 지금으로부터 700년 전 노(魯)나라(산동성山東省)에서 태어나 세상의 혼란을 바로잡고, 오늘날까지 인간의 마음속에 남아 영혼을 구제하고 있다. 인간의 위대함을 증명하신 분이다. 공자는 문(文)으로써 세상에 섰지만, 나는 무(武)로써 민중을 구하리라! 지금처럼 누런 마귀 짐승이 날뛰는 암흑의 세상에서는 문을 펼치기 전에 무로써 지상의 평화를 이룰 수밖에 없다!"

만감이 교차한 유비는 주변에 사람이 없는 줄로만 알고 사당을 향해 맹세하듯 저도 모르게 우렁찬 목소리로 외쳤다.

"우하하하하!"

"아하하하!"

사당 안에서 큰 소리로 웃는 자들이 있었다.

깜짝 놀라 일어서려 하니 사당 문을 박차고 별안간 표범처럼 튀어나온 남자가 유비의 뒷덜미를 움켜쥐었다.

"거기 멈춰라!"

동시에 몸집이 거대한 사내 하나가 사당에서 유비 눈앞으로 공자의 목상(木像)을 걷어차며 욕을 퍼부었다.

"바보 같은 녀석. 이런 물건이 네놈에게 고귀하더냐. 어디가 위대하냐!"

공자의 목상은 목이 부러져 제각기 나뒹굴었다.

6

유비는 두려움에 떨었다. 나쁜 작자에게 단단히 걸린 듯했다.

두 거대한 사내들을 보니 머리를 묶고 누런 두건을 맸으며, 몸에는 철갑옷, 다리에는 가죽 장화, 허리에는 큰 칼을 차고 있었다. 보나마나 황건적 패거리였다. 게다가 그 무리의 우두머리쯤 된다는 사실은 우락부락한 얼굴이나 복장만 봐도 바로 알 수 있었다.

"대방, 이 녀석을 어찌할까요?"

유비의 뒷덜미를 잡은 자가 다른 일행을 향해 묻자, 공자의 목상을 걷어찬 사내는 말했다.

"풀어줘도 좋다. 도망치면 바로 때려죽이면 그만이니 말이다. 내가 노려보는 앞에서 감히 도망칠 수나 있겠느냐?"

그러고는 사당 앞에 있는 돌덩이 위에 호기롭게 앉았다.

대방(大方), 중방(中方), 소방(小方)이란 말은 방사(方師)의 호칭으로 그 위계를 나타냈다. 황건적 무리에서는 부장(部將)을 가리켜 그렇게 불렀다.

그러나 총대장 장각은 달리 불렸다. 장각과 그의 두 아우도 특별히 존칭을 붙였다.

대현량사(大賢良師) 장각(張角).

천공장군(天公將軍) 장량(張梁).

지공장군(地公將軍) 장보(張寶).

그 밑에 대방, 중방으로 불리는 부장이 조직되어 있다.

지금 유비 앞에 앉아 있는 사내는 장각의 부하 마원의(馬元義)라는 황건적의 우두머리 중 하나였다.

"어이, 감홍(甘洪)!"

부하 감홍이 아직도 경계하는 모습을 보이자 마원의는 턱으로 유비를 가리켰다.

"그 녀석을 좀 더 앞으로 끌고 와. 그래, 내 앞으로."

유비는 감홍에게 목덜미를 잡힌 채 끌려가 마원의의 발밑에 꿇어앉았다.

"이봐, 시골뜨기."

마원의는 노려보며 말했다.

"네놈은 지금 공자묘를 향해 당치도 않은 맹세를 했다만, 대체 정신이 있는 놈이냐, 없는 놈이냐?"

"예."

"예로 끝날 것 같으냐. 누런 마귀 짐승을 무찌른다는 둥 어쩌겠다는 둥 지껄였는데, 누런 마귀는 누구며 짐승은 무얼 가리키는 게냐."

"별다른 의미는 없습니다."

"의미 없는 말을 혼자 지껄일 리 없다."

"산길이 황량해서 두려움을 잊고자 엉뚱한 소리를 내며 걸었습니다."

"틀림없느냐?"

"예."

"헌데 어디까지 가느냐? 이 깊은 밤에."

"탁현까지 갑니다."

"아직 갈 길이 멀군. 우리도 날이 밝으면 북쪽 마을까지 가려 했으나 네놈 탓에 잠이 깼다. 다시 잠들기는 글렀고. 마침 짐이 좀 있어 곤란했던 터이니 내 짐을 메고 따라와라. 어이, 감홍!"

"예이."

"짐은 이놈한테 주고 넌 내 반월창을 들어라."

"벌써 떠납니까?"

"고개를 내려가면 날이 밝겠지. 그동안 녀석들도 오늘 밤 일을 마무리하고 뒤따라올 것이야."

"그럼 걸어가는 도중에 저희가 지나갔다는 표식을 남기겠습니다."

감홍은 사당 벽에 무어라고 쓴 뒤 반 리(里)를 걷고 나서 길가 나뭇가지에 누런 두건을 매달았다.

대방 마원의는 나귀에 올라 천천히 앞으로 나아갔다.

떠도는 동요

1

나귀는 북쪽을 향해 걸었다.

안장 위에 앉은 마원의는 중간중간 남쪽을 돌아보며 중얼거렸다.

"녀석들이 아직도 따라오지 않는데, 어떻게 된 거지?"

마원의의 반월창을 들고 나귀 뒤에서 따라오던 부하 감홍이 말했다.

"어디선가 길을 잘못 든 게 아닐까요? 조금 더 가 기주(冀州, 하북성河北省 보정의 남쪽)에 도착하면 합류할 수 있겠죠."

아마 다른 도적의 무리를 말하는 것이리라 유비는 짐작했다. 그렇다면 자신이 도망쳐 온 황하의 강촌을 습격한 그 무리를 기다리는 것일지도 모른다.

'어쨌든 순순히 따르는 척할 수밖에 없다. 그사이에 도망칠 기회가 있겠지.'

유비는 도적의 짐을 진 채 묵묵히 나귀와 반월창 사이에 끼어 걸었다. 언덕과 강과 벌판만 죽 이어지는 길을 나흘이나 쉬지 않고 걸었다.

다행히 비는 내리지 않았다. 온 하늘이 푸르고 구름 한 점 없는 가을이었다. 키가 껑충 큰 수수 이삭이 이따금 나귀와 사람 머리까지 덮었다.

"아아."

여행길이 따분해진 마원의는 입을 쩍 벌리며 하품했다. 감흥도 노곤해졌는지 반쯤 졸며 발만 겨우 움직였다.

지금이다!

그때 유비는 몇 번이나 칼에 손을 뻗고 싶은 충동이 들었지만, 만에 하나 실패할 경우 홀로 남을 어머니와 자신이 품은 대망을 머릿속에 떠올리며 꾹 참았다.

"어이, 감흥!"

"예이."

"배를 채울 수 있겠구나. 시원한 물을 구할 수 있겠어. 봐, 저기 절이 있다."

"절이요?"

감흥이 수수 사이에서 까치발을 들며 말했다.

"다행이네요. 대방, 분명 술도 있을 겁니다. 중은 술을 좋아하니까요."

저녁 날씨는 쌀쌀했지만, 한낮은 타들어 갈 것같이 뜨거웠다. 물이라는 말을 듣고 유비도 순간 몸을 일으켰다.

저편에 낮은 언덕이 보였다.

언덕에 둘러싸인 덤불 숲과 연못이 있었다. 연못에는 붉은색과 흰색 연꽃이 한껏 자태를 뽐내는 중이었다.

연못에 놓인 돌다리를 건너고 황폐해진 절 문 앞에 다다라서
야 마원의는 나귀에서 내렸다. 대문 한 짝은 부서졌고 나머지
한 짝도 형체만 겨우 남은 상태였다. 거기에 붙은 누런색 종이
에는 이런 글이 쓰여 있었다.

푸른 하늘은 이미 죽고

누런 사내가 마땅히 서네

때는 갑자년에 있으니

천하가 크게 길하리라

蒼天已死

黃夫當立

歲在甲子

天下大吉

대현량사 장각

"대방, 보십시오. 여기에도 우리 표식이 붙어 있습니다. 이 절
도 우리 황건의 손에 들어왔나 봅니다."

"안에 누가 있나?"

"한참을 불러도 아무 대답이 없는데요."

"다시 한번 큰 소리로 불러봐라."

"게 아무도 없느냐?"

어스레한 경내를 고함치며 들여다보았다. 텅 빈 절 한가운데
에 놓인 곡록(曲彔)에 피골이 상접한 노승이 앉아 있었다. 노승

은 잠이 들었는지 죽었는지 미라처럼 퀭한 눈을 들보로 향한 채 고요히 침묵을 지켰다.

2

"이봐, 늙은이!"

감홍은 반월창 자루로 노승의 정강이를 쳤다.

노승은 그제야 무거운 눈을 뜨고 눈앞에 서 있는 감홍과 마원의, 유비를 쳐다보았다.

"먹을 게 있겠지? 우린 여기서 배를 채워야겠으니 얼른 준비해라!"

"없네…."

노승은 마치 밀랍처럼 창백한 얼굴을 힘없이 저었다.

"없다고? 이렇게 큰 절에 먹을 게 없을 리 없다. 우릴 뭐로 보는 게냐! 머리에 두른 황건을 봐라. 이 몸은 대현량사 장각 님의 장군 마원의다. 샅샅이 뒤져서 음식이 나오면 모가지가 날아갈 줄 알아라."

"그리하게…."

노승은 끄덕였다.

마원의는 감홍을 보며 말했다.

"정말 없는지도 모르겠다. 아주 침착한 게 기분 나쁘군."

그러자 노승은 곡록에 걸쳐둔 고목 같은 팔을 들어 뒤쪽의 제단과 벽, 사방을 하나하나 가리키며 말했다.

"없다! 없다! 없다고! 불상조차 없다! 여기엔 아무것도 없단 말이다…."

우는 듯한 목소리였다.

그러고는 무거운 눈동자에 원한의 빛을 품으며 말을 이었다.

"전부 너희 패거리가 가지고 갔다. 여기는 메뚜기 떼가 휩쓸고 지나간 밭이라고…."

"그래도 뭔가 있을 거 아니야. 뭐라도 먹을 만한 게."

"없다."

"그럼 시원한 물이라도 길어 와라."

"우물에 독을 뿌렸다. 마시면 죽는다."

"누가 그런 짓을?"

"누런 두건을 두른 너희 패거리지. 예전 지주들과 싸울 때 잔당이 숨지 못하도록 죄다 독을 뿌리고 갔다."

"그럼 샘물이 있을 거 아니냐. 저렇게 고운 연꽃이 핀 연못이 있으니, 어딘가에서 냉수가 솟는 게 틀림없다."

"저 연꽃이 어디가 곱지? 내 눈에는 홍련도 백련도 무수한 백성의 망령으로밖에 보이지 않는다. 한 송이 한 송이가 저주하고, 원망하고, 통곡하고, 부들부들 떨고 있는…."

"이 늙은이가 기이한 넋두리를…."

"허튼소리 같으면 연못을 들여다봐라. 홍련 아래에도 백련 뿌리에도 썩은 송장으로 그득하다. 너희 패거리가 죽인 선량한 농민들, 아녀자들의 시체, 그리고 황건의 무리에 가담하지 않아 목 졸라 죽인 지주와 부인, 싸우다 죽은 관리들까지…. 수백 구가 족히 넘는 시체가 있다."

"인과응보다. 대현량사 장각 님께 거역하는 자들은 모두 천벌을 받은 게지."

"…."

"아니, 그런 건 아무래도 상관없다. 식량도 물도 없는데 대체 넌 어찌 목숨을 부지하느냐?"

"내가 먹는 거라면…."

노승은 자신의 발 언저리를 가리켰다.

"여기에 있다…."

마원의는 별생각 없이 바닥을 내려다보았다. 뿌리를 씹다 만 풀, 벌레 다리, 쥐 뼈다귀 등이 너저분하게 떨어져 있었다.

"이거 안 되겠군. 대접받는 일은 미뤄두지. 어이, 유비야, 감홍아, 가자."

밖으로 나가려던 참이었다.

그러자 그때 도적과 함께 있던 유비의 존재를 알아차린 노승은 그의 얼굴을 뚫어져라 쳐다보았다.

그러더니 별안간 한 대 얻어맞은 것처럼 놀라움을 금치 못하며 의자에서 벌떡 일어났다.

"아!"

3

노승의 움푹 팬 눈은 경이로움에 휘둥그레져서 유비의 얼굴을 똑똑히 쳐다보며 깜빡이지도 않았다.

혼잣말로 으음 하고 소리를 내더니 무슨 생각이 떠올랐는지 소리쳤다.

"아, 아! 당신이로군!"

그러더니 무릎을 꿇고 바닥에 앉아 흡사 문수보살이라도 본 것처럼 몇 번이나 절을 하더니 멈출 줄을 몰랐다.

유비는 당황하여 노승의 손을 잡았다.

"노승이여, 왜 그러십니까?"

노승은 유비의 손이 닿자 감사의 눈물을 흘리더니 몸을 떨며 이마에 공손히 손을 올리고 말했다.

"청년, 나는 오랜 세월을 기다렸소. 틀림없이 내가 기다리던 사람은 그대요. 그대야말로 마귀들을 물리쳐 암흑의 나라 위에 낙원을 세우고, 어지러운 세상 위에 길을 밝혀 백성들을 도탄에서 구해줄 분이오."

"당치도 않습니다. 전 누상촌에서 헤매며 온 가난한 돗자리 장수입니다. 노승, 놓아주시지요."

"아니라오. 그대의 인상에서 뿜어져 나오고 있소. 청년, 말해보시오. 그대의 선조는 황제의 뿌리이거나 황후의 피를 이었을 것이오."

"아닙니다."

유비는 고개를 저었다.

"아버지도 조부도 누상촌의 백성이셨습니다."

"그 윗대로는…?"

"모릅니다."

"모른다면 내 말을 믿어도 좋소. 그대가 찬 칼은 누구에게 받았소?"

"아버지 유품입니다."

"훨씬 오래전부터 가문에 있지 않았소? 지금은 낡아 볼품없으나 그 칼은 평범한 사람이 차는 게 아니라오. 옥구슬이 달려 있었을 터. 알옥(戞玉)이라 불리는 구슬이오. 검대(劍帶)에 가죽이나 비단 띠가 붙어 있었을 것인데, 그걸 왕의 패(佩)라 한다오. 분명 칼날도 빼어난 명검이오. 써본 적이 있소?"

"…?"

먼저 절 밖으로 나왔으나 유비가 따라오지 않자 멈춰 있던 마원의와 감홍은 노승이 중얼거리는 이야기에 귀 기울이며 돌아섰다. 허나 이내 참지 못하고 호통을 쳤다.

"이놈, 유비야. 언제까지 꾸물댈 셈이냐! 어서 짐을 들고 따라오너라!"

노승은 무언가 더 이야기하고 싶어 했지만 마원의가 지른 고함에 놀라 급히 입을 다물었다. 유비는 그 틈을 타 절 밖으로 나왔다.

나귀를 매어둔 앞문까지 오자 마원의는 고삐를 풀려는 부하 감홍을 멈추게 했다.

"유비, 저기에 앉아보아라."

나무 그루터기를 턱으로 가리키며, 마원의는 돌계단에 앉아 상관다운 자세를 취했다.

"지금 들어보니 넌 장차 위대한 인물이 될 상이라고 하질 않으냐. 설마 왕후나 장군이 될 리는 없다만, 사실 나도 네가 될성부른 놈이라 보고 있었다. 어떠냐. 내 부하가 되어 황건당의 동지로 들어오지 않겠느냐?"

"고맙습니다만, 제겐 고향에 어머니가 계셔서…. 모처럼 말씀해주셨으나 황건당에 들어갈 수 없습니다."

유비는 어디까지나 고분고분한 척 행세했다.

"어머니가 있어도 상관없지 않으냐. 먹고살 식량이나 보내주기만 하면."

"하지만 제가 이렇게 고향을 떠난 사이에도 아들 걱정을 하느라 수척해지실 만큼, 자식을 끔찍이도 아끼는 어머니인지라…."

"그건 그럴 만도 하지. 쫄쫄 굶고만 있을 테니. 네가 황건적에 들어와 배만 부르게 해주면 갓난아이도 아닌 자식을 걱정이야 하겠느냐?"

4

마원의는 공명에 사로잡히기 쉬운 청년의 마음에 불을 지피듯 황건당의 세력과 이 세상의 앞날에 대해 설교하기 시작했다.

"세상 물정에 어두운 네겐 우리가 선량한 백성을 괴롭히는 것으로만 보이겠지만, 우리 총대장 장각 님을 신처럼 숭배하는 지역도 상당히 많다."

서두를 꺼내더니 황건당 기원부터 설명하는 것이다.

지금으로부터 10여 년 전 일이다.

거록군(鉅鹿郡, 하북성) 사람 중에 장각이라는 무명의 선비가 있었다.

장각은 고향에서 희대의 수재라고 불렸다. 그 장각이 어느 날 산속에 약초를 캐러 갔다가 길에서 기이한 도사를 만났다.

도사는 손에 명아주 지팡이를 쥔 모습이었다.

'널 오랫동안 기다렸다.'

손짓해 부르기에 따라가니 흰 구름이 자욱한 동굴로 인도한 뒤 장각에게 서책 세 권을 주었다.

'이것은《태평요술(太平要術)》이라는 서책이다. 이 책을 깨쳐 도탄에 빠진 천하를 구하고 도(道)를 펼쳐 선을 베풀라. 혹여나 아집과 영예에 취해 못된 생각을 품는 날에는 그 즉시 천벌이 떨어져 자멸할 것이다.'

장각은 거듭 절하며 노인의 이름을 물었다.

'나는 남화노선(南華老仙)이니라.'

그렇게 대답하고는 한 점의 백운이 되어 자취를 감췄다.

장각은 산에서 내려와 마을 사람들에게 그 이야기를 직접 전했다.

'우리 고향의 수재에게 신선이 들었다.'

정직한 마을 사람들은 그 말을 진실로 믿고는 즉시 장각을 구세의 방사로 모시고 널리 소문을 퍼뜨렸다.

장각은 두문불출하여 도의를 입고 몸과 마음을 깨끗이 한 후, 늘 남화노선의 서책을 지니며 밤낮없이 수행했다. 그러던 어느 해, 역병이 돌더니 마을에도 하루가 멀다 하고 죽는 이가 속출했다.

'지금 신이 나에게 세상으로 나오라 명을 내리시는구나.'

엄숙하게 초문을 열고 병자들을 구하기 위해 나왔더니, 그때 이미 장각의 집 앞에는 500명에 달하는 사람들이 모여들어 제자로 삼아주십사 절을 올리고 있었다.

500명의 제자는 장각이 내린 명을 따라, 금선단(金仙丹), 은선단(銀仙丹), 적신단(赤神丹)이라는 묘약을 들고 제각기 전염병이 퍼진 지역을 순회했다. 그러고는 장각 방사의 공덕을 설파하며 남자에게는 금선단, 여자에게는 은선단, 어린아이에게는 적신단을 처방하니, 묘약의 효험은 눈에 띄게 나타나 모두 며칠 만에 씻은 듯이 나았다.

그럼에도 낫지 않는 자에게는 장각이 직접 찾아가 큰 소리로 병마를 내쫓는 주문을 외우고 부적을 태운 물로 치료했다. 이런 치료 방법으로 일어나지 못한 병자는 거의 없었다.

몸이 아픈 자뿐만 아니라 마음의 병에 시달리는 사람들도 모여들어 장각 앞에서 참회했다. 가난한 자도, 부유한 자도 왔다. 아름다운 여인도 왔다. 힘이 센 자도, 무술사도 찾아왔다. 사람들은 모두 장각의 유막에서 참배하거나 부엌일을 돕는 등 그를 곁에서 모셨고, 또 많은 제자들 사이에 녹아들어 제자가 된 사실을 자랑스러워했다.

장각의 세력은 순식간에 여러 주(州)로 퍼져나갔다.

장각은 제자들을 36방(方)으로 계급을 세운 뒤 대소(大小)로 구분하여, 우두머리에게는 군수(軍帥)의 칭호를 허락했으며 방사라는 이름을 붙였다.

대방을 행하는 자가 1만여 명, 소방을 행하는 자가 6000~ 7000명이었다. 그 부내에 부장(部將)과 방병(方兵)을 두고, 장각의 두 아우 장량과 장보를 각각 천공장군, 지공장군이라 부르게 하여 최고의 권위를 쥐어주었다. 자신은 그 위에 군림하여 대현량사 장각이라고 칭했다.

이것이 황건당의 기원이다. 처음에 장각이 묶은 머리에 누런 두건을 두르고 있던 게 전 군사에 퍼져 어느새 무리의 상징이 되었다.

5

황건당의 무리는 전군의 깃발도 모두 누런색을 사용했고, 그 깃발에는 선언문을 적었다.

> 푸른 하늘은 이미 죽고
> 누런 사내가 마땅히 서네
> 때는 갑자년에 있으니
> 천하가 크게 길하리라
> 蒼天已死
> 黃夫當立
> 歲在甲子
> 天下大吉

무리의 악요부(樂謠部)는 선언문에 동요처럼 쉬운 가락을 붙여 군사들에게 부르게 했는데, 촌락이나 마을 단위 지방에서

군(郡), 현(縣), 시(市), 도(都)로 열병처럼 퍼져나갔다.

대현량사 장각!

대현량사 장각!

지금은 세 살배기 아이까지 그 이름을 모르는 사람이 없었다.

'푸른 하늘은 이미 죽고, 누런 사내가 마땅히 서네.'

노래를 부른 뒤에는 장각의 이름을 칭송하여, 당장에라도 천상의 낙원이 지상에 내려올 것 같은 환상을 민중에게 심었다.

그러나 황건당의 세력이 커지면 커질수록 낙원이 도래하기는커녕 백성들은 단 하루도 평온한 날이 없었다.

장각은 자신의 세력에 복종하는 어리석은 백성들에게,

'태평을 즐기라'며 불온한 쾌락을 허락했고,

'우리 세상을 노래하자'며 암암리에 약탈을 북돋았다.

반대로 거역하는 자에게는 가혹한 벌을 주고, 사람을 죽이며, 재산을 빼앗는 게 이 무리의 일과가 되었다.

지주나 지방 관리도 막을 수 없자 중앙인 낙양의 왕성에 그 위급함을 빈번히 알렸으나, 현 한제의 조정은 퇴폐와 분쟁으로 더없는 혼란에 빠져 지방으로 파병할 형편이 못 되었다.

천하통일이라는 대업을 이루고 후한의 대를 일으킨 광무제(光武帝)로부터 200여 년이 지난 지금, 안팎에서는 또다시 부패와 붕괴의 조짐이 나타났다.

11대 황제 환제(桓帝)가 죽고 12대 제위에 오른 영제는 이제 열두세 살이어서 보좌하는 중신들은 어린 황제를 얕보며 조정의 기강을 어지럽혔다. 아첨하는 자가 힘을 얻는 반면 정직한 인재가 모두 궁 밖으로 쫓겨나는 상황이었다.

'이 세상이 어찌 되려는가?'

분별 있는 자들은 속으로 근심하던 차에 지방에서 봉기한 황건적의 입에서 흘러나온 동요가 떠돌았다.

'푸른 하늘은 이미 죽고.'

후한의 말세를 암시하는 목소리는 낙양의 땅속 깊숙이 가득 찼다.

한편, 이런 사건들도 민심을 불안에 떨게 했다.

어느 해의 일이었다.

어린 황제가 온덕전(溫德殿)으로 출어하자 갑자기 광풍이 불며 대들보에서 길이가 두 장(丈)도 넘는 푸른 뱀이 황제 옆으로 떨어졌다. 그 순간 황제는 비명을 지르고 바닥에 쓰러져 의식을 잃었다. 온덕전은 그야말로 아수라장이 되었다. 활과 창으로 무장한 궁궐의 무사들이 달려들어 푸른 뱀의 숨통을 끊으려는 찰나, 별안간 우박 섞인 돌풍이 왕궁을 뒤흔들더니 푸른 뱀은 홀연히 구름이 되어 날아올랐다. 그날부터 사흘 밤낮 땅을 뚫을 기세로 폭우가 내려 낙양은 침수된 집이 2만 호요, 무너진 집이 1000호 이상이었다. 사상자는 그 수를 이루 헤아릴 수 없었다. 이 같은 어마어마한 재해가 발생했다.

또 근래에는 이런 일도 있었다.

붉은 혜성이 나타나거나, 바람 한 점 없는 대낮에 갑자기 검은 회오리바람이 불어 궁궐의 지붕과 망루를 날려버리거나, 오원산(五原山)에 산사태가 일어나 수십 촌락이 하룻밤 사이에 땅속으로 꺼지는 등 매년 흉조만 일어났다.

6

그런 흉조가 나타날 때마다 황건적의 '푸른 하늘은 이미 죽고'라는 노래가 맹목적으로 불렸고, 도적에 가담하여 약탈과 횡행과 살육을 마음대로 저지르며 '우리 당(黨)의 태평을 즐기자'고 하는 사람들이 늘어날 뿐이었다.

사상의 악화, 조직의 혼란, 도덕의 퇴폐. 이러한 문란을 제어할 수 없는 후한의 말기였다.

불이 난 벌판의 화염처럼 마귀의 손을 뻗쳐간 황건적 세력은 지금 청주(靑州), 유주(幽州), 서주(徐州), 기주(冀州), 형주(荊州), 양주(揚州), 연주(兗州), 예주(豫州) 등 여러 지방에 이르렀다.

주(州)의 제후는 물론 군, 현, 시, 도의 수장과 관리 중에는 도망친 자, 관직을 버리고 도적이 된 자, 시체 더미에서 불타 죽은 자가 수없이 많았다.

부호들은 죄다 재산을 바치며 목숨을 애원하였다. 절과 민가는 집집마다 대현량사 장각이라 쓴 누런 종이를 대문에 붙여 절대복종을 맹세하였다. 마치 귀신을 섬기듯 숭상하고 두려워했다.

그러한 정세였다.

이제….

"유비."

이 같은 정세와 황건당의 발흥에 대해 한참 동안 떠벌린 대방 마원의는 앉아 있던 돌계단에서 절 문을 턱으로 가리켰다.

"저기서도 누런 종이를 봤겠지? 거기에 쓰여 있는 글도 읽었을 테고. 이 지역도 앞으로 쭉 우리 황건당 세력 아래에 있을 것이다."

"…."

유비는 내내 묵묵히 듣고 있을 뿐이다.

"아니, 이 지역이나 10주, 20주는 물론이고 곧 천하가 황건당 수중에 들어올 것이다. 후한의 대는 망하고 새로운 대가 온다."

유비는 그때 처음 물었다.

"그럼 장각 양사는 후한을 멸망시킨 뒤 스스로 제위에 오를 생각이십니까?"

"아니, 그렇지 않다. 장각 양사는 그럴 뜻이 없으시다."

"그렇다면 누가 다음 황제에 오르는 것입니까?"

"그건 말할 수 없다…. 유비, 네놈이 내 부하가 되겠다고 약조한다면 들려주지."

"그리하겠습니다."

"확실한가?"

"어머니가 허락하신다면 말입니다."

"그럼 말해주겠지만, 제위와 관련된 사안은 현 한제를 무너뜨린 뒤 중히 논의될 것이다. 흉노(匈奴, 몽골족)와도 상의해야 하니까."

"예…? 이유가 뭡니까? 어째서 중국 황제를 정하는데 예부터 진(秦), 조(趙), 연(燕)의 국경을 침범하고 우리 한민족을 위협해온 다른 나라의 흉노와 상의합니까?"

"그야 깊은 관련이 있지."

마원의는 당연하다는 듯이 말했다.

"아무리 우리가 활약을 했기로서니 뒤에서 군자와 무기를 척척 대주는 배후가 없으면 이렇게 짧은 시간 안에 후한의 천하를 교란시킬 수 있었겠느냐."

"예? 그럼 황건적 뒤에 다른 나라의 흉노가 붙어 있단 말씀입니까?"

"그러니 우리가 절대로 질 리 없다. 어떠냐, 유비. 내가 권하는 이유는 다 네 출세를 위해서다. 내 부하가 되어 바로 이 자리에서 황건적에 들어오지 않겠느냐."

"감사한 말씀입니다. 어머니도 들으시면 분명히 기뻐하실 겁니다. 하지만 모자 사이에도 예의란 게 있으니 먼저 어머니께 말씀드린 후에 대답을…."

유비가 말하는데 마원의는 갑자기 벌떡 일어났다.

"아, 왔구나!"

이마 위로 손을 얹고 저 멀리 들판을 바라보았다.

하얀 부용

1

50명쯤 되는 도적의 소대였다. 그 안에는 나귀를 탄 우두머리 두셋이 쇠 채찍으로 여기저기를 가리키며 무언가 지시하는 듯했으나, 곧 마원의의 모습을 발견하고는 절을 향해 쏜살같이 달려왔다.

"어이, 이주범(李朱氾). 늦었잖아."

이쪽에 있던 마원의도 돌계단에서 몸을 일으키며 말했다.

"여어, 대방. 여기 있었나?"

이주범이라 불린 사내도 그 밖에 다른 무리도 나귀 안장에서 내렸다.

"산마루 공자묘에서 기다린다고 해서 그리로 갔더니 아무도 없어 우리야말로 당황했잖은가. 늦은 게 아니라고."

땀을 닦으며 되려 마원의에게 불평을 늘어놓자, 동료의 농 섞인 말로 알아듣고는 질책받은 마원의도 껄껄 웃을 뿐이었다.

"어젯밤 수확은 어떤가? 낙양선을 노리고 상인들이 꽤 머물

렀을 텐데."

"대단할 정도의 수확은 아니지만, 마을 하나 태운 보람은 있었지. 재물은 여느 때처럼 전부 말에 실어 우리 당 창고로 보냈다네."

"요즘에는 일반 백성들도 금을 땅에 파묻어 숨기는 요령을 익히질 않나, 상인들도 대오를 편성해 우리가 치기 전에 쏙 빠져나가질 않나, 점점 예전만치 재미가 없어지는군."

"음, 그리고 보니 어젯밤도 아까운 놈을 하나 놓쳤어."

"아까운 놈? 뭐 값나가는 재물이라도 가지고 있었나?"

"사금이나 보석은 아니지만 낙양선에서 차를 거래한 사내가 있었네. 우리 장각 님은 차라면 사족을 못 쓸 만큼 좋아하시지 않나. 반드시 손에 넣어 대현량사께 바칠 요량으로 그놈이 머문 곳 주변부터 불을 놓고 쳐들어갔는데, 어느새 쥐새끼처럼 도망쳐버렸지 뭔가. 그놈을 놓친 건 근래 들어 가장 큰 실수일세."

도적 이주범은 유비 바로 옆에서 큰소리로 지껄였다.

유비는 화들짝 놀랐다.

자기도 모르게 품 안에 숨겨둔 작은 주석 항아리를 쓱 만졌다.

"흐음…."

그러자 마원의는 안타까운 소리를 내더니 새삼 뒤에 있는 유비를 쳐다보고는 이주범에게 물었다.

"그놈이 몇 살쯤 되어 보이던가?"

"글쎄…. 본 적은 없지만 알아낸 부하의 말에 따르면, 젊고 누추한 사내지만 어딘지 모르게 풍채가 늠름하니 조심해야 할지도 모른다고 하더군."

"그래? 혹시 이자 아닌가?"

마원의는 바로 옆에 있는 유비를 가리켰다.

"뭐?"

이주범은 의외라는 표정을 지었으나 마원의에게 자세한 사정을 듣자 이내 수상쩍게 여겼다.

"그놈일지도 모른다. 어이, 정봉(丁峰)! 정봉아!"

연못가에 모인 부하들을 향해 소리쳤다.

부하 정봉은 이름이 불리자 무리에서 뛰어왔다. 이주범은 황하에서 차를 거래한 젊은이가 이 사내인지 물으며 유비의 얼굴을 가리켰다.

정봉은 유비를 보자 한 치의 망설임도 없이 즉시 대답했다.

"바로 이자입니다. 이 젊은 사내가 틀림없습니다."

"좋았어."

이주범은 그렇게 말하고는 정봉을 물린 뒤 마원의와 함께 느닷없이 유비의 양팔을 좌우로 비틀었다.

2

"이것 봐라? 네놈은 차를 숨기고 있다 하질 않느냐. 그 차 항아리를 내놔라!"

마원의도 이주범과 함께 유비의 팔을 비틀어 위협했다.

"내놓지 않으면 목을 칠 테다! 방금 말했듯이 장각 양사께서 차를 아주 좋아하시나 그분의 위세로도 좀처럼 구하기 힘들 만큼 귀한 물건이다. 네놈 같은 아랫것이 차를 가져봤자 무얼 하겠느냐. 우리 손을 통해 양사께 바쳐라."

유비는 이미 발뺌할 수 없다는 사실을 알아챘다. 허나 고향에 계신 어머니가 얼마나 차를 고대하실지 생각하니 자기 목숨을 위협받는 것보다 괴로웠다.

'이 위기에서 빠져나갈 방법은 진정 없단 말인가!'

미련을 가슴 한편에 접어두고 양팔의 고통을 견디는데, 이주범은 유비의 허리를 발로 툭툭 차며 고함쳤다.

"이놈! 벙어리냐! 귀머거리냐!"

비틀거리는 유비의 목덜미를 잡더니 위압적으로 말했다.

"저기 피에 굶주린 부하 50명이 눈에 불을 켜고 먹이를 기다리는 모습이 보이지 않느냐. 대답해라, 이놈!"

유비는 두 사람의 발밑에 엎드린 채 어머니의 기쁨을 넘기는 대가로 위기를 모면하고 싶지는 않다고 생각했다. 문득 고개를 들어보니 절 문의 그늘을 서성이며 이쪽을 바라보던 노승이 유비의 행동을 손짓으로 재촉하였다.

'물건 따위 아까워할 필요 없소. 원하는 건 다 주시오. 다 줘.'

유비도 곧 생각을 고쳐먹었다.

'그렇다. 이 몸이 상하면 불효가 된다.'

그런데도 품 안에 있는 차 항아리는 내놓고 싶지 않았다. 허리에 찬 칼의 가죽 띠를 풀며 애원했다.

"이 칼은 아버님 유품이라 제 목숨에 버금가는 물건입니다. 이걸 드릴 테니 차만은 눈감아 주십시오."

"오, 그 칼은 내가 진작부터 눈독 들였던 것이다. 받아주지."

마원의는 칼을 받아 들고

"차는 난 몰라."

라며 모르는 체했다.

이주범은 한층 성이 나 한 사람에게는 칼을 주었으면서 왜 자기에게는 차를 내놓지 않느냐며 다그쳤다.

유비는 하는 수 없이 품 안 깊숙이 숨겨두었던 작은 주석 항아리까지 꺼냈다. 이주범은 귀한 구슬이라도 얻은 것처럼 양손을 높이 들고 말했다.

"바로 이거다. 낙양의 귀한 차다. 분명 양사가 크게 기뻐하실 게야."

도적의 소대는 금방 떠날 예정인 것 같았으나, 망을 보던 병사가 이곳에서 10리쯤 떨어진 강가에 현의 군사 500명가량이 진을 치고 수색 중이라는 소식을 들고 왔다.

"그럼 오늘 밤은 여기서 머문다."

황건적 50여 명은 그 자리에서 절을 숙소로 삼은 뒤 식량 꾸러미를 풀기 시작했다.

저녁에 취사로 혼잡한 틈을 타 유비는 지금이야말로 빠져나갈 기회라 여기고 땅거미가 내린 문을 슬쩍 빠져나가려 했다.

"어이, 어디 가느냐!"

보초병이 유비를 발견하자마자 갑자기 황건적 여럿이 튀어나와 포위했고, 안에 있던 마원의와 이주범에게 즉시 보고해버렸다.

3

유비는 포박을 당한 뒤 재당(齋堂)의 둥근 기둥에 꽁꽁 묶였다.

그곳은 바닥에 기와가 깔린 두꺼운 기둥과 작은 창문밖에 없는 석실이다.

"이놈 유비야. 네놈이 내 눈을 속이고 도망치려 했느냐? 이제 보니 넌 관의 염탐꾼인 게로구나. 그래, 맞아. 분명 현군(縣軍)의 밀정이야. 오늘 밤 10리 밖에 현군이 와서 진을 쳤다고 하더니 몰래 연통을 보내러 빠져나가려 했구나!"

마원의와 이주범은 번갈아가며 유비를 고문했다.

"그래서 네놈의 면상이 범상치 않았구나. 현군의 밀정이 아니면 낙양의 직속 첩자냐? 어느 쪽이든 결국 관인이렷다? 자, 정체를 밝혀라. 말하지 않으면 뜨거운 맛을 볼 게다."

결국에는 마원의와 이주범이 동시에 유비를 걷어차며 욕을 퍼부었다.

유비는 한마디도 하지 않았다. 일이 이렇게 되었으니 하늘에 맡기는 수밖에 없다고 단념하는 듯했다.

"이 녀석 웬만해서는 입을 안 열겠는데?"

이주범은 손쓰기 어렵다는 듯 마원의에게 제안했다.

"어차피 내일 새벽에 장각 양사의 총독부로 차 항아리를 바칠 겸 안부를 여쭈러 갈 것이야. 그때 이 녀석도 끌고 가서 대방군 본부에서 열리는 군법 회의에 보내면 어떤가? 뜻밖의 횡재일지 모른다고."

좋은 생각이라며 마원의도 동의했다.

재당 문은 굳게 닫혔다. 밤이 깊어지자 하나뿐인 높은 창문으로 가을 하늘에 뿌려진 은하가 맑게 보였다. 도저히 이곳에서 빠져나갈 방법은 없단 말인가!

어디에선가 말 울음소리가 희미하게 들렸다. 관의 현군이 공격하는 것이라면 좋으련만…. 유비는 한 가닥 희망을 품었으나, 망을 보고 온 도적 두셋이 내는 기척이었는지 그 뒤로는 쥐 죽은 듯이 고요했다.

"어머니께 효도하려다 되려 불효를 저지르게 되었구나. 이 몸이 죽는 건 아쉽지 않다만, 노모의 여생을 슬프게 하고 불효자의 사체를 허허벌판에 드러내는 건 애통하도다."

유비는 별을 올려다보며 짧게 탄식했다. 효도하겠다며 분수에 맞지 않는 욕심을 부렸기에 일이 잘못됐다고 후회도 했다.

도적의 소굴로 끌려가 사람들 앞에서 치욕스럽게 죽느니 차라리 여기서 눈 딱 감고 죽는 게 낫지 않을까 생각했다.

그런데 죽으려 해도 몸에 지닌 칼이 없었다. 기둥에 머리를 찧어 분노의 죽음을 맞을까? 혀를 깨물고 밤하늘의 별을 노려보며 저주의 죽음을 택할까?

유비는 괴로워하며 망설였다.

그때 눈앞에 한 줄기 빛 같은 밧줄이 내려왔다. 밧줄은 마치 신의 뜻에 따라 내려오듯이 높은 채광창에서 돌벽을 타고 스르륵 떨어졌다.

"아니?"

사람 그림자는 보이지 않고 네모난 밤하늘만 있을 뿐이다.

유비는 몸을 일으켰다. 그러나 곧 소용없다는 사실을 깨달았다. 몸이 꽁꽁 묶여, 매듭을 풀지 못하는 한 구원의 손길이 바로 코앞까지 왔다 한들 매달릴 방도가 없었다.

"아아, 누구일까?"

누군가 창 아래까지 구하러 왔다. 밖에서 자신을 기다리는 사람이 있는 것이다. 유비는 힘껏 발버둥쳤다.

그러자 유비의 굼뜬 행동에 서두르라고 재촉하듯이 밖에 있는 사람이 초조해하는 것이다. 높은 창에서 내려온 밧줄이 좌우로 흔들렸다. 그러고 보니 밧줄 끝에 매달린 단검이 하얀 물고기처럼 기와 바닥을 때리며 펄떡였다.

4

유비는 발끝으로 단검을 끌어당겼다. 거우 칼을 잡아 자기 몸을 포박한 밧줄을 끊어내고 창 아래에 섰다.

'빨리빨리'라고 재촉하는 듯이 무언의 밧줄은 창밖의 신호를 전달하며 흔들렸다.

유비는 가까스로 밧줄을 잡았다. 돌벽에 발을 딛은 채 창문에서 밖을 바라보았다.

"오!"

밖에서 서성이는 사람은 낮에 홀로 곡록에 앉아 있던 그 노승이었다. 뼈와 가죽만 남은 노승의 애처로운 그림자였다.

"지금이오!"

그 손이 손짓하며 불렀다.

유비는 곧 바닥으로 살포시 뛰어내렸다. 기다리던 노승은 유비의 몸을 부축해주더니 아무 말 없이 뛰어가기 시작했다.

절 뒤편에 나무가 듬성듬성한 숲이 있었다. 나무 사이로 난 좁은 길까지 가을의 은하는 희미하게 비추었다.

"노승, 노승! 대체 어디로 도망치는 겝니까?"

"아직 도망치는 게 아니오."

"그럼 어쩌시려는 겁니까?"

"저 탑까지 가면 알 것이오."

달리면서 노승이 가리켰다.

잘 보니 과연 듬성듬성한 숲 안쪽에 나뭇가지보다 높이 솟은 오래된 탑이 있었다. 노승은 분주히 고탑 문을 열고 안으로 들어가더니 모습을 감췄다. 그전까지는 몹시 서두르더니 이번에는 좀처럼 나오지 않았다.

"어떻게 된 걸까?"

유비는 마음을 졸였다. 그러고는 도적들이 뒤쫓아오지 않는지 이리저리 살폈다.

"청년, 청년."

드디어 한껏 낮춘 목소리로 유비를 부르며 탑 안에서 노승은 무언가를 끌고 나왔다.

"앗!"

유비 눈이 휘둥그레졌다. 노승이 끌고 온 건 말 고삐였다. 은백색 털로 덮인 아름다운 백마가 끌려왔다.

아니, 백마의 훌륭한 털이나 화려한 안장은 말할 것도 없었다. 그 말 뒤에서 단아하게 걸어오는, 세상의 바람에도 몸을 파르르 떨 것처럼 청초한 자태를 드러낸 미인이 있었다. 아름다운 눈썹, 백옥 같은 귀, 그리고 우수에 젖은 눈동자…. 갑작스러운 일이기는 했으나 밤하늘의 반짝이는 별빛에 비쳐서인지 도무지 이 세상 사람이라 믿기지 않았다.

"청년, 내가 그대를 구한 걸 은혜로 여겨준다면 도망치는 길에 이 아가씨를 북쪽으로 10리쯤 떨어진 강가의 현군 부대로 데려다주지 않겠소? 10리쯤이야 이 백마를 채찍질하면…."

유비는 노승의 부탁을 군소리 없이 받아들여야 마땅했지만, 그 임무 탓이 아니라 데리고 가는 여인이 지나치게 아름다워 왠지 모르게 망설여졌다.

노승은 유비가 망설이는 걸 어떻게 해석했는지 이렇게 말했다.

"그렇군, 가문도 알지 못하는 여인을 의심하는 것이라면 걱정하지 마시오. 이분은 바로 얼마 전까지 이 지역의 현성(縣城)을 맡으셨던 영주의 따님이시오. 황건적의 침략에 현성은 불타고 영주는 살해되어 부하들은 뿔뿔이 흩어졌소. 사찰마저 저 지경이 되었으나 반란군 틈에서 헤매시던 따님을 내가 이 탑에 몰래 숨겼소."

노승이 문득 고탑 꼭대기를 올려다보았을 때, 숲을 스치는 가을바람 저편에서 별안간 사람 발소리와 말 울음소리가 들려왔다.

5

유비가 주위를 살폈다.

"아니오, 움직이지 않는 편이 좋소. 오히려 이곳에서 잠시 숨을 죽이고 기다리는 편이…."

노승이 유비의 소매를 잡고 그 위급한 상황 속에서 설명을 이어갔다.

현 영주의 딸은 이름이 부용(芙蓉)이요, 성은 홍(鴻)이라 했다. 오늘 밤 가까운 강가에서 진을 친 현군은 일전에 뿔뿔이 흩어진 영주의 가신(家臣)이 잔병을 모아 황건적에 보복하려는 것이 틀림없다고 했다.

그러니 부용을 거기까지 데려다주기만 하면 이후에는 예전의 부하들이 보호해줄 것이니, 백마에 두 사람이 타고 지름길로 단숨에 달아나기를 간절히 부탁했다.

"알겠습니다."

유비는 용기를 드러내며 대답했다.

"허나 스님, 스님은 어떻게 하실 겁니까?"

"이 늙은이 말이오?"

"예, 저희를 도망치게 한 사실을 도적들이 알면 스님을 가만두지 않을 겁니다."

"염려치 마시오. 내가 살아봤자 몇 년이나 더 살겠소. 더구나 요즘에는 열흘 넘게 풀뿌리와 벌레를 씹어먹으면서 덧없는 목숨을 연명하였소. 그것도 홍가(鴻家)의 따님을 구하리라는 그 일념으로 버텨왔으나 이제 믿을 만한 사람에게 맡겼다, 또 그대를 이 땅에서 찾아냈으니 죽어도 여한이 없소."

노승은 그렇게 말하고는 바람처럼 탑 안으로 사라졌다.

아앗! 하고 부용은 깜짝 놀라 노승의 뒤를 바짝 쫓았지만, 그 순간 탑 입구에 달린 문은 안쪽에서 잠겼다.

"스님! 스님!"

부용은 아버지를 잃은 여인처럼 문을 두드리며 눈물을 흘렸지만, 그때 높은 탑 꼭대기에서 다시 노승의 목소리가 들렸다.

"청년, 내 손가락을 보시오. 내가 가리키는 방향을 보오. 이 숲에서 서북쪽이오. 북두칠성이 빛나고 있소. 그 별을 바라보며 쉼 없이 달려야 하오. 남쪽도 동쪽도 연못 부근에도 절 주변에도 도적들이 길을 막고 있소. 도망칠 길은 서북쪽뿐이오. 그것도 지금밖에 시간이 없소. 어서 백마에 올라 채찍질하시오."

"예!"

대답하며 올려다보니 노승의 그림자는 탑 위 돌난간에 서서 한 방향을 가리켰다.

"낭자, 어서 타시오. 눈물을 흘릴 때가 아니오."

유비는 부용의 가녀린 허리를 안아 올려 백마 안장 위에 기대었다. 부용의 몸은 깃털처럼 가벼웠다. 부드럽고도 고귀한 향이 풍겼다. 부용의 손은 유비 어깨에 걸쳐졌고, 그 검은 머리카락은 유비의 뺨에 와 닿았다.

유비도 목석은 아니었다. 일찍이 알지 못했던 두근거림에 피가 일순간 뜨거워졌다. 하지만 땅에서 안장 위로 부용의 몸을 옮기는 아주 잠깐 사이였다.

"실례하겠소."

유비도 안장 위로 올라탔다. 한 손으로 부용을 붙들고 또 한 손으로는 백마의 고삐를 잡아 노승이 가리키는 방향으로 말머리를 돌렸다.

　탑 위에서 지켜보던 노승은 길을 떠나는 두 사람을 내려다보더니 자신의 역할은 끝났다고 생각했는지 갑자기 환희에 찬 소리를 질렀다.

　"보라! 흉한 구름 걷히고 밝은 별이 떠오른다. 백마가 달리니 누런 먼지 가라앉으리. 앞으로 몇 년 내에 나타나지는 않겠지만. 청년이여, 빨리 달리시오. 안녕히 가시오."

　이 말을 끝내자마자 노승은 혀를 깨물고 탑 꼭대기 난간에서 백척장고 아래 땅으로 몸을 떨어뜨려 온몸의 뼈를 스스로 부숴버렸다.

졸병 장비

1

　백마는 서북쪽을 향해 나무가 성긴 숲으로 난 샛길을 무서운 기세로 달렸다. 가을바람에 휘날리던 나뭇잎은 안장에 앉은 유비와 부용의 그림자를 화살처럼 빠르게 스쳤다.

　이윽고 넓은 들판으로 나왔다.

　들판으로 나왔지만, 여전히 화살 스치는 소리가 들렸다. 이번에는 나뭇잎이 아니라 날카로운 촉이 달린 철궁(鐵弓) 화살이었다.

　"어이! 저기 간다!"

　"여자를 태우고."

　"그럼 아닌가?"

　"아니, 역시 유비다."

　"아무래도 상관없다. 놓치지 마라. 여자도 잡는다."

　도적들의 목소리였다.

　숲 그늘을 나오자마자 황건적의 한 부대에 벌써 들킨 것이다.

무리의 함성이 백마의 그림자를 뒤쫓아 왔다.

"큰일이다!"

뒤돌아본 유비 입에서 그 말이 튀어나오자,

유비와 백마의 다리만을 의지하며 매달려 있던 부용은 타들어가는 심정으로 부들부들 떨었다.

"아, 벌써…."

어쩌면 빠져나갈 수 없을지도 모른다고 생각하면서도 유비는 부용을 위로하며 채찍을 휘둘렀다.

"괜찮소, 괜찮소. 다만 떨어지지 않도록 말갈기와 내 허리를 꽉 잡으시오."

부용은 이제 대답도 없었다. 말갈기에 얼굴을 푹 묻었다. 그 하얀 얼굴은 파르르 떠는 하얀 부용화 그 자체였다.

"강까지만 가면. 현군이 있는 강까지만 가면…!"

유비가 휘두르던 생나무 채찍은 껍질이 벗겨져 흰 가지가 되어버렸다.

굽이치는 낮은 흙둑을 뛰어넘었다. 저 멀리 띠처럼 보이는 물줄기가 있었다. 됐다! 유비는 용기를 되찾았으나 강 부근까지 와도 그곳에는 아무도 없었다. 초저녁에 진을 치고 모여 있다던 현군도 도적의 위세에 겁을 먹었는지 진을 버리고 어디론가 사라진 듯했다.

"게 섰거라!"

나귀에 탄 사나운 그림자는 그때 이미 대여섯 기(騎)나 유비의 앞뒤를 포위해왔다. 말할 것도 없이 황건적의 소방 무리였다.

나귀에 타지 않은 보병들은 말을 따라오는 도중에 뒤처졌으나, 이주범을 선두로 말에 탄 일고여덟 명의 소방들은 순식간에 따라잡고 소리쳤다.

"멈춰!"

"쏜다!"

활시위를 벗어난 화살은 백마 주위로 날아들었다.

목에 활이 꽂힌 백마는 뒷발로 서서 힘껏 몸부림치며 구슬픈 울음소리를 내더니 쿵 하고 옆으로 고꾸라졌다. 부용과 유비도 함께 땅으로 떨어졌다.

부용은 그대로 움직이지 않았으나 유비는 일어서서 소리쳤다.

"이놈들!"

유비는 이때까지 자기 목소리가 그렇게 큰 줄 몰랐다. 온갖 짐승들의 기를 꺾고 광야에 메아리치는 우람한 호령이 무의식 중에 입에서 나온 것이다.

도적들은 움찔하며 유비의 큰 눈에서 뿜어지는 광채에 놀랐고, 나귀는 그 고함에 발굽을 움츠리며 멈춰 섰다.

그러나 그때뿐이었다.

"뭐야, 풋내기!"

"맞설 셈이냐?"

나귀에서 내린 도적들은 활을 버리고 큰 칼을 빼거나 창을 휘두르며 유비를 향해 돌진했다.

2

얼마나 흉한 날과 불길한 운세를 지나쳐왔을까?

황하 부근부터 여기까지 오는 동안 유비는 몇 번이나 죽을 고비를 넘겼다. 이번에는 유비가 어떻게 빠져나갈지 시험이라도 하듯 다양한 형태의 고난이 그 얼굴을 바꿔가며 차례차례 기다리는 듯했다.

"이제 여기까지다."

유비도 종당에는 단념했다. 도망칠 수 없도록 도적들이 촘촘히 포위해버렸다.

허나 순순히 목이 베이지는 않으리라. 그러나 운이 없게도 몸에는 작은 쇠붙이조차 없었다. 소년 시절부터 한시도 빠짐없이 아버지가 물려주신 칼을 차고 다녔으나 그것마저 도적의 우두머리인 마원의에게 빼앗겼으니….

"가만히 당할쏘냐."

유비는 눈에 띄는 돌멩이를 집어 들자마자 가까이 다가오는 도적의 얼굴을 향해 던졌다.

"으악!"

유비를 우습게 보던 도적 하나가 허를 찔리고는 콧등을 움켜쥐었다.

이때다 싶어 유비는 달려들어 창을 빼앗았다. 그러고 나서 큰소리로 외치며 필사적으로 맞섰다.

"백성을 괴롭히는 해충 놈들, 이제 용서치 않겠다. 탁현의 유현덕이 실력을 보여주겠다!"

"이 무지렁이가!"

도적의 소방인 이주범은 코웃음 치더니 반월창을 세차게 휘두르며 다가왔다.

사실 유비는 그다지 무술이 뛰어나지 않았다. 변방 누상촌에서 무술을 익혔다고는 하나 고작 그 정도뿐이다. 돗자리를 짜며 어머니를 모시는 게 유비에게는 더 시급한 일이었다. 그래도 죽을힘을 다하니 일곱을 상대로 잠시는 버틸 수 있었으나, 마침내 창을 떨어뜨리고 비틀거리며 쓰러진 유비를 이때다 싶어 이주범이 깔고 앉아 가슴팍에 큰 칼을 혹 들이댔다.

'어이!'

어렴풋이 외마디가 들려왔다. 조금 전부터 그 소리는 멀리서 들리건만 창칼이 부딪는 소리에 묻혀 아무도 듣지 못했던 것이다.

"어이! 기다려라!"

아득히 먼 들판 저편에서 외치는 소리가 점점 가까워졌다.

광야에 메아리치듯 기세가 대단한 목소리에 도적들은 일제히 뒤돌아보았다.

양손을 흔들며 빠른 속도로 이쪽으로 달려오는 사람의 형체가 보였다. 그 무서운 속도는 마치 나뭇잎 한 장이 질풍에 휘날리는 듯했다.

눈 깜짝할 사이에 여기까지 온 사람을 보니, 나뭇잎은커녕 키가 7척(尺)이나 되는 덩치 큰 사내였다.

"뭐야, 졸병 장비(張飛) 아니야?"

"맞네. 얼마 전에 새로 들어온 따까리 장비로구먼."

도적들은 의아하다는 듯이 얼굴을 마주 보며 속닥였다. 그자는 자기들이 부리는 장비라는 졸병이었기 때문이다. 일반 보병들은 말을 쫓아오지 못하고 뒤처졌으나, 설사 한 발 차이였다 하더라도 장비만이 이 거리를 따라잡은 셈이니 그 다릿심에 적이 놀라워했다.

"뭐냐, 장비!"

이주범은 무릎으로 유비의 몸을 깔아뭉개고 오른손으로 큰 칼을 가슴에 들이댄 채 뒤돌아보며 물었다.

"소방, 소방. 죽이면 안 됩니다. 그자는 제게 넘겨주십시오."

"뭣이라? 누구의 명으로 네놈은 그런 말을 하느냐?"

"졸병 장비의 명입니다."

"가소롭구나. 장비는 네놈의 이름이 아니더냐? 감히 졸병 주제에…."

말이 채 끝나기도 전에 소리치던 이주범의 몸은 두 장(丈)이나 공중으로 휙 날아갔다.

3

졸병 장비가 갑자기 이주범을 잡아 올려 공중으로 날려버린 것이다.

"아니, 이 자식이!"

도적들은 유비는 뒷전으로 둔 채 전부 장비에게 달려들었다.

"야, 졸병! 왜 네놈은 우리 편인 이 소방을 던진 거냐! 우리를 부러 방해할 셈이냐!"

"까불면 가만두지 않겠다."

"당이 정한 군율에 따라 처벌해주겠다. 꼼짝 마라!"

시끌벅적 떠드는 소리를 가르며 장비가 호탕하게 웃었다.

"와하하! 마음껏 짖어라. 간이 배 밖으로 나온 들개들아!"

"뭐야? 들개라고?"

"그렇다. 네놈들 중 한 마리라도 인간다운 놈이 있을쏘냐?"

"네 이놈! 풋내기 졸병 주제에!"

소리치던 도적 하나가 창을 들고 달려들자 장비는 부채같이 커다란 손으로 그 옆얼굴을 후려치기가 무섭게 창을 낚아채더니, 비틀대는 엉덩이를 차서 호되게 때려눕혔다.

창 자루는 부러지고 엎어진 도적은 허리뼈가 부러졌는지 꽥 소리와 함께 공중제비를 돌며 나가떨어졌다.

생각지도 못한 배신자가 나타나자 도적들은 당황했으나, 평소 눈에 띄게 덩치만 크고 아둔한 졸병이라 업신여겼기에 그 괴력을 직접 보고도 아직 장비의 진가를 제대로 알지 못했다.

장비는 흡사 암벽과도 같은 가슴을 틀었다.

"또 덤빌 테냐? 쓸데없는 목숨 버리지 말고 얌전히 도망치란 말이다. 가서 홍가의 아가씨와 유비라는 자는 얼마 전 현성이 불탔을 때 항복을 가장하고 황건적의 졸병으로 숨어 있던 장비 손에 넘어갔다고 사실대로 고하라!"

"이럴 수가? 그럼 네놈은 홍가의 옛 부하였더냐?"

"이제야 알았느냐. 이 몸은 현성의 남문위소독(南門衛少督)으로 있던 홍가의 무사로, 이름은 장비, 자는 익덕(翼德)이다. 원통하게도 공무가 있어 다른 현으로 자리를 비운 사이 황건적 놈들이 지른 악행에 현성이 불타버렸다. 엎친 데 덮친 격으로 주군은 살해되고, 백성은 괴롭힘을 당하여 하룻밤 만에 성지는 초토화되었다. 그 원통함을 어찌하리⋯, 어떻게 해서라도 그 원한을 풀고자 신분을 속인 채 도망치는 병사로 둔갑하여 한때 도적 패거리의 졸병으로 숨어 있었단 말이다. 이제 알겠느냐? 대방 마원의에게도, 총대장인 흉악한 도적 장각에게도 똑똑히 고해라. 언젠가 반드시 이 장비께서 단단히 혼꾸멍내주러 갈 것이라고."

우레 같은 목소리였다.

표범의 머리에 고리눈을 한 장비가 그렇게 말을 쏟아내고 홱 노려보자 도적의 소방들은 순간 얼어붙었으나, 아직 사람 수가 많은 것에 의지하고는 한꺼번에 달려들었다.

"그럼 홍가의 잔병이었느냐? 더 살려둘 수 없다."

장비는 허리에 찬 칼도 빼지 않은 채 달려드는 도적을 맨손으로 집어던졌다. 날아간 도적들은 하나같이 두개골이 깨지거나 눈알이 튀어나왔으며, 순식간에 붉은 피로 물든 땅은 처참하여 두 번 다시 일어서는 자가 없었다.

유비는 어리둥절한 표정을 지으며 장비의 움직임을 바라보았다. 제비턱과 용의 수염, 발로 차면 구름이 생기고 소리를 지르면 바람이 일었다.

"어디서 나타난 호걸인가?"

남은 도적 두셋은 나귀에 뛰어올라 도망쳤으나 장비는 껄껄 웃으며 뒤쫓지도 않았다. 그리고 나서는 발을 돌려 유비를 향해 성큼성큼 걸어왔다.

"나그네여, 험한 꼴을 보셨구려. 허허허."

장비는 아무 일도 없었다는 얼굴로 태연히 말을 걸어왔다. 곧 허리에 찬 두 칼 중 하나를 풀고, 또 품 안에서 낯익은 차 항아리를 꺼내 유비에게 건넸다.

"귀공의 물건이오? 도적들에게 빼앗긴 칼과 차 항아리입니다. 어서 받으시지요."

4

"아, 제 것입니다."

유비는 잃어버린 보물을 찾은 것처럼 칼과 차 항아리를 장비 손에서 건네받고는 몇 번이나 감사 인사를 했다.

"이미 목숨을 잃을 뻔한 상황에서 구해주셨는데 이렇게 귀한 물건까지 제게 돌아오다니, 마치 꿈만 같습니다. 대인의 존함은 방금 들었습니다. 마음에 새기고 이 은혜를 평생 잊지 않겠습니다."

장비는 고개를 저으며 까닭을 설명했다.

"아닙니다. 덕(德)은 외롭지 않다는 말이 있지 않습니까. 귀공께서 제 옛 주인인 홍가의 아가씨를 구해주신 의협심에 저도 의로써 보답했을 뿐입니다. 조금 전 고탑 부근에서 백마를 타고 달아난 자가 있다는 보초병이 하는 이야기를 듣고, 오늘 밤 황건적의 장병들이 머문 절간이 혼잡해진 틈을 노렸다가 미리

봐둔 귀공의 물건들을 마원의와 이주범이 잠든 거처의 단상에서 빼돌려 추격군들과 함께 달려온 것입니다. 하늘이 귀공의 효심과 성실함을 아니 자연스레 손으로 돌아온 것이겠지요."

장비가 자신의 무용(武勇)을 으스대지 않고 도리어 겸손하게 이야기하자, 유비는 한층 감격하여 두 물건 중 칼을 내밀며 장비에게 다시 건네려 했다.

"대인, 보답의 뜻으로 이 칼을 드리고 싶습니다. 차는 고향에서 기다리는 어머니를 위한 선물이라 나눠 드릴 순 없지만, 이 칼은 대인처럼 의로운 호걸이 지니시는 편이 되려 칼에게도 제 주인을 찾아주는 것과 같습니다."

장비는 눈이 휘둥그레졌다.

"예? 이 칼을 제게 주신다는 겁니까?"

"작은 정성입니다. 부디 받아주시지요."

"저는 뼛속부터 무인인지라 사실 그 칼이 귀한 명검이라는 걸 한눈에 알아보고 무척 갖고 싶었습니다. 동시에 귀공과 그 칼이 가진 내력을 들었으니 차마 탐을 내려야 낼 수 없었습니다만."

"아닙니다. 생명의 은인께 보답하려면 이 칼로도 부족합니다. 게다가 칼의 진가를 바로 알아주시니 저로서도 만족스러울 따름입니다."

"그렇습니까? 허허…, 그러하다면 귀한 물건이니 받아두겠습니다."

장비는 자기 칼을 풀어버린 뒤 간절히 바라던 명검을 몸에 차더니 무척 기뻐했다.

"얼마 지나지 않았지만, 도적이 다시 반격해올 것입니다. 저는 홍가의 아가씨를 모시고 옛 주인의 잔병을 모을 생각입니다만…. 귀공도 한시바삐 고향으로 돌아가시지요."

"아, 그럼."

유비는 부용의 몸을 부축해 장비에게 맡긴 뒤, 도적이 버리고 간 나귀에 올라탔다.

장비는 방금 자기가 버린 칼을 유비 허리춤에 채우며 말을 건넸다.

"누추한 칼이지만 지니고 가시는 게 좋겠습니다. 탁현까지는 수백 리도 더 남았으니…."

그러고는 장비도 부용의 몸을 부축하여 백마 위에 올리고는 헤어지기 섭섭한 듯 말했다.

"언젠가 다시 만날 날이 있을 겝니다. 조심히 가십시오."

"꼭 다시 만납시다. 그대도 무인으로서 홍가의 재건을 훌륭히 이루시길…."

"고맙습니다. 그럼."

"안녕히…."

유비를 태운 나귀와 부용을 태운 장비의 백마는 서로 뒤돌아보며 각각 서쪽과 동쪽으로 향했다.

뽕나무 집

1

탁현 누상촌은 200~300호뿐인 작은 역마을이다. 누상촌은 봄가을은 북쪽에서 남쪽으로, 남쪽에서 북쪽으로 오가는 많은 행객들이 역참에 나귀를 매어두고, 술을 파는 주막과 호궁(胡弓, 바이올린과 비슷한 악기로, 4개의 현으로 이루어져 있으며 말총으로 맨 활로 탄다 – 옮긴이)을 켜는 시골 여인들도 있어 꽤 활기찬 곳이다.

누상촌은 태수 유언(劉焉)의 영내에 있어 교위(校尉) 추정(鄒靖)이라는 관리가 관아를 두어 다스린다. 세상이 어수선하고 황건적이 위협하니 누상촌도 예외 없이 저녁 무렵이면 어두워지기 전부터 마을 외곽으로 난 성문을 굳게 닫고 행객은 물론 주민들도 돌아다니지 못하게 했다.

성의 철문이 닫히는 시간은 서쪽 언덕에 붉은 태양이 저물어가는 무렵으로, 망루를 지키는 관리가 북을 여섯 번 쳐서 신호를 보냈다.

그래서 이 근처에 사는 주민들은 그 문을 육고문(六鼓門)이라 불렀다. 오늘도 붉은 석양이 철문을 내리쬘 즈음 망루의 북이 이미 둘, 셋, 넷…, 울리기 시작했다.

"잠시만요! 잠시만요!"

저 멀리서 나귀를 탄 나그네가 까딱하면 한 발 차이로 하룻밤을 성문 밖에서 보내게 생겼기에 손을 높이 들고 달려왔다.

마지막 북소리가 울리려고 할 때 가까스로 나그네는 성문에 도착했다.

"부탁합니다. 지나가게 해주십시오."

나귀에서 내려 관례대로 관문 심사를 받았다.

"자넨 유비가 아닌가?"

관리는 나그네의 얼굴을 보더니 알은체를 했다.

유비는 이곳 누상촌 주민이었으므로 누구와도 안면이 있었다.

"그렇습니다. 지금 막 객지에서 돌아왔습니다."

"자넨 얼굴이 증표니 달리 검문하지는 않아도 되지만, 대체 어디에 갔었는가? 이번에는 제법 길었군."

"여느 때처럼 장사차 떠났습니다만, 아무래도 요즘에는 어딜 가나 황건적이 횡포를 부리니 장사가 생각만큼 안 되는 바람에…."

"아무렴. 관문을 통과하는 행객들도 매일 줄어드는 편이네. 자, 어서 지나가게."

"고맙습니다."

유비는 다시 나귀에 올라탔다.

"아, 그렇지. 자네 모친 말이야. 오늘도 아들은 안 왔는지, 오늘도 유비는 안 지나갔는지 저녁만 되면 관문까지 와서 묻곤 했는데, 요 근래 모습이 안 보인다 했더니 병이 나 누워 있는 것 같네. 얼른 돌아가 얼굴을 보여드리게."

"예? 그럼 어머니는 제가 없는 사이에 병이 나신 겁니까?"

유비는 갑자기 가슴이 방망이질 치는 걸 느끼며 나귀를 재촉하여 관문에서 성안으로 달렸다.

오랜만에 지나치는 마을 경치에 눈길조차 주지 않고 나귀를 집으로 곧장 몰았다. 폭이 좁고 짧은 게 특징인 역참 번화가는 금방 끝이 났고, 길은 다시 여유로운 전원으로 접어들었다.

실개천이 느리게 휘돌아 흐르고, 드넓은 밭이 시원하게 펼쳐졌다. 가을이라 마을 사람들은 추수가 한창인 모양이다. 곳곳에 보이는 농가를 향해 밭에서 일하던 사람과 물소도 돌아가는 길이었다.

"아…, 우리 집이 보인다."

유비는 나귀 위에 앉아 손을 이마에 올렸다. 저물어가는 석양 사이에 까만 점처럼 보이는 지붕 하나와 멀리서 보면 마치 커다란 차양 같은 뽕나무. 그곳이 유비가 태어난 집이다.

"나를 얼마나 애타게 기다리셨을까…. 생각해보면 효도를 하려다 불효만 거듭하는구나. 어머니, 송구합니다."

유비의 마음을 아는지 나귀의 발걸음도 빨라져 이윽고 그리운 뽕나무 아래에 다다랐다.

2

이 커다란 뽕나무가 몇백 년 전부터 이 자리에 있었는지 마을에 일어난 옛일을 잘 기억하는 노인들도 알지 못했다.

'짚신과 돗자리를 짜는 유비 집'이라고 하면 모두 뽕나무 집이라 가리킬 정도로 나무는 마을 그 어디에서도 잘 보였다.

"누상촌이라는 지명도 이 뽕나무가 우거지면 마치 초록색 누각처럼 보인 것에서 유래했을지도 모르네."

노인들의 말에 따르면 그러했다.

어찌 되었든 유비는 지금, 드디어 당도한 자기 집 뒤뜰에 나귀를 매어놓고는 넓은 집 안으로 뛰어 들어갔다.

"어머니! 지금 돌아왔습니다. 현덕입니다. 현덕이 왔습니다."

낡은 집이라 규모는 커도 무엇 하나 놓인 게 없어 안마당은 짚신과 돗자리를 짜는 작업장으로 쓰였고, 그나마 유비가 집을 비운 동안에는 직공들도 드나들지 않았으므로 황폐해져 있었다.

"어, 무슨 일이지? 불도 꺼져 있고."

유비는 늙은 여종과 하인 이름을 불러댔다.

둘 다 묵묵부답이었다.

유비는 혀를 차며 어머니가 기거하는 방을 두드렸다.

"어머니!"

'비(備)가 왔느냐'라며 달려 나와서 반길 줄 알았던 어머니 모습이 보이지 않았다. 아니, 어머니 방에만 딱 하나 놓여 있던 장롱과 침상도 보이지 않았다.

"어라? 어떻게 된 거지?"

어안이 벙벙하여 뛰는 가슴으로 우두커니 서 있으니 어두운 안마당 쪽에서 달가닥 돗자리 짜는 소리가 들렸다.

"아!"

마루로 나오니 작업장에만 어스레한 등불이 달랑 걸려 있었다. 그 등불 아래 백발이 성성한 어머니가 뒤를 돌아앉아, 홀로 별빛 아래서 돗자리를 짜는 중이었다.

어머니는 유비가 돌아온 걸 알아차리지 못한 모양이다. 유비가 매달릴 듯이 달려가 얼굴을 내밀었다.

"지금 돌아왔습니다."

어머니는 소스라치게 놀라면서 일어나 휘청거렸다.

"오, 비냐… 비가 왔느냐."

젖먹이 아이라도 감싸 안듯 무엇 하나 묻기도 전에 기쁨에 찬 눈물부터 글썽였다. 얼마간 어머니는 아들의 살갗을, 아들은 어머니의 품을 따뜻하게 껴안을 뿐이었다.

"성문 파수꾼으로부터 어머니가 병환에 걸리신 것 같다는 이야기를 듣고 마음이 달뜬 채 돌아왔습니다. 어머니, 어째서 이 시간에 밤이슬이 내리는 곳에 앉아 돗자리를 짜십니까?"

"병? 아아. 성문 파수꾼은 그렇게 생각했을지도 모르겠구나. 매일같이 관문까지 가서 네가 돌아오길 기다린 내가 열흘 동안 가지 못했으니 말이다."

"그럼 병환은 없으신 게지요?"

"병에 걸릴 새도 없었단다."

"침상도 장롱도 보이지 않던데…."

"세금을 걷어가는 관리가 와서 다 가지고 갔다. 황건적을 토벌하려면 해마다 군비가 불어난다며, 올해는 터무니없이 세금이 오르는 바람에 네가 모아둔 것만으로는 모자랐구나."

"할멈이 안 보이던데, 할멈은 어디 갔습니까?"

"아들이 황건적 패거리에 들었다는 혐의로 잡혀갔단다."

"젊은 하인은요?"

"군에 끌려갔지."

"아아! 제가 잘못했습니다, 어머니."

유비는 어머니 발밑에 엎드려 용서를 빌었다.

3

용서를 빌고 또 빌어도 부족할 만큼 유비는 어머니를 볼 낯이 없었다. 그러나 어머니는 오랜만에 객지에서 돌아온 아들이 그렇게 자책하며 슬퍼하자, 도리어 안타깝고 가여워서 가슴이 아렸다.

"비야. 눈물을 거두어라. 무얼 잘못했다고 이러느냐. 네 잘못이 아니다. 다 이 세상 탓이지. 자, 좁쌀이라도 쪄서 오랜만에 둘이 저녁상에 둘러앉자꾸나. 무척 피곤할 텐데 곧 물을 데워줄 테니 땀이라도 닦으려무나."

어머니는 자리를 앞에서 일어섰다.

자식의 마음을 헤아려 잘못을 탓하지 않는 어머니의 자애로움에 유비는 한층 크나큰 사랑을 느끼고 절을 올렸다.

"어머니가 하시다니요! 제가 돌아왔으니 그런 일은 제가 하겠습니다. 이제 어머니를 고생시키지 않을 것입니다."

"아니다. 넌 내일부터 다시 일하지 않느냐. 이 집안의 기둥이니까. 할멈도 하인도 없으니 부엌일 정도는 내가 해야지."

"제가 없는 사이에 그런 일이 생긴 줄은 꿈에도 모르고 객지살이가 길어졌으니, 본의 아니게 어머니께 누를 끼쳤습니다. 자, 이렇게 다 큰 아들이 있으니 어머니는 방에 들어가 침상에서 편히 쉬십시오."

유비는 억지로 어머니의 손을 끌었으나, 생각해보니 그 침상도 세금을 징수하는 관리가 가져가 버려 어머니 방에는 몸을 누일 곳도 없었다.

아니, 침상이나 장롱뿐만이 아니었다. 유비가 등불을 들고 부엌에 가보니 냄비도 사라지고 없었다. 닭이 네다섯 마리, 소가 한 마리 있었으나 그런 가축들까지 모두 영주의 군세로 징수되어 값나가는 물건은 아무것도 남지 않았다.

"이렇게까지 해서 영주의 군비를 모으는 것인가!"

유비는 영위할 생활을 걱정하기 이전에 더욱 큰 의미에서 암담해졌다.

"이것도 다 황건적의 폐해 중 하나다. 어떻게 되려고 이러나…."

이 세상의 앞날을 생각하니 유비는 더욱 근심에 쌓였다.

유비는 선반을 열어 저녁밥에 쓸 좁쌀과 콩 가마를 찾았다. 놀랍게도 선반 안에 다소 쌓아둔 곡식이며 육포며 천장에 매달아둔 말린 채소까지 깨끗이 사라져버렸다. 이제 어머니에게 물어볼 필요도 없는 일이라며 유비는 다시 한번 망연자실했다.

그러자 억지로 방에 들어가 쉬게 한 어머니가 방 안에서 작은 소리를 냈다. 들어가 보니 어머니는 방바닥에 깔린 판자 일부분을 들어낸 뒤 흙 속에 묻힌 항아리에서 좁쌀과 식량을 조금 꺼내는 중이었다.

"아…. 그런 곳에."

유비 목소리에 어머니는 돌아보더니 한심한 행동을 자조하듯이 말했다.

"조금 감춰두었단다. 목숨 부지할 양식도 없으면 곤란하니까."

"…."

세상은 급변하나 보다. 예삿일이 아니었다. 몇억이나 되는 사람들이 점점 아귀(餓鬼)로 변하였다. 반면에 일부 황건적이 그 피를 빨고 살을 뜯어 부당한 부귀와 악랄한 영화를 누렸다.

"비야…. 등불을 가져오려무나. 좁쌀이 익었단다. 아무것도 없지만 둘이 먹으면 맛있을 게다."

얼마 안 있어 늙은 어머니는 조촐한 밥상에서 아들을 불렀다.

4

단출한 상차림이었지만 모자는 오랜만에 함께하는 식사가 즐거웠다.

"어머니. 내일 아침에는 분명 기뻐하실 겁니다. 이번에 돌아올 때 제가 멋진 선물을 들고 왔으니까요."

"선물을?"

"예. 어머니가 아주 좋아하시는 겁니다."

"그래? 그게 무엇이냐?"

"살아 있는 동안 한 번만 더 맛보고 싶다며, 언젠가 말씀하신 적이 있지요. 바로 그것입니다."

어머니를 즐겁게 하려고 유비도 그 선물이 낙양에서 가져온 귀한 차라는 사실을 잠시 비밀로 부쳤다.

어머니는 자식의 그 마음만으로도 이미 눈이 감길 정도로 기뻐했다. 아들이 일부러 애태우는 줄 알면서도 물었다.

"직물이더냐?"

"아닙니다. 방금 말씀드렸듯이 맛보는 것입니다."

"그럼, 먹는 것이냐?"

"비슷합니다."

"무얼까? 모르겠다, 비야. 내가 그리 좋아하는 게 있었느냐."

"바라도 이루어질 수 없으니 단념하신 나머지 잊으셨나 봅니다. '평생에 한 번만이라도'라고 어머니께서 몇 년 전에 말씀하신 적이 있기에 저도 평생에 한 번은 어머니의 소망을 이뤄드려야겠다는 꿈을 오늘까지 품어왔습니다."

"아…, 그렇게 오랫동안 마음에 둔 게냐. 더 모르겠구나, 비야. 대체 그게 무엇이더냐?"

"어머니, 실은 이것입니다."

작은 차 항아리를 꺼내 유비는 밥상 위에 올렸다.

"낙양에서 구한 귀한 차입니다. 어머니께서 좋아하시는 차. 내일 아침은 좀 부지런을 떨겠습니다. 어머니는 뒤에 있는 도원에 돗자리를 펴주시겠어요? 나귀를 타고 여기서 4리쯤 떨어진 계촌(鷄村)까지 가면 아주 맑은 물이 솟는 곳이 있으니 전 파수꾼에게 부탁해 물 한 통 길어오겠습니다."

"…"

어머니는 놀란 눈을 동그랗게 뜬 채 작은 주석 항아리를 바라보며 말을 잇지 못했다. 잠시 후 두려운 물건이라도 만지는 듯이 살며시 손에 올리고, 항아리 옆에 붙어 있는 종이에 쓰여 있는 글자를 읽었다. 그러고는 한숨을 푹 내쉬며 아들 얼굴로 시선을 옮겼다.

"비야. 너, 대체 이걸 어떻게 구한 것이냐?"

목소리마저 죽이고 물어보는 것이었다.

유비는 어머니가 의구심을 품은 나머지 심려하시면 안 된다고 생각하여, 이내 속마음과 그 차를 얻게 된 경위 등을 자세히 설명했다. 민간에서는 좀처럼 구하기 어려운 물건임이 분명하나 자기가 구한 차는 정당한 방법으로 산 것이니 조금도 염려하지 말라고 덧붙였다.

"아아, 넌! 정말로 마음씨가 곱구나."

어머니는 차 항아리를 두고 자식인 유비를 향해 두 손을 모았다.

유비는 당황하며 어머니의 손을 잡았다.

"어머니, 당치도 않습니다. 그런 행동은 거둬주십시오. 전 다만 어머니가 기뻐해주시기만 하면…"

그렇게 서로 얼싸안은 채 유비는 마음이 전해진 기쁨에 울고, 어머니는 자식의 효심에 감동한 나머지 눈물을 흘렸다.

다음 날 아침,

아직 날이 밝기도 전에 일어난 유비는 나귀 등에 물통을 매달고 계촌까지 물을 길으러 떠났다.

5

물론 유비가 떠났을 무렵에는 어머니도 벌써 일어나 움직이고 있었다.

어머니는 그사이에 부뚜막 밑에서 콩깍지를 태워 아침밥을 짓고는 뒤뜰로 나갔다.

커다란 뽕나무 그늘을 지나 뒤뜰로 나가니 주인 잃은 외양간과 닭장이 황폐하여 웃자란 가을 잡초로 뒤덮여버렸다.

그곳에서 100보쯤 걸어가면 옆으로 기듯이 뻗은 과실수가 몇천 평 대지에 빽빽이 줄지어 선 광경이 나타난다. 모조리 복숭아나무였다. 가을은 잎이 떨어져 쓸쓸해 보이지만 꽃이 만발한 봄에는 그 앞의 반도하(蟠桃河)가 흩날린 꽃으로 붉게 물들 정도였고, 복숭아 열매는 시장에 내다 팔아 마을에 사는 몇몇 집과 나눠 가지니 한 해의 생계를 잇는 중요한 수단이 되었다.

"아…."

유비 어머니는 저절로 감탄이 터져 나왔다. 때마침 도원 저편에서 아침 해가 떠올랐다. 황금빛 태양이 여러 겹으로 둘러싸인 구름을 가르며 나오는 그 끝자락이 보였다. 어머니는 지금 존귀한 무언가가 이 세상에 탄생하는 장면을 보는 듯한 커다란 감동에 휩싸였다.

"…."

유비 어머니는 무릎을 꿇고 삼배를 드렸다. 자식을 위해 비는 모습이었다.

그러고 나서 빗자루를 들었다.

낙엽이 잔뜩 쌓여 볼썽사나웠다. 도원은 마을 공유지니 평소에 어느 누구도 청소하는 일이 없었다. 어머니도 한쪽만 쓸어냈다.

새 돗자리를 그곳에 깔았다. 그러고는 화로와 찻잔을 옮겼다. 유비 어머니는 원래 가문이 비루하지 않은 집안에서 태어난 아가씨였고 유씨 집안도 본디 격조 있는 가문이어서, 그런 물건들을 수십 년 동안 사용하지 않고 어딘가에 잘 간수해두었던 것이다.

낙엽을 쓸어낸 도원에 앉아 유비 어머니는 물을 길으러 간 아들이 계촌에서 돌아오기만을 차분히 기다렸다.

도원의 나뭇가지 끝에 걸쳐 있는 호숫가로 가을을 알리는 작은 새들이 날아와 다채로운 음색으로 노래했다. 화창한 햇살이 구름을 넘고 아침 안개는 아직 보랏빛을 띤 채 땅에 머물러 아름다웠다.

"나는 복이 많구나."

유비 어머니는 그날 아침 행복에 겨워 그대로 죽어도 여한이 없었다. 아니, 그렇지 않다. 홀로 강하게 부정했다.

"그 아이의 장래를 끝까지 지켜봐야 한다…."

문득 저편을 보니 유비가 다가오는 모습이 보였다. 물을 길어 돌아오는 모양이다. 나귀 안장에 작은 물통이 매달린 게 보였다.

"어머니!"

도원으로 난 좁은 길을 빠져나온 유비는 어느새 그곳으로 와서 물통을 내렸다.

"계촌 물은 정말 맑네요. 이 물로 차를 끓이면 분명 맛이 좋을 겁니다."

"수고했구나. 계촌 물이 좋다는 소문은 익히 들었지만, 아주 위험한 골짜기라고 하질 않느냐. 나중에는 자못 걱정되었단다."

"길 따위야 아무리 험한들 문제 되지 않지만, 맑은 물을 지키는 파수꾼이 있어 좀처럼 그냥 주지 않더군요. 돈을 조금 찔러주고 길어 왔습니다."

"황금 물과 낙양에서 온 차, 게다가 네 효심까지…. 왕후의 어머니로 태어나도 이런 기쁨을 누리지는 못할 게다."

"어머니, 차는 어디에 두셨습니까?"

"아, 그렇지. 나만 받기에는 송구해서 선조를 모시는 불단에 올려두었다."

"그러셨습니까? 도둑맞으면 큰일입니다. 얼른 가서 가지고 오겠습니다."

유비는 집 쪽으로 한달음에 달려가 보물이라도 감싸듯이 차 항아리를 받들고 왔다.

어머니는 화로에 불을 올렸다. 그 앞에서 무릎을 꿇고 유비가 차 항아리를 내밀자 그때 어머니 눈에 무엇이 비쳤는지, 손을 뻗으려고도 하지 않고 유비 몸 주변을 경직된 눈으로 가만히 바라보았다.

6

유비는 어찌 된 일인지 어머니가 정색하고 자기 차림새를 쳐다보기에 의아한 얼굴로 물었다.

"왜 그러십니까, 어머니."

"비야."

어머니는 평소와는 다른 엄숙한 표정과 목소리였다.

"예, 무슨 일이십니까?"

"네가 찬 그 칼은 누구의 것이냐?"

"제 것입니다."

"거짓말하지 마라. 길을 떠나기 전에 찼던 것과 다르지 않느냐. 네 칼은 아버지가 유품으로 남기셨다. 선조 때부터 대대로 물려받은 칼이다. 그 칼을 어디에 버린 게냐?"

"…예."

"예라니! 한시도 곁에서 떼어놓지 말라고 이 어미가 간곡히 일렀을 텐데. 그 소중한 칼을 어떻게 한 게냐?"

"그것이 실은….”

유비는 고개를 푹 숙였다.

어머니가 지은 표정은 기어코 지엄하게 바뀌었다. 유비가 어물거리자 더욱 다그치며 물었다.

"설마 다른 사람한테 준 건 아니겠지?"

유비는 두 손을 바닥에 짚으며 말했다.

"잘못했습니다. 실은 집으로 돌아오는 길에 어떤 분께 보답으로 드렸습니다."

"뭣이라? 남에게 주었다고? 어떻게 그 칼을!"

일순간 어머니의 안색이 변했다.

유비는 그 자리에서 황건적의 무리에게 인질로 잡힌 일, 차 항아리와 칼을 빼앗긴 일, 그리고 겨우 도움을 받아 도적에게서 탈출했으나 또다시 붙잡혀 포위된 일, 이미 없는 목숨이나 다름없을 때 장비라는 병사가 목숨을 살려주어 감사의 예를 표하고 싶었으나 가진 것이라고는 칼과 차 항아리뿐이라 부득이하게 칼을 내준 경위까지…. 모두 빠짐없이 털어놓았다.

"도적에 잡혔을 때도 장비란 자에게 도움을 받았을 때도 그때는 이미 아무것도 필요 없다는 생각이었습니다. 하지만 이 차만큼은 목숨을 걸고서라도 가져가 어머니께 드리고 싶었습니다. 칼을 내버린 일은 잘못이나 그런 연유로 이 차를 목숨에 버금가는 물건으로 가지고 올 수 있었습니다."

"…."

"칼은 대대로 전해져온 소중한 물건이 분명하지만 짚신과 돗자리를 만들어 사는 동안에는 장졸에게 받은 이 칼로도 결코 손색이 없으니…."

어머니의 아쉬워하는 마음을 달랠 생각으로 그렇게 말하자 유비 어머니는 어떻게 받아들였는지 통곡하며 소리쳤다.

"아아, 내가 네 아버지께 죄를 지었구나. 돌아가신 네 아버지를 뵐 면목이 없어. 내가 자식을 잘못 가르쳤다!"

"무슨 말씀을 하십니까. 어머니! 어째서 그런 말씀을…."

어머니의 마음을 헤아리지 못하는 유비가 흐느끼며 말하자, 어머니는 갑자기 눈앞에 놓인 작은 차 항아리를 들었다.

"비, 따라오너라!"

무서운 얼굴로 유비의 팔을 한 손으로 잡아끌었다.

"어디 가십니까. 어머니…. 어, 어디에 가시려 합니까!"

"…."

유비 어머니는 아무 말 없이 아들의 손목을 꽉 잡은 채 복숭아밭 끝자락으로 달려갔다. 그러더니 반도하의 기슭까지 가서는 손에 들고 있던 차 항아리를 강 한가운데로 집어 던졌다.

7

"아니, 어째서!"

유비는 깜짝 놀라 넋을 잃은 채 어머니의 팔목을 붙잡았으나, 이미 어머니의 손을 떠난 차 항아리는 작은 물거품을 일으키며 강바닥으로 가라앉았다.

"어머니…! 어머니! 도대체 무엇이 마음에 들지 않으셨습니까. 모처럼 구한 차를 어째서 강에 버리십니까?"

유비 목소리는 부들부들 떨렸다. 어머니를 기쁘게 하겠다는 일념으로 온갖 고초를 겪으며 목숨을 걸고 가지고 온 차였다.

어머니는 기쁜 나머지 정신이 혼미해진 게 아닐까?

"무엇이 말이냐! 시끄럽다!"

어머니는 아들의 손을 강하게 뿌리쳤다.

그러고는 아버지 같은 표정을 지었다.

"…."

유비는 엄격한 어머니의 눈을 보고 무심코 뒷걸음질쳤다. 태어나서 처음으로 어머니에게도 무서운 면이 있다는 사실을 느꼈다.

"비, 앉아라."

"예."

"네가 어미를 기쁘게 할 생각으로 멀리서 고생하며 가지고 온 차를 강에 던진 이 어미의 마음을 아느냐?"

"모릅니다. 어머니, 저는 아둔합니다. 어디가 잘못됐는지, 무엇이 마음에 들지 않으신지 꾸짖어주십시오. 가르쳐주십시오."

"아니다!"

어머니는 머리를 세게 가로저었다.

"착각하지 마라. 어미 마음에 들지 않아 혼내는 게 아니다. 귀중한 칼을 남의 손에 넘긴 자식을 키운 어미로서, 선조와 돌아가신 네 아버지께 죄송스럽기 때문이다."

"제가 잘못했습니다."

"입 다물어라! 그렇게 간단히 대답하는 걸 보니 이 어미의 잔소리를 네가 이해하지 못한 게로구나. 어미가 화를 내는 건 네 마음이 어느새 뿌리까지 시들어 누상촌의 가난한 백성이 되어버렸는지, 그게 분하기 때문이다. 안타까워 견딜 수가 없구나."

어머니는 자식을 야단치기 위해 언성을 높이는 자신과 그 목소리에 결국 눈물을 흘리며, 겉옷의 소매를 늙은 눈에 갖다 대었다.

"잊었느냐, 비야. 네 아버지와 할아버지도 너처럼 짚신과 돗자리를 짜며 끝내 평민들 속에 묻혀 눈감으셨으나, 더 오랜 선조로 거슬러 올라가면 한(漢)나라 중산정왕(中山靖王) 유승(劉勝)의 정통한 핏줄을 이었다. 넌 틀림없는 경제(景帝)의 현손(玄孫)이다. 이 중국을 한 번 통일한 황제의 피가 네 몸에 흐르고 있느니라. 그 칼은 바로 이를 나타내는 증표라 해도 좋다."

"…."

"허나 이 사실은 함부로 입 밖에 꺼낼 수 없다. 지금 후한의 황실은 우리 선조를 무너뜨리고 세운 황제기 때문이다. 경제의 현손이라는 사실을 알면 벌써 우리 가문은 대가 끊겼을 것이야. 그렇다고 너마저 평민으로 살면 되겠느냐."

"…."

"이 어미는 널 그렇게 키운 적이 없다. 요람에 눕혀 자장가를 부르던 시절부터, 이 어미가 무릎에 안고 재우던 시절부터, 어미는 선조의 뜻을 네 귀에 속삭이며 핏속에 새기려 노력했다. 시기가 오지 않으면 어쩔 수 없지만, 때가 오면 이 세상을 위해 그리고 한나라의 정통을 다시 세우기 위해 칼을 잡고 초려(草廬)에서 일어서야 한다고 말이다."

"예."

"비, 너는 그 칼을 다른 사람 손에 넘기고 평생 돗자리를 짤 셈이냐! 칼보다도 차를 소중히 여기느냐! 그런 근성을 지닌 자식이 가지고 온 차 따위를 기쁘게 마실 어미라 생각하느냐? 어미는 화가 난다. 이 어미는 그것이 슬프다."

어머니는 통곡하며 유비의 옷깃을 붙들고 어린아이를 야단치듯이 꾸짖었다.

8

어머니에게 모진 매를 맞으며 유비는 꼼짝도 하지 않았다.

철썩하고 어머니가 때릴 때마다 그 크나큰 사랑이 뼛속에 사무쳐 눈물이 주르륵 흘렀다.

"잘못했습니다."

유비는 어머니의 때리는 손을 달래듯 감싸 쥐고 자신의 이마 위로 올렸다.

"제 생각이 짧았습니다. 우둔한 탓에 저지른 잘못입니다. 말씀하신 대로 평민들 속에서 빈궁하게 살다 보니 저 역시 어느새 마음까지 그네들의 마음을 닮아가나 봅니다."

"이제 알겠느냐. 유비야, 그걸 깨달은 게냐?"

"어머니의 매로 어릴 적 가르침이 뼛속에서 되살아났습니다. 소중한 칼을 잃어버린 건 선조께도 송구스럽지만… 안심하세요, 어머니. 현덕의 혼은 아직 이곳에 있습니다."

그러자 그때까지 늙은 손이 저릴 만큼 아들을 때리던 어머니의 손은 곧바로 유비의 몸을 꼭 껴안았다.

"오오, 비야! 그럼 네게도 평생 평범한 백성으로 썩지 않겠다는 생각이 있느냐. 아직 내 말을 잊지 않고 가슴에 품고 있는 게냐?"

"어떻게 잊겠습니까? 혹 제가 잊더라도 경제의 현손인 이 피가 잊지 않을 것입니다."

"잘 말했구나⋯. 비야, 그 말을 들으니 어미 마음이 놓이는구나. 용서하렴. 용서해주렴."

"어찌 그러십니까? 자식에게 머리를 숙이시다니, 제가 송구합니다."

"아니다. 마음까지 다 저버린 줄 알고 슬픔과 분에 못 이겨 널 때렸구나."

"어머니의 은혜이자 크신 사랑입니다. 오늘 맞은 매는 제게 진정한 용기를 북돋우는 신군(神軍)의 북이요, 부처님의 지팡이였습니다. 만약 오늘 노여움을 보이지 않으셨다면, 제가 어떤 뜻을 가슴에 품든 어머니가 살아 계실 동안에는 비겁한 평민을 가장하고 있었을지 모릅니다. 아니, 그사이에 세월이 흘러 정말 평민이 되어 헛되이 죽었을지도 모릅니다."

"그럼 넌 무언가 생각한 게 있음에도 이 어미가 걱정할까 봐, 어미가 살아 있는 동안에는 오직 아무 일 없이 지내기만 바란 게로구나. 아아, 그 이야기를 들으니 더 내가 미안하구나."

"저도 이제 결심했습니다. 그렇지 않아도 이번에 객지에서 여러 지역의 혼란과 황건적이 일으킨 폐해, 이 땅의 백성이 겪는 고통을 눈이 시릴 정도로 보고 왔습니다. 어머니, 제가 이 세상에 태어난 건 하늘의 여러 황제께서 어떤 사명을 주셨기 때문이라는 생각이 듭니다."

유비가 속마음을 토로하자 어머니는 천지에 묵도(默禱)를 올리며 언제까지고 두 팔 사이에 이마를 묻었다.

그러나 이날 아침에 있었던 일은 어디까지나 모자 둘만의 비밀이었다.

유비 집에서는 여전히 아무 일도 없었다는 듯 돗자리 짜는 소리가 밖으로 새어나갔다.

건장한 마을 주민을 직공으로 고용하고, 안마당에 차린 작업장에서 날마다 짚신과 돗자리를 엮었다. 물건들이 모이면 성안에서 열리는 시장에 가져가 곡식과 베, 어머니를 위한 약재로 바꾸었다.

달라진 점이 있다면, 집 동남쪽의 높이 다섯 장이 넘는 커다란 뽕나무에 봄에는 새가 지저귀고 가을에는 낙엽이 지며 어느새 삼사 년이라는 세월이 흘렀다는 것이다.

초봄 어느 날이었다.

새하얀 빛을 띤 산양 등에 술통 두 짝을 올리고 지나가던 노인이 뽕나무 아래에서 홀로 무언가를 보며 감탄하였다.

9

누군가가 주인 허락도 없이 느릿느릿 집 옆에서 안마당으로 들어왔다.

유비는 어머니와 둘이서 돗자리를 짜느라 정신이 없었다. 허락 없이 들어왔다고는 해도 토담은 무너지고 문은 달려 있지 않으니, 마당을 지나쳐 간다 해도 뭐라고 할 수 없는 집이었다.

"…응?"

뒤돌아본 모자의 눈은 휘둥그레졌다. 그 자리에 서 있는 노인보다도 술통을 등에 짊어진 산양의 아름다운 순백색 털이 시선을 사로잡았다.

"수고가 많구려."

노인은 허물없이 말을 건넸다.

자리를 옆에 앉아 이야기를 걸고 싶어 하는 표정이었다.

"어르신, 어디에서 오셨습니까? 털이 아주 훌륭한 산양이로군요."

한참 동안 말이 없자 유비가 먼저 운을 떼니, 노인은 무언가를 절실히 깨달은 듯 혼자 고개를 끄덕였다.

"아드님이오, 이 청년은?"

"예."

어머니가 짤막하게 대답했다.

"훌륭한 자식을 낳으셨구려. 내 산양도 자랑스럽지만, 이 청년만 못하다오."

"어르신은 이 산양을 성안 시장에 팔러 오셨습니까?"

"아니라오. 이 산양은 팔지 않는다오. 누구한테도 팔지 않아. 내 자식인걸. 내가 팔 건 술이오. 그런데 산중에서 못된 놈들을 만나 술이 바닥났으니, 두 짝 모두 텅 비었소. 허허허…."

"그럼, 모처럼 멀리서 오셨는데 돈으로 바꾸지도 못하고 돌아가시는 겁니까?"

"돌아가려고 여까지 왔더니, 대단한 물건을 보았구려."

"무엇입니까?"

"뽕나무요."

"아, 저 나무 말씀이십니까?"

"지금껏 몇천 명, 아니, 몇만 명 넘는 사람들이 마을을 지나며 저 나무를 봤을 터인데, 아무도 뭐라 이야기한 자가 없었소?"

"딱히…."

"그렇소?"

"신기한 나무다, 뽕나무 중에 이런 거목은 없다고 모두 입을 모으기는 합니다만…."

"그럼 내가 말하겠소. 저 나무에는 신령이 깃들었소. 이 집에서 반드시 귀인이 나올 것이오. 차양처럼 뻗은 나뭇가지들이 거듭거듭 내게 속삭였소. 머지않아, 이 봄에…. 푸른 뽕잎이 달릴 무렵이면, 좋은 동지가 찾아올 것이오. 교룡(蛟龍)이 구름을 얻은 것처럼. 그 후에 이 집 주인의 운명은 무섭게 달라질 것이오."

"어르신은 점쟁이십니까?"

"난 노(魯)나라 이정(李定)이라 하오. 연중 떠돌아다녀 고향에 머무르질 않소. 산양을 끌고 술에 취해 가끔 시장에 나가니 모두 양선(羊仙)이라 부른다오."

"양선이시여. 그럼, 세상 사람들은 어르신을 신선이라 여기는 겁니까?"

"허허허. 쓸데없는 이야기요. 여하튼 오늘은 기분 좋은 사람과 만나 이야기를 하고, 신기한 뽕나무를 봤소. 청년의 어머니여."

"예."

"이 산양을 선물로 드리겠소."

"예?"

"아마 이 청년은 자신이 태어난 날을 축하받은 적이 없을 것이오. 허나 이번에는 축하해주시오. 이 통에 술을 사서 담고, 이 산양을 잡아 피는 신단에 올리며, 고기는 국을 끓여⋯."

처음에는 농이겠지 싶어 반쯤 웃으며 듣자니 양선은 정말로 산양을 두고 떠났다.

놀란 나머지 뽕나무 아래까지 달려가 사방을 둘러봤지만 온 데간데없었다.

돌다리 위의 풍담(風談)

1

반도하의 물은 붉게 물들었다. 강기슭에 자리 잡은 도원에는 붉은 노을이 지고 저녁에는 눈썹달이 향기를 풍겼다.

그러나 그 강에는 배 위에서 시를 읊는 사람도, 지팡이를 짚고 산책하는 고상한 사람도 없었다.

"어머니, 다녀오겠습니다."

"그래, 다녀오너라."

"성안에서 맛있는 거라도 사오겠습니다."

유비는 집을 나섰다.

짚신과 돗자리를 제법 납품한 도매상에서 값을 받아오는 날이었다.

낮에 길을 떠나도 볼일을 마치고 해가 떨어지기 전에 넉넉히 돌아올 수 있는 거리라서 유비는 나귀에 오르지 않았다.

어느새 양선이 두고 간 산양이 잘 길들여져 유비의 꽁무니를 쫓아가는 걸 어머니가 불러들이고는 했다.

성안은 먼지투성이였다.

오랫동안 비가 내리지 않아서 짚신 뒤축이 퍼석퍼석했다. 유비는 도매상에서 돈을 받고 반질반질 광이 나는 시장에 줄지어 선 점포들을 구경하며 걸었다.

연근 과자가 눈에 띄어 유비는 조금 샀다. 이내 발걸음을 조금 옮기다가 퍼뜩 생각이 났다.

"연근은 어머니가 앓는 지병에 해롭지 않을까…."

유비는 돈으로 다시 바꾸러 갈지 잠시 망설였다.

그런데 사람들이 사거리에 잔뜩 모여 웅성웅성 떠드는 소리가 들려왔다. 언제나 튀긴 오리와 떡을 파는 곳이기에 혼잡한가 했더니, 북적이는 사람들 머리 위로 방문(榜文)이 흘끗 보였다.

"저게 뭘까?"

유비도 호기심이 생겨 사람들 사이에서 방문을 유심히 쳐다보았다.

보자니,

'널리 천하에 의용(義勇)의 무사들을 모집하노라.'

나라에서 붙인 포고문이었다.

황건 도적이 각 주에서 봉기하여 해마다 피해가 커지고, 귀축(鬼畜)의 독이 참담하여 백성들에게 푸른 논이 하나 없도다.

현시에 도적을 주살해야만 한다는 사실을 천하가 알 따름이다.

태수 유언, 마침내 백성의 읍곡(泣哭)에 일어나 토벌의 천고(天鼓)를 울리려 하노라. 고로 숨어 있는 초려의 군자여, 묻혀 있는 초야의 의인이여, 휘하에 모여라. 기꺼이 각자의 의용을 받아들여 부(府)에서 맞이하노라.

— 탁군 교위 추정

"이게 무슨 소리래?"

"군사를 모집한다는 걸세."

"아, 군사?"

"어때? 나서서 한번 힘써 보지 않겠나?"

"난 글렀어. 무용이고 뭐고 없네. 다른 재주도 없고."

"다 마찬가지지. 뭐 재주 있는 사람만 뽑겠는가? 이렇게 쓰지 않으면 시시해 보이니까 그런 게지."

"아하! 과연."

"못된 도적놈들을 칠 기회일세. 창 잡는 법을 모르면 말 먹일 풀이라도 베어 군에 보탬이 되겠네. 난 가겠어."

한 사람이 중얼거리며 떠나자 그 말에 결심을 굳혔는지 두 사람, 세 사람 자리를 뜨더니 결국 모두 성문의 관아로 힘차게 나아갔다.

"…."

유비는 시대가 나아가는 발소리를 들었다. 민심이 향하는 물결을 물끄러미 바라보았다.

그러나 연근 과자를 손에 든 채 한참을 생각했다. 모든 사람이 없어질 때까지 방문을 노려보며 곰곰 생각했다.

"아…."

정신을 차리고는 멋쩍다는 듯이 그 자리를 떴다. 그러자 누군가 버드나무 뒤에서 불렀다.

"젊은이, 기다리시오."

2

아까부터 버드나무 아래에 앉아 길가에 자리를 차린 술장수를 상대로 시끄럽게 떠드는 사내가 있던 건 유비도 보았다.

"귀공, 그걸 읽었소?"

자신의 모습을 곁눈질했던 것인지, 방문에서 두세 발자국 물러나자 그 사내는 한 손에 술잔을, 또 한 손에 칼자루를 쥔 채 갑자기 일어섰다.

버드나무 기둥보다 널찍한 어깨를 뒷모습으로만 보다가 몸을 일으키자 실로 고개를 올려다볼 수밖에 없는 대장부의 풍채였다. 별안간 산이 솟아오른 듯했다.

"저 말입니까?"

유비는 다시금 그 사람을 훑어보았다.

"으음…. 귀공 외에는 아무도 없지 않은가!"

칠흑 같은 수염 속에서 모란 같은 입을 벌리고 웃었다.

목소리도 연배도 유비와 비슷해 보였으나 대장부는 머리부터 턱 끝까지 빽빽이 반들반들한 수염을 기른 모습이었다.

"읽었습니다."

유비가 내뱉은 대답은 간결했다.

"귀공은 어떻게 읽었소?"

대장부의 물음은 진지했고 눈은 날카롭게 빛났다.

"글쎄요….."

"아직 생각 중이오? 그렇게 오래 방문을 노려보았으면서."

"여기서 말하고 싶지 않습니다."

"재밌군."

대장부는 술장수에게 돈과 술잔을 건네고 성큼성큼 유비 곁으로 다가왔다. 그러더니 유비가 한 말을 흉내 냈다.

"여기서 말하고 싶지 않습니다. 거 참 유쾌하군. 그렇게 말하니 난 진실을 들어야겠소. 자리를 다른 곳으로 옮깁시다."

유비는 난처했다.

"어쨌든 걸읍시다. 여기는 시장이라 보는 눈이 많으니….."

"좋소. 가지."

대장부는 힘차게 걸었다. 유비는 나란히 걷기에도 벅찼다.

"저 무지개다리는 어떻소?"

"좋습니다."

대장부가 가리킨 곳은 변두리에 있는 버드나무가 빽빽한 연못가였다. 무지개가 걸려 있는 모양을 한 돌다리가 있었다. 그 앞으로는 황폐해진 뜰이었다. 어떤 선비가 연못을 파서 성현(聖賢)의 문하를 세웠으나, 시대는 성현의 도(道)를 역행하기만 할 뿐 성실히 다니는 제자가 없었다.

선비는 그럼에도 단념하지 않고 돌다리에 서서 도를 설파했지만, 주민과 아이들은 '미치광이'라고 여겨 귀 기울이지 않았다. 그뿐 아니라 교활한 놈이라고 욕하며 돌을 던지는 자도 있었다.

선비는 언젠가부터 정말 미치광이가 되어 결국 황당무계한 소리를 부르짖으며 뜰 안을 헤맸는데, 얼마 후 연못 속에서 가련한 시체로 떠올랐다. 그런 사연이 있는 곳이었다.

"여기가 좋겠군. 앉읍시다."

대장부는 무지개다리 돌난간에 걸터앉으며 유비에게도 권했다.

유비는 이곳까지 오는 동안 대장부의 인물됨을 살폈다. '이 사람은 거짓되지 않다'는 생각이 들어 다리에 도착하자마자 유비도 제법 침착하게 속마음을 드러냈다.

"참으로 실례되지만, 존함부터 여쭙고 싶습니다. 전 여기서 가까운 누상촌에 사는 유현덕이라고 합니다."

그러자 대장부는 갑자기 유비의 어깨를 툭 치며 말했다.

"귀공, 그건 이미 듣지 않았소. 내 이름도 잘 알 터인데."

3

"예? 제가 이전부터 아는 분이라고요?"

"잊은 게요? 하하하."

대장부는 어깨를 흔들며 까만 턱수염을 내리 쓸었다.

"무리도 아니오. 볼에 생긴 칼자국으로 용모가 조금 바뀌었소. 더구나 근 삼사 년 동안 쉬지 않고 떠돌며 고초를 겪었으니 말이요. 귀공과 만났을 때는 이 까만 수염도 기르지 않았던 시절이기도 하고."

그래도 유비는 기억이 떠오르지 않았으나 문득 대장부가 허리에 찬 칼을 보고는 자기도 모르게 짧은 탄성이 터져 나왔다.

"오, 은인! 생각났습니다. 수년 전 황하에서 탁현으로 오는 길에 도적들에게 붙잡혀 목숨을 잃을 뻔한 저를 구해주신 홍가의 무사 장비라는 분이 아니십니까?"

"그렇소."

장비는 갑자기 팔을 뻗어 유비의 손을 잡았다. 그 손은 마치 철판과 같아 유비 손을 쥐고도 다섯 손가락이 그대로 남았다.

"기억하시는군요. 바로 그때 만났던 장비입니다. 이렇게 수염을 기르고 모습을 변장한 것도 뜻을 이루지 못해 세상 뒤에 숨어 지내기 위해서입니다. 그래서 실은 귀공이 알아보는지 어떤지 시험해본 것이니 지금까지 저지른 무례를 제발 용서해주십시오."

대장부답지 않게 공손히 예를 표했다.

그러자 유비는 그보다 더욱 정중하게 말했다.

"호걸이여, 저야말로 비난받아 마땅합니다. 설사 용모가 크게 바뀌었다 한들, 은인을 몰라본다는 건 있을 수 없는 일입니다. 부디 제 죄를 용서해주십시오."

"이리 정중히 말씀하시니 몸 둘 바를 모르겠습니다. 그럼 서로 없었던 일로 하지요."

"헌데 호걸, 지금 이 현성 시가에서 지내십니까?"

"아닙니다. 얘기하자면 길지만 어떻게든 황건적에 빼앗긴 주군의 현성을 되찾으려 백성 사이에 숨어 군사를 키우고, 또 패한 뒤에는 숨어 지내면서 몇 번이나 일을 도모했습니다. 그러면 뭐합니까? 황건적 세력은 날로 불어날 뿐이며 근래에는 활도 다 떨어지고 칼도 부러진 형편이지요. 그래서 얼마 전부터 이 탁현으로 흘러들어 산속의 멧돼지를 잡아다 가죽을 벗겨 시장에 내다 팔며 목숨을 연명하였습니다. 비웃어주십시오. 요즘이 장비는 날개 부러진 매의 처지입니다…."

"그렇습니까? 전혀 몰랐습니다. 그러면 왜 누상촌에 있는 저희 집에 들르지 않으셨습니까?"

"언젠가 한번 뵙고 싶다는 마음은 있었지만, 뵙는 날에는 귀공께 꼭 부탁하고 싶은 게 있어서 그걸 준비할 시간이 필요했습니다."

"이 유비한테 부탁이라니, 도대체 무엇입니까?"

"유 형…."

장비는 거울처럼 눈을 반짝였다. 그 안에서 가슴속의 횃불이 활활 타오르고 있다는 걸 유비는 알아차렸다.

"유 형은 오늘 저잣거리에서 현성이 내건 포고문을 읽으셨소?"

"아, 그 방문 말입니까?"

"그걸 읽고 무슨 생각을 하셨습니까? 황건적을 토벌할 군사를 모집한다는 글을 읽고."

"별로, 아무런 생각도 하지 않았습니다."

"뭐요?"

장비는 추궁하는 말투로 물었다. 격노한 피가 얼굴까지 끓어오르는 게 보였다.

그러나 유비는 차가운 물처럼 냉랭하게 대답했다.

"예, 아무런 생각도 안 했습니다. 제겐 어머니가 한 분 계시니까요. 그래서 군사가 될 생각은 없으니까…."

4

가을바람이 다리 밑을 스쳐 지나갔다.

무지개다리 아래에서는 마른 연잎이 바삭바삭 소리를 냈다.

휙 하고 깃털 달린 화살이 날아온 줄 알았으나 물에서 날아오른 물총새였다.

"거짓말이오!"

장비는 담담히 이야기하는 상대에게 버럭 고함치며 앉아 있던 돌난간에서 일어섰다.

"유 형, 귀공은 남에게 본심을 숨기고 이 장비에게도 깊이 감추는구려. 아니, 분명하오. 나를 믿지 않으시는 게요."

"본심? 내 본심은 방금 말한 그대로입니다. 무엇을 그대에게 숨긴단 말입니까?"

"그렇다면 귀공은 오늘날의 하늘을 바라보며 아무것도 느끼지 못합니까?"

"황건적이 뿌린 폐해는 눈에 보이나, 작고 누추한 집에서 어머니를 모시는 처지니…."

"다른 사람은 몰라도 내게 그리 말한들 난 귀공을 한낱 평민으로 볼 수가 없습니다. 털어놓으시지요. 이 장비도 무사요. 함부로 입을 놀리지 않는 사내란 말입니다."

"참으로 곤란합니다."

"정말 아무런 생각도 없습니까?"

"드릴 말씀이 없습니다."

"아…."

망연자실한 장비는 칠흑 같은 수염을 가을바람에 휘날리다가 무슨 생각이 떠오른 듯 별안간 허리춤에 찬 칼을 풀었다.

"기억나실 겝니다."

칼집을 잡고 옆으로 뉘어 유비에게 내밀었다.

"지난번에 귀공께서 감사 표시로 내게 주신 칼이지요. 내 염원이 담긴 칼이기도 했습니다. 허나 언젠가 귀공을 다시 만나면 돌려드리려 했습니다. 소인 같은 보잘것없는 무사가 지닐 칼이 아니기 때문입니다."

"…."

"피바람 부는 전장에서 또 패전 끝에 도망치다 풀베개에서 잠을 깨 몇 번이나 이 칼을 빼고 휘둘러보았습니다. 그때마다 칼이 내는 목소리를 들었지요."

"…."

"유 형, 그대는 들은 적이 있습니까? 이 칼의 목소리를!"

"…."

"한 번 휘둘러 바람을 가르면 칼은 흐느끼며 웁니다. 별을 찌를 듯이 치켜들고 칼자루에서 날 끝을 올려다보면, 어스름한 밤하늘의 구름과도 같은 빛의 얼룩이 모두 내겐 칼의 눈물로 보입니다."

"…."

"아니, 이 칼은, 칼을 소유한 자에게 호소합니다. 언제까지 나를 쓰지 않고 방 안에 가둬둘 것이냐고. 유 형, 허튼소리 같거든 그 귀에 칼의 목소리를 들려드리리까? 이 칼의 눈물을 보여드리리까?"

"앗!"

유비도 엉겁결에 난간에서 일어섰다. 말릴 틈이 없었다. 장비는 칼을 휘둘러 휘익 하고 가을바람을 베었다. 칼이 전하는 목소리가 똑똑히 들렸다. 게다가 그 목소리는 유비의 창자를 끊는 듯 가슴을 울렸다.

"들리지 않습니까!"

장비는 소리치며 한두 번 더 허공에다 칼을 번쩍였다.

"이게 대체 무슨 소리로 들립니까!"

더 말이 없어진 유비를 보더니 애가 탔는지, 다리 난간에 한쪽 다리를 걸치고 마른 연꽃이 떠 있는 연못을 바라보며 혼잣말을 했다.

"안타깝게도 치국애민(治國愛民)의 귀한 칼도 어쩔 수가 없구나. 주인 없는 말세에서는 어쩔 도리가 없어…. 혼이 있다면 칼이여, 용서하라. 떠돌이 멧돼지 장수의 허리에 있느니 연못물에 잠기는 편이…."

장비는 칼을 무지개다리 아래로 던지려는 시늉을 했다. 유비는 깜짝 놀랐는지 달려가 장비의 팔을 잡고 외쳤다.

"호걸, 기다리십시오."

5

장비는 처음부터 귀한 칼을 더러운 연못에 버릴 생각이 없었기에 유비가 말린 걸 다행으로 여겼다.

"뭡니까?"

일부러 동작을 거두며 대답을 기다리는 척했다.

"일단 기다리십시오."

유비는 조용한 목소리로 장비의 비장한 얼굴을 달랬다.

"진정한 용사는 북받쳐 슬퍼하지 말라고 하지요. 또 큰일은 개미구멍에서 새어나간다는 말도 있습니다. 천천히 이야기하기로 하지요. 허나 그대의 마음이 거짓되지 않음은 충분히 잘 알았습니다. 대장부의 마음을 한시라도 의심한 죄를 용서하십시오."

"그렇다면…."

"바람에는 귀가 있고, 물에는 눈이 달렸으니 길에서 대사를 논할 순 없지요. 무엇을 감추오리까? 전 한의 중산정왕 유승의 후예요, 경제의 현손에 이르는 몸입니다. 무엇이 좋아 짚신과 돗자리를 만들며 황량한 말세를 생각 없이 보고 있겠습니까?"

목소리는 작고 말투는 속삭이는 듯했지만, 유비는 늠름한 위상을 담아 말한 뒤 빙긋 미소 지었다.

"호걸, 더는 말이 필요 없겠지요. 때를 보아 다시 만납시다. 오늘은 시장에 일을 보러 나온 터라 늦으면 어머니께서 걱정하시니…."

장비는 사자가 목을 내밀고 물어뜯을 것 같은 눈으로 한참 동안 말이 없었다. 감격이 극도에 달했을 때 장비가 자주 하는 버릇이다. 그러고 나서 이윽고 신음하듯 숨을 내뱉으며 커다란 가슴을 돌렸다.

"그랬군! 역시 이 장비의 눈은 틀리지 않았어! 언젠가 고탑 위에서 떨어져 죽은 노승이 한 말을 이제야 알겠다. 으음, 유 형은 경제의 후예였던 게로군. 흥망치란의 유구한 세월 속에 명문명족(名門名族)은 물거품처럼 사라지나 피는 한 방울이라도 남아 어디론가 전해진다. 아, 감사한 일이다. 살아온 보람이 있다. 오늘 이 장비는 반드시 만나야 할 사람과 대면했도다!"

혼자 중얼거리나 싶더니 장비는 갑자기 돌다리 위에서 무릎을 꿇고, 유비에게 칼을 바치며 말했다.

"삼가 이 칼을 귀공께 돌려드리겠나이다. 애초에 소인 같은 사람이 찰 물건이 아니었습니다. 조건이 있습니다. 귀공이 이 칼을 받는 순간, 이 칼을 차는 이상 이 칼이 지닌 사명도 함께 받들어야 합니다."

유비는 손을 뻗었다.

어딘가 엄숙한 모습이다.

"받겠습니다."

칼은 유비의 손으로 되돌아갔다.

장비는 몇 번이나 절을 올렸다.

"그럼, 조만간 누상촌으로 찾아뵙겠습니다."

"언제든지…."

유비는 지금까지 지니던 칼과 바꿔 찬 뒤 이전에 쓰던 칼은 장비에게 돌려주었다. 장비가 수년 전에 목숨을 구해주었을 때 서로 바꿔 찼던 칼이었기에.

"해가 저뭅니다. 자, 그럼 또 봅시다."

땅거미 속으로 유비는 발걸음을 재촉하며 먼저 떠났다. 바람이 불어 하늘빛 옷은 더러워졌으나, 칼은 눈에 보이는 황혼의

만물 중 그 무엇보다 광채를 띠었다.

"몸이 지닌 기품은 속일 수 없는 법이다. 귀공자의 풍채가 뿜어져 나온다."

장비는 유비를 배웅하며 홀로 무지개다리 위에 우두커니 서 있었다가 이윽고 정신을 차렸다.

"맞다, 운장(雲長) 형님한테도 빨리 이 소식을 전해 기쁘게 해줘야지."

정처 없이 뛰기 시작한 그 모습은 유비와는 달리 검은 바람을 한바탕 일으키며 날아가는 듯했다.

동학초사(童學草舍)

1

조금 전 성벽 망루에서 북이 울렸다.

시장에는 초저녁 등불이 하나둘 켜졌다.

장비는 일단 시장 사거리로 돌아갔다. 그러고는 낮에 벌려둔 멧돼지 노점을 접어 넓적다리살과 고기 써는 칼을 보따리에 싸매고 또다시 달렸다.

"아, 늦었나?"

성안 거리에서 성 밖으로 통하는 관문은 이미 닫힌 모양이다.

"어이, 열어줘!"

장비는 망루를 올려다보며 떼쓰는 아이처럼 소리 질렀다.

관문 옆에 자리한 작은 병사(兵舍)에서 대여섯이 줄지어 나왔다. 어처구니없는 얼간이가 찾아왔다고 생각하여 반 장난으로 꾸짖었다.

"이봐, 뭐라고 지껄이는 게야? 관문이 닫히면 벼락이 떨어져도 못 열어. 대체 뭐하는 녀석이냐?"

"매일 성안에서 열리는 시장에서 멧돼지 고기를 팔러 오는 사람이오."

"그렇군. 이 녀석 고기 장수로군. 왜 이 시간에 정신 못 차리고 관문에 왔느냐?"

"볼일이 늦어져 폐문 시간까지 맞추지 못했소. 열어주시오."

"제정신이냐?"

"취하진 않았소."

"하하하. 이 녀석 술에 취한 게로구나. 세 번 돌고 절을 해보아라."

"뭐라?"

"그 자리에서 세 번 맴을 돌고 우리한테 삼배하면 들여보내주겠다."

"그런 건 못하겠지만 이렇게 고개 숙이지. 자, 열어주시오."

"돌아가! 돌아가! 수백 번 머리를 조아린들 들여보낼 수 없다. 시장 처마 밑에서라도 자고 내일 오너라."

"내일 지나가도 됐으면 부탁하지도 않지. 날 보내주지 않으면 너희 녀석들을 짓뭉갠 다음 성벽을 뛰어넘을 수도 있다!"

"이 녀석이… 아무리 취했어도 적당히 물러나지 않으면 모가지를 벨 것이다!"

"그럼 절대로 못 보내주겠다, 이 말이냐? 내게 머리까지 숙이게 해놓고."

장비는 근처를 둘러보았다. 술주정뱅이라고는 생각했지만 키가 껑충 큰 거구의 사내인데다 눈빛이 섬뜩하여 병사들이 얼른 손을 대지 못하자 장비는 성벽 아래로 서슴없이 걸어가 관리 이외에는 오르지 못하도록 금지한 사다리에 한쪽 발을 떡하니 올렸다.

"이봐, 어디 가!"

한 사람이 장비의 허리춤을 얼떨결에 잡았다. 다른 관문병들은 장비를 향해 일제히 창을 겨눴다.

장비는 시커먼 수염 속에서 하얀 이를 드러내 보이며 껄껄 웃었다.

"뭐 좀 어떤가. 촌스럽게 굴지 말고…."

장비는 어깨춤에 맨 보따리를 풀어 멧돼지 넓적다리살과 고기 써는 칼을 관리들 눈앞에 들이밀었다.

"이걸 주지. 자네들 신분으로는 고기를 입에도 못 댈 텐데…. 이걸 가져다 밤술이라도 마시는 편이 나한테 맞아 죽는 것보다 훨씬 나을 거다."

"이 녀석이 뚫린 입이라고."

또 하나가 달라붙었다.

장비는 멧돼지 넓적다리살을 쳐들어 덤벼드는 창을 한데 꿰어 날려버렸다. 허리와 목에 매달린 두 병사를 마치 파리라도 달라붙은 양 떨치지 않고 그대로 높이 두 장이 넘는 사다리를 뛰어올랐다.

"야, 얏!"

"이 불량배가!"

"관문을 부순다!"

"나와서 저놈을 잡아라!"

당황하여 소리치는 사람들 위로 성벽 꼭대기에서 두 사람이 날아왔다. 물론 내던져진 사람도 피범벅이 된 것은 말할 것도 없거니와 밑에 깔린 사람도 육포처럼 납작하게 눌려버렸다.

2

어수선한 소리를 듣고 망루를 지키는 보초병과 관리들이 나왔을 때, 장비는 이미 두 장이 넘는 성벽에서 관문 밖의 땅 위로 뛰어내리는 길이었다.

"황건적이다!"

"첩자다!"

경보를 알리는 북을 울리고 관문 위아래에서 소란을 피웠으나, 장비는 뒤돌아보지도 않고 질풍처럼 내달렸다.

5리쯤 오니 한 줄기 강이 도도히 흘렀다. 반도하에서 뻗어 나온 샛강이다. 강 저편에 500호쯤 모인 마을이 새까만 밤안개 속에 묻힌 게 보였다. 마을에 가보니 아직 밤이 깊지 않아 몇몇 집에서 켠 등잔에 어스레한 빛이 흔들렸다.

버드나무에 둘러싸인 사찰이 눈에 띄었다. 울타리를 따라 장비는 성큼성큼 둘러 갔다. 그러자 커다란 대추나무 대여섯 그루가 솟은, 은자(隱者)의 거처로 보이는 한적한 뜰이 나왔다. 문설주는 있으나 대문은 없었다. '동학초사(童學草舍).' 입구에는 이런 간판이 걸려 있었다.

"벌써 주무시는 건가. 운장! 형님!"

장비는 안쪽 집 대문을 세게 두드렸다. 그러자 옆에 달린 창문에서 희미한 불이 켜졌다. 장막을 올리고 누군가 창 안에서 고개를 내민 듯했다.

"누구냐!"

"나요!"

"장비냐?"

"예, 형님."

창문의 등불이 안에 비친 사람 그림자와 함께 사라졌다. 이윽고 서성거리던 장비 앞으로 문이 조심스레 열렸다.

"이 시간에 무슨 일이냐?"

촛불에 비추니 사람의 얼굴이 대낮보다 선명히 보였다. 놀라운 건 결코 장비에게 뒤지지 않을 만큼 큰 키와 널찍한 가슴이었다. 그 가슴에는 장비보다 긴 턱수염이 수북이 내려와 있었다. 털이 뻣뻣한 사람은 난폭하고 성질도 거칠다는 말이 사실이라면, 운장이라는 자의 수염이 장비의 수염보다 부드럽고 길게 곧은 것으로 보아 이 사람의 지혜가 더 뛰어나다 할 수 있다.

지혜라는 면에서 보면 이마도 넓었다. 봉황의 눈과 도톰한 귓불, 전체적으로 커다란 몸집에 비해 살결이 곱고 목소리도 차분했다.

"밤중인 건 알지만 한시라도 빨리 형님에게 말해주고 싶어서 기쁜 소식을 들고 왔소."

장비의 말에 남자가 대꾸했다.

"또 그걸 안주 삼아 마시자는 거 아닌가?"

"무슨 소리요? 날 그렇게 주정뱅이로만 보면 곤란하오. 평소에 마시는 술은 울적한 회포를 풀려는 게지. 오늘 밤은 울적함을 단번에 날려버릴 유쾌한 소식을 들고 왔소. 술이 없어도 충분히 이야기할 수 있소. 물론 있으면 더 좋지만."

"하하하. 들어오게나."

어두운 마루를 지나 두 사람은 어느 방으로 들어갔다. 그 방의 벽에는 공자와 그 제자들인 성현의 그림이 걸려 있었고, 책상도 수두룩했다. 문설주에서 본 것처럼 동학초사는 마을의 서당이요, 그 주인은 마을 아이들의 선생이었다.

"형님 매일 말로만 했지만, 아무래도 우리의 꿈이 점점 현실로 바뀌는 것 같소. 실은 오늘 예전부터 마음에 두었던, 언젠가 형님한테도 말했던 유비라는 사내를 우연히 시장에서 만났소. 따져 물으니 과연 평범한 백성이 아니라 한실(漢室)의 종족이자 경제의 후예라는 것이오. 게다가 영매하기까지 한 청년이오. 자, 지금부터 누상촌에 사는 유비 집으로 찾아갑시다. 운장, 준비됐소?"

3

"여전하구나."

운장은 웃을 뿐이었다. 장비가 재촉해도 좀처럼 일어서려고 하질 않자 따지는 듯한 말투로 반문했다.

"뭐가 여전하다는 게요?"

"글쎄."

운장은 껄껄 웃으며 말했다.

"지금 누상촌에 가면 한밤중이다. 처음 남의 집을 방문하면서 예의에 한참 어긋나지 않겠느냐? 내일이면 어떻고 모레면 또 어떠냐. 옜다, 던져주면 옳거니 하고 뛰어드는 게 네 성질인 건 안다만 대장부 되는 자는 좀 더 신중한 태도를 지녀야 하는 법이다."

모처럼 한시라도 빨리 기쁜 소식을 전하려고 왔더니 뜻밖에 운장이 탐탁지 않은 대답을 했다.

"허어, 형님. 형님은 아직 내 말을 반신반의하는 게 아니오? 그래서 떨떠름한 얼굴을 하는 게지요? 늘 나보고 성질이 급하다고는 하나 형님의 성질은 오히려 우유부단하기 짝이 없소. 장대한 계획을 품은 용자는 일을 도모할 때 용단을 내려야 하는 법이오."

"하하하. 한 방 먹었구나. 난 생각을 좀 해야겠다. 네가 뭐라 해도 더 숙고하지 않고선 경솔하게 경제의 현손이라고 떠드는 사내를 만날 수 없다. 세간에 그런 녀석들이 널렸으니…"

"거 보시오. 내 말을 의심하잖소!"

"의심하는 게 상식이요, 의심하지 않는 네가 순진하고 고지식한 게다."

"그냥 흘려들을 수 없는 말을 하시는군. 내 어디가 고지식하다는 말이오?"

"평상시에도 밥 먹듯이 남한테 속지 않느냐."

"난 그렇게 속은 기억이 없소."

"속고 나서 속은 줄 모를 정도로 넌 사람이 좋은 게다. 그 정도의 무용을 지니고도 늘 생활이 궁핍해 떠돌아다니는 것도 다네 얕은 생각에서 비롯된 일이다. 게다가 성미까지 급하니 화나면 터무니없이 난폭해지지 않으냐. 그러니 장비는 나쁜 놈이라고 괜한 오해를 사는 것이다. 반성을 좀 해야 할 게야."

"형님. 전 오늘 형님의 잔소리를 들으려고 이 밤중에 찾아온 게 아니오."

"우린 일찍이 서로 대의를 터놓고 의형제를 약속하며 내가 형, 네가 아우가 되자고 굳게 서약한 사이가 아니더냐! 그러니 아우의 단점을 보면 형인 내가 근심할 수밖에 없단 말이다. 하물며 비밀 중의 비밀로 해야 할 대사를 밖에서 고작 두세 번 만난 사내에게 경솔히 떠벌리는 짓은 옳다고 할 수 없다. 거기다 남의 말을 철석같이 믿고 한밤중에 바로 찾아가자니…. 그런 네 어리석음이 걱정되기 그지없구나."

결국 운장은 유비 집을 찾아가는 일은 당치도 않다고 으름장을 놓은 것이다. 운장은 의형제의 의형인데다 사리가 밝아, 이야기의 도리를 따지면 장비는 늘 고개를 들 수 없었다.

초장부터 기가 꺾인 장비는 풀이 푹 죽었다. 운장은 안쓰러웠는지 장비가 좋아하는 술을 꺼냈다.

"됐소. 오늘 밤은 마시지 않겠소."

장비는 입을 꼭 다물고 그날 밤은 운장 집에서 하룻밤을 보냈다.

날이 밝자 서당에 다니는 마을 아이들이 왁자지껄 떠들며 모여들었다. 아이들은 운장을 무척이나 따랐다. 운장은 아이들에게 공맹(孔孟)의 서책을 읽어주거나 글을 가르치는 일에 여념이 없는 시골 선비가 되어갔다.

"조만간 다시 들르겠소."

장비는 서당 창문에서 운장에게 말을 툭 던지더니 묵묵히 어디론가 떠났다.

4

불끈 화가 치민 장비는 운장 집을 나왔다.

대문을 나오자마자 뒤돌아서 문에 대고 욕을 퍼부었다.

"쳇! 뭐 이런 미적지근한 인간이 다 있나."

착잡한 얼굴빛은 그래도 풀리지 않았다. 마을 주막에 발을 들여놓는 순간 어젯밤부터 목이 탔다는 듯이 곧장 소리쳤다.

"이봐! 술을 갖고 와!"

아침부터 공복에 말술을 들이부으니 장비의 눈가는 살짝 검붉어졌다.

기분이 조금 풀렸는지 주막 주인에게 농을 던졌다.

"영감, 영감네 닭은 나한테 잡아먹히고 싶은지 내 발 주위에서 계속 얼쩡거리는군. 먹어도 되겠나?"

"나리, 드시려거든 털을 뽑은 뒤 튀겨서 올릴까요?"

"그리해주면 더 좋지. 닭들이 하도 나 좋다고 들러붙으니 날 것으로 잡아먹을까 했건만."

"날고기를 드시면 뱃속에 벌레가 생깁니다요, 나리."

"모르는 소리. 닭고기와 말고기에는 기생충이 안 산다고."

"예? 그렇습니까?"

"체열이 높아서지. 모든 저열 동물이야말로 기생충이 득실대는 소굴일세. 나라만 봐도 그렇지 않나?"

"그렇습죠."

"어, 닭이 없어졌군. 영감, 벌써 가마솥에 넣었는가?"

"아니요, 값만 치르시면 튀겨놓은 걸 바로 내오겠습니다."

"돈은 없네."

"에이, 농담도."

"정말이야, 정말이래도."

"술값은 어찌할까요?"

"요 앞 사찰 골목을 꺾어 돌아가면 동학초사라는 서당이 있지? 그 운장한테 가서 받아오게."

"이러시면 곤란합니다."

"곤란하긴! 운장이란 사내는 무인인 주제에 돈이 궁하지 않은 작자네. 운장은 내 형이니 아우 장비가 마시고 갔다 이르면 값을 치를 걸세. 이봐, 한 잔 더 따라 와."

주인은 붙임성 있게 장비를 달래고는 그사이에 안사람을 시켜 뒷문으로 빠져나가게 했다. 운장 집에 물어보러 간 것이다. 그러고는 잠시 후 돌아와서 조용히 속삭였다.

"그래? 그럼 마시게 해도 되겠군."

주인은 갑자기 태도를 바꿔 장비가 마시고 싶어 하는 만큼 술을 따르고 닭튀김도 내왔다.

"이런 말라비틀어진 닭 따위 내 입에는 맞지 않다. 난 뛰어다니는 놈을 먹고 싶단 말이다!"

장비는 튀긴 닭을 보고 말하더니 근처에 있던 닭을 잡으러 길거리까지 쫓아 나갔다.

닭은 푸드덕 날갯짓하여 장비의 어깨를 뛰어넘기도 하고 가까스로 넓적다리 사이를 빠져나가면서 이리저리 도망쳤다.

그러자 마을 집집마다 꼼꼼히 수색 중이던 포리가 장비를 발견하고는 뒤따르던 여남은 병사들에게 급히 명령했다.

"저 녀석이다! 어젯밤 관문을 부수고 병사들을 죽여 달아난 도적이다. 조심해서 덤벼라."

"무슨 일이지?"

장비는 그 목소리를 듣고 의아해하며 게슴츠레한 눈으로 둘러보았다. 영계 한 마리가 장비에게 다리를 붙잡혀 소란스레 울며 날개를 푸드덕거렸다.

"도적놈!"

"놓치지 않겠다!"

"얌전히 오라를 받아라!"

포리와 병사들에게 둘러싸이자 그제야 장비는 자신에게 하는 말임을 알아차린 얼굴이다.

"무슨 볼일이냐?"

주위를 에워싼 창을 보며 장비는 잡은 영계의 다리를 주욱 찢더니 넓적다리살을 옆으로 물어뜯었다.

5

취하면 술버릇이 험악한 장비였다. 쓸데없이 살벌한 짓을 즐기는 버릇까지, 이 두 가지 단점을 평상시 운장에게 지적받고는 했다.

생닭을 찢어 다리를 물어뜯을 정도로 술에 취한 장비로서는 지극히 평범한 유흥이었다. 허나 포리와 병사들은 경악했다. 닭 피가 장비의 입 주변을 시뻘겋게 물들였고, 번쩍이는 눈은 무시무시하고 섬뜩했다.

"뭐? 날 잡으러 왔다고? 우하하하. 되려 잡혀서 이 꼴이나 되지 마라."

찢은 닭을 눈높이까지 올려 보이며 장비는 포위한 포리과 병사들을 야유했다.

포리는 화가 나서 소리쳤다.

"저 술주정뱅이가 지껄이지 못하도록 하라. 찔러 죽여도 상관없다. 잡아라!"

그러나 병사들은 섣불리 가까이 다가가지 못했다. 나란히 창을 겨눈 채 장비의 주위를 빙빙 돌 뿐이었다….

장비는 별난 자세를 취하더니 개처럼 움츠렸다. 그 모습을 지켜보던 포리와 병사들은 더 큰 공포에 휩싸였다. 장비의 시선이 향한 곳으로 곧 덤벼들려는 준비 자세라 생각했기 때문이다.

"자, 커다란 닭들아. 한 마리 한 마리 해치워줄 테니 도망치지 마라."

장비는 호탕하게 말했다.

장비 머릿속에서는 아직 닭을 쫓아다니던 장난이 끝나지 않아 포리 머리도, 병사들 머리도 볏이 돋은 닭처럼 보이는 듯했다.

커다란 닭들은 어처구니없어 노발대발했다.

"이 자식이!"

고함을 내지르며 병사 하나가 창으로 장비를 후려쳤다. 창은 정확히 장비 어깨에 맞았으나, 마치 맹호의 수염을 건드린 양 장비의 흥겨운 취기를 살벌한 분노로 뒤바꿨다.

"해보자는 게냐?"

창을 낚아채더니 장비는 그 창으로 멍석 위에 깔린 콩깍지를 두드리듯 주변 사람들을 후려 패기 시작했다.

그제야 맞은 포리와 병사도 죽기 살기로 덤벼들었다. 장비는 성가시다며 창을 허공으로 던졌다. 허공으로 날아간 창은 붕 소리를 낸 채, 어디까지 날아갔는지는 몰라도 여하튼 그 근처에는 떨어지지 않았다.

닭의 울음소리보다 거센 울부짖음이 순식간에 일더니 순식간에 잦아들었다.

주막 주인과 주막에 있던 손님, 길을 가던 나그네와 이웃 사람들까지 모두 집 안과 나무 그늘에 숨어 일이 어떻게 돌아가는지 숨죽이며 기다렸다. 일순간 거리가 묘지처럼 적막해져 고개를 내밀고 쳐다보니, 아아 신음만 낸 채 아무도 말을 잇지 못했다.

목이 없는 시체, 핏덩이를 토한 시체, 눈알이 튀어나온 시체 등이 비참하게 태양 아래 널브러져 있는 꼴이라니….

절반은 혼비백산하여 도망친 듯했다. 포리도 병사도 그림자조차 보이지 않았다.

그렇다면, 장비는?

보아하니 아주 느긋한 모습이다. 마을 변두리 쪽으로 등을 돌린 채 유유히 걸어간다.

그 곁으로 봄바람은 한가로이 불었다. 술 냄새가 저 멀리까지 타고 오듯이.

"큰일 났네. 임자, 빨리 이 일을 운장 선생 집에 알리고 와. 저 사내가 정말 선생의 아우라면 그 선생도 무사하지 못할 게야."

주막 주인은 아내에게 급히 외쳤다. 그러나 아내는 온몸이 얼어붙은 듯 벌벌 떨기만 했고 결국 직접 동학초사가 있는 골목으로 헐레벌떡 뛰어갔다.

세 송이 꽃이 한 병에 담기다

1

어머니와 아들은 오늘도 안마당에 차린 자리틀에 앉아 돗자리 짜기에 여념이 없었다.

덜거덩.

쿵더쿵.

덜거덩….

물레방아가 돌아가듯 단조로운 소리가 반복되었다. 오늘따라 그 소리에도 활기찬 기쁨의 장단이 담긴 듯했다.

묵묵히 작업에 힘썼으나 어머니의 가슴에도, 유비의 마음에도 봄날의 대지처럼 희망의 새싹이 생생히 살아 숨 쉬었다.

어젯밤.

유비는 성안에서 열린 시장에서 돌아오자마자 가장 먼저 두 가지 소식을 알렸다.

좋은 동지를 만난 것과 일찍이 내버린 가문의 칼이 자신의 손으로 되돌아왔다는 소식이었다.

"일양내복(一陽來復, 궂은일이 걷히고 좋은 일이 돌아옴 – 옮긴이)이라더니, 네게 때가 온 것 같구나. 비야…, 마음의 준비는 되었느냐."

그 두 가지 기쁨을 알리자 유비 어머니는 도리어 목소리를 낮추고 유비의 각오를 다잡듯이 말했다.

때! 그렇다.

기나긴 겨울을 지나 도원의 꽃이 드디어 봉오리를 터뜨리는 순간! 땅에서도 새싹이 나고, 나뭇가지에서도 초록 잎사귀가 나오면서, 이 세상의 모든 생명 중에 어느 하나 싹 트지 않는 것이 없었다.

덜거덩….

쿵더쿵….

자리틀은 단조로운 소리를 반복하였으나 유비의 마음은 단조롭지 않았다. 이런 봄다운 봄을 맞은 적이 없었다.

나는 청년이로다.

하늘을 향해 소리치고 싶은 기분이었다. 아니, 노모의 어깨에까지 어디선가 춤을 추며 날아온 복숭아꽃 한 잎이 살포시 떨어져 있는 게 아닌가!

그 순간 누군가 노래 부르는 사람이 있었다. 열두세 살쯤 되는 소녀의 목소리였다.

소녀의 머리 처음으로 이마를 덮고
꽃을 꺾어 대문 앞에서 노닐 때
낭군은 죽마를 타고 와서

마루를 돌며 푸른 매실 희롱했네

유비는 귀를 기울였다.
소녀의 아름다운 목소리는 점점 가까워졌다.

열네 살 낭군의 색시가 되어
수줍은 얼굴 아직껏 들지 않고
열다섯 처음으로 얼굴이 피어
바라건대 함께 티끌과 재가 되리
언제나 포주지신(抱柱之信)을 간직하니
어찌 오르리오 망부대(望夫臺)에
열여섯 낭군은 멀리 떠나네

이웃에 사는 소녀였다. 조숙한 소녀는 아직 파르스름한 대추 열매처럼 몸집이 작았지만, 유비 집 담장 너머에 사는 이웃집 청년을 연모하는 듯, 별이 뜬 밤이나 인기척 없는 대낮에 담장 밖까지 와서 자주 노래를 불렀다.

"…."

유비는 목련꽃에 황금 귀고리를 건 듯한 소녀의 얼굴을 눈에 그리며 이웃집 청년을 저도 모르게 부러워했다.

문득 마음 깊숙한 곳에서 한 여인이 떠올랐다. 바로 3년 전 객지의 고탑 아래에서 노승이 데리고 온 홍가의 딸, 홍부용이 었다.

어찌 되었을까? 그 이후로….

장비에게 물으면 알 터였다. 다음에 장비를 만나면, 하고 혼자 생각하였다.

그러자 담장 밖에서 열창하던 소녀가 개한테라도 물렸는지 별안간 꺅꺅하고 비명을 지르며 어디론가 도망쳤다.

2

소녀는 개에 물린 게 아니었다.

이 부근에서 본 적이 없는, 칼을 찬 차림새에 수염이 덥수룩한 거구의 사내가 갑자기 등 뒤로 다가와 말을 걸었으니 놀랄 수밖에.

"어이, 아가씨. 유비 집은 어디요?"

소녀는 뒤돌아서 그 남자를 올려다본 순간 몹시 놀라 비명을 지르며 줄행랑쳤다.

"우하하하…. 하하하…."

수염이 덥수룩한 사내는 놀란 소녀의 모습이 우스웠는지 혼자 껄껄댔다.

그 웃음소리가 그친 동시에 뒤편 담장 안에서도 탁 하고 자리를 소리가 멈췄다.

이 근처에서는 거의 모든 집이 도적에 대비하기 위해 흙이나 돌로 담을 쌓아 올렸으나, 유비 집만은 태평한 시절에 세운 옛집의 전통 그대로 높은 관목과 수목에 얇은 대나무를 엮어 만든 울타리였다.

그러니 키가 큰 장비는 목부터 머리까지 울타리 위에 봉긋 솟은 모양새였다. 마당에서도 그 모습이 보였다.

두 사람은 눈이 마주쳤다.

"여어…."

"이보시오."

십년지기나 되는 것처럼 서로를 불렀다.

"뭐야, 여기였군."

장비는 밖에서 출입문을 찾아서는 들어왔다. 발을 내디딜 때마다 쿵쿵 땅이 울렸다. 유 씨 집이 선 이래 이렇게 커다란 발소리가 마당에 울린 건 처음이리라….

"어제는 실례했습니다. 호걸을 만난 일과 칼에 대해 어머니께 말씀드리니, 어머니도 어젯밤 크게 기뻐하시며 희망찬 이야기로 밤을 지새웠을 정도입니다."

"아, 이분이 귀공의 자당이십니까?"

"그렇습니다. 어머니, 어제 뵌 장익덕이라는 호걸입니다."

"오오."

유비 어머니는 자리를 앞에서 일어나 장비가 건네는 인사를 받았다. 웬일인지 장비는 어머니의 모습에서 유비보다 한층 고상한 위압을 느꼈다.

실제로 유비 어머니는 몸에 밴 명문가의 기품을 자연스레 풍겼다. 여느 평범한 어머니처럼 아들 친구라 해서 무턱대고 허리 굽혀 인사하거나 가벼이 여기지 않았다.

"유비에게 이야기는 들었습니다. 실례되지만, 풍채를 뵈니아주 늠름한 대장부이십니다. 부디 유약한 제 자식을 질타해주세요. 서로 채찍질하고 격려하며 큰일을 이루시길…."

어머니가 말했다.

"예!"

장비는 자연스레 고개를 숙이지 않을 수 없었다. 어른에 대한 예의 때문만은 아니었다.

"안심하십시오. 반드시 사내의 의지를 펼쳐 보이겠습니다. 그런데 유감스러운 일이 하나 생겼습니다. 실은 그 일로 아드님께 상의드리러 온 것입니다."

"그럼 사내들끼리 천천히 이야기 나누시지요. 전 방에 들어가 있겠습니다."

어머니는 안으로 들어갔다.

장비는 등 뒤에 있는 의자에 걸터앉아, 사실은 하고 운을 떼며 동지, 아니 의형으로 섬기는 운장에 관한 이야기를 꺼냈다.

운장도 신뢰하는 사내며 무엇이든 털어놓고 지내는 사이라 어젯밤 곧장 찾아가서 자세한 정황을 이야기했더니, 뜻밖에도 운장은 조금도 기뻐하지 않았다.

그뿐 아니라 경제의 후예라니 오히려 의심해야 할 사람이다. 그런 길거리의 사기꾼과 대사를 도모하는 건 당치도 않다며 꾸중을 들었다고 했다.

"안타깝기 그지없습니다. 운장은 그렇게 수상쩍어 하는 것입니다. 수고롭지만 귀공, 지금부터 저와 함께 운장이 머무는 거처에 가주시지 않겠습니까? 귀공을 보면 그이도 이 장비의 말을 믿을 테니."

3

장비는 의심하는 게 싫다. 의심받는 건 더 싫다. 운장이 자기가 한 말을 믿어주지 않는 게 유감스럽기 그지없다.

그러니 유비를 데리고 가서 실물을 보여주어야겠다. 이러한 생각을 하는 것도 장비다운 발상이었다.

"글쎄요."

유비는 생각에 잠겼다.

의심하는 사람에게 굳이 자신을 내보이며 믿으라고 하는 것도 옳지 않다고 여기는 듯했다.

"유비, 다녀오너라."

마루 쪽에서 어머니가 말했다.

어머니는 걱정되었는지 안쪽에서 장비가 하는 이야기를 듣고 있었던 것이다.

애초에 장비의 목소리는 이 집 안이라면 어디에 있더라도 들릴 정도로 우렁찼다.

"자당께서 허락하십니다. 유 형, 어머니께서도 허락하셨는데 머뭇거리지 마십시오."

어머니도 함께 거들었다.

"시기(時機)라는 건 때를 놓치면 언제 다시 찾아올지 모른다. 무엇보다 지금은 천기(天機)가 찾아온 것 같구나. 사사로운 감정에 얽매이지 말고 청을 받아들였다면 동지를 믿고 다녀오너라."

"그럼, 갑시다."

유비는 어머니 말씀에 결심을 굳히고 자리에서 일어섰다.

"다녀오겠습니다."

두 사람은 나란히 마루 쪽을 향해 인사를 하고 담장 밖으로 나갔다.

그러자 길 저편에서 100명쯤 되는 군사가 무서운 기세로 달려왔다. 기마병과 보병으로 이루어진 무리였다. 먼지 속에 싸인 청룡도가 내뿜는 흰 빛이 번쩍였다.

"아…, 또 왔군."

장비가 중얼거리자 유비는 의아해했다.

"저들은 뭡니까?"

"성안에 있는 병사일 겁니다."

"관문 병사 같습니다. 무슨 일이 생긴 걸까요?"

"아마, 이 장비를 잡으려고 왔을 겁니다."

"예?"

유비는 크게 놀랐다.

"그럼, 저 병사들이 이쪽으로 오는 겁니까?"

"그럴 겁니다. 유 형, 저것들을 잠시 치우는 동안 귀공은 어디 가서 좀 쉬며 구경하시지요."

"이거 난처해졌습니다."

"뭐, 별일 아닙니다."

"그래도 주군(州郡)에 속한 병사들을 죽이면 도저히 이 땅에 발붙이고 살 수 없습니다."

말하는 사이에 벌써 100여 명의 주군 병사들이 장비와 유비를 에워싸고는 시끄럽게 소란을 피웠다.

선불리 손을 대려고 하지는 않았다. 장비가 보여준 위력에 두 번이나 당했을 터. 하지만 유비와 장비는 한 발자국도 움직일 수 없었다.

"방해하면 쳐 죽일 것이다!"

장비는 한쪽을 향해 쩌렁쩌렁 소리치며 걸어갔다. 으악 하고 병사들은 뒤로 물러났으나 후방에서 활과 창이 날아들었다.

"귀찮게 하는군."

장비는 타고난 성질을 버럭 내지르며 칼을 손에 쥐었다.

"잠깐! 기다리시오!"

그러자 뒤에서 한 필의 씩씩한 구릿빛 말을 타고 소리치며 달려오는 자가 있었다.

주군의 병사와 장비도 소리가 나는 쪽으로 고개를 돌렸다. 가슴까지 늘어뜨린 검은 수염을 봄바람에 휘날리며 허리에 찬 언월도(偃月刀)의 고리를 딱딱 부딪치면서 비단술이 달린 고래 채찍을 손에 든 대장부가 그 채찍을 높이 쳐들고 달려오는 것이었다.

4

운장이었다!

동학초사의 시골 선비도 무장을 하면 이렇게 위풍당당해 보이는 것인가! 눈을 크게 뜨고 볼 수밖에 없는 운장의 풍모였다.

"제군들, 기다리시오."

타고 온 구릿빛 말 안장에서 뛰어내린 후 운장은 병사들 속을 비집고 들어가 그 안에 포위된 장비와 유비 앞에서 두 팔을 크게 벌리며 말했다.

"귀공들은 관문을 수비하는 영주의 병사인 것 같은데, 겨우 50, 100의 인원으로 대관절 무얼 하시려는 것이오. 이 사내를 잡고자 한다면…."

뒤에 있는 장비를 턱으로 가리키며 말했다.

"우선 500이나 1000의 군사를 끌고 와서 그중 절반 이상이 죽을 각오를 하지 않으면 체포할 수 없소. 제군들은 이 장익덕이란 사람의 위력을 모를 터! 과거 유주(幽州) 홍가에 몸을 두었을 무렵, 무게 90근에 길이 1장 8척짜리 사모(蛇矛)를 휘두르며 황건적의 대군 속으로 뛰어들어 시산혈해(屍山血海)를 만들고 반나절 전투 만에 808에 달하는 주검을 쌓아, 그 후 '팔백팔시 장군'이란 별명으로 불리며 도적들을 몸서리치게 한 용맹의 사내요. 맨손이나 다름없는 적은 인원으로 붙잡으려는 건 우리 속에 들어가 호랑이와 싸우는 행위와 같소. 모두 죽고 싶어 안달이 나서 이자에게 달려들었다면 모르겠지만, 위험한 줄도 모르고 덤볐다면 이만 멈추는 게 어떻겠소. 목숨이 아까운 자는 늦기 전에 돌아가시오. 여기는 이 운장에게 맡기고 일단 물러나시오."

운장은 실로 웅변가였다. 단숨에 여기까지 연설하여 상대를 압도하였다.

"이렇게 말하면 제공들은 내가 누군지 의심스러울 테고, 교묘하게 장비를 빼돌리는 게 아닌지 수상히 여길 테지만 결코 그렇지 않소. 난 동학초사를 지어 제자들을 훈도하고 성현의 도를 본의(本義)로 삼아 나라의 주인을 섬기며, 법령으로 준수해야 할 것을 몸소 지키면서 제자들을 가르치는 관운장이라 하오. 여기 있는 장익덕은 나와 의로 맺어진 아우요. 헌데 어젯밤부터 오늘 아침까지 관에 소속된 병사들을 죽이고 관문을 부순 후 술에 취해 난동을 피웠다기에 더는 두고 볼 수가 없었소. 이 이상 희생자가 생길 바에야 의형인 내 손으로 붙잡아야겠다는 생각에 이렇게 채비하여 관에 청원을 한 뒤 쏜살같이 달려왔소. 장비는 이 운장이 붙잡아 나중에 태수의 현성으로 보내겠소. 제공들은 이곳에서 벌어지는 일을 끝까지 지켜본 연후에 그 뜻을 고해주시오."

운장은 몸을 돌려 이번에는 장비 쪽을 향했다.

그러고 나서는 큰 소리로 꾸짖었다.

"이 고얀 놈!"

고래 채찍으로 장비의 어깨를 내리쳤다.

장비는 욱하는 얼굴로 노려봤다.

"순순히 오라를 받아라!"

운장은 한층 무서운 기세로 장비의 양손을 뒤로 돌렸다.

장비는 운장의 행동이 의심스러웠지만 그보다 운장에 대한 믿음이 강했다.

그래서 다른 심산이 있으리라 믿고는 순순히 오라를 받아 바닥에 무릎을 꿇었다.

"보셨소, 제공들?"

운장은 또다시 얼빠진 포리와 병사들의 얼굴을 둘러봤다.

"장비는 후에 내가 현성으로 직접 데려가서 넘길 터이니 여러분은 먼저 이 자리를 뜨시오. 그래도 이 운장을 못 믿고 내 말을 의심한다면, 어쩔 수 없이 오랏줄을 끌러 이 맹호를 제공들 속에 풀겠소. 자, 어떻게 하겠소?"

포리와 병사들은 아무 말 없이 재빨리 퇴각했다.

5

포리와 병사들이 깡그리 없어지자, 운장은 바로 장비를 묶은 오라를 풀며 사과했다.

"날 믿고 순순히 잘 따라주었다. 무사히 구출할 계략이었다고는 하나 네게 손을 댄 죄를 용서하려무나."

"그렇지 않소. 또 공연히 살생을 저지를 뻔했는데 존형 덕분에 살았소."

장비도 아침에 품었던 노여움을 잊고 전에 없이 사죄했다. 그러고는 의아해하며 물었다.

"그런데 형님, 그 차림새는 대체 어찌 된 거요? 날 구하러 오는 것치고는 지나치게 장엄한 무장이 아니오?"

"무슨 얼빠진 소리를 하느냐. 그럼 어젯밤 그렇게 열성을 다하며 때가 왔다느니 좋은 동지를 찾았다느니 드디어 전부터 한약속을 실행할 때가 왔다느니 떠든 말들은 거짓이었느냐!"

"거짓은 아니지만, 애당초 형님이 반대했잖소. 내가 말하는 건 아무것도 믿지 않았잖소?"

"그건 어제 그 자리 때문이었다. 하인도 있고 여자들도 있었는데, 넌 비밀이라고 하면서도 그렇게 큰 목소리로 떠들질 않느냐. 누설되면 안 된다고 여겨 일단 냉담한 척한 게다."

"뭐요, 그럼 형님도 내 말을 믿고 우리 계획을 실행하겠다는 생각을 굳힌 것이오?"

"네 말보다도 실은 상대가 누상촌에 사는 유비라고 듣는 순간 마음을 정했다. 진작부터 우리 마을까지 효자라는 소문이 자자했던지라 멀리서나마 그이의 가문과 평소의 행실을 조용히 알아보는 중이었다."

"몹쓸 사람이군. 존형은 지모(智謀)로 날 희롱하니 도무지 사귀기가 어렵소."

"하하하. 너한테 사귀기 어렵다는 말을 들을 줄은 몰랐다. 사람을 죽이고, 주막의 술값을 떼먹고서 그 뒤치다꺼리는 동학초사에 넘기는 폭한에게 그런 말을 듣다니…."

"벌써 거기까지 갔소?"

"술값 계산 정도라면 괜찮다만, 관의 포리를 죽인 자가 운장의 의제라는 사실이 드러나는 날에는 동학초사로 아이를 보낼 부모가 없다. 언젠가 관에서 이 운장에게 귀찮은 출두 명령을 내릴 테고."

"그렇군."

"남 얘기처럼 말하는구나."

"아니, 미안하오."

"오히려 좋은 기회다. 하늘의 뜻이란 말이다. 이렇게 생각하여 오늘 아침 하인과 여자들을 각자 집으로 돌려보내고, 아이들 부모를 불러 사정상 서당 문을 닫는다고 전한 후에 미련 없이 단신이 되어 이토록 네 뒤를 쫓아온 것이다. 자, 지금부터 다시 유비라는 사람의 집을 찾아가자꾸나."

"아, 유 형이라면 저쪽에 계시오."

"뭐?"

운장은 장비가 가리키는 곳으로 눈을 돌렸다.

유비는 처음부터 이들과 조금 떨어진 곳에 서 있었다. 장비와 운장, 두 사람 사이의 깊은 의리와 신의를 보고 감격한 얼굴이었다.

"당신이 유현덕이라는 분입니까?"

운장은 유비에게 가까이 다가가더니 발밑에 처음부터 무릎을 꿇었다.

"처음 뵙겠습니다. 저는 하동(河東) 해량(解良, 산서성山西省 해현解縣) 태생으로 이름은 관우(關羽), 자는 운장이라 합니다. 오랫동안 강호를 떠돌아다닌 끝에 4~5년 전부터 이 부근에 살면서 시골 선비가 되어 초야에서 하염없이 세월을 낚으며 때를 기다렸습니다. 일찍이 마음에 두었으나 오늘 우연히도 만나뵙게 되어 영광입니다. 부디 저를 기억해주십시오."

관우는 최고의 예의를 갖춰 공손히 말했다.

6

유비는 굳이 겸양하지는 않았지만 거만한 태도를 취하지도 않았다. 관우가 보인 예의에 걸맞은 예를 마땅히 돌렸다.

"무슨 말씀이십니까? 인사가 늦었습니다. 저는 누상촌에서 오랫동안 살아온 백성 유현덕이라고 합니다. 일찍이 반도하 상류 마을에 순풍미속(淳風美俗, 인정이 두텁고 아름다운 풍속이나 습관 – 옮긴이)의 무릉도원이 있다고 들었습니다. 필시 선생이 풍기는 높은 풍채에 감화된 것이겠지요. 이곳은 길가인지라 이야기를 나누려면 누추하지만 바로 근처에 저희 집으로 가시는 게 좋겠습니다."

"함께 가겠습니다."

관우와 장비도 어깨를 나란히 하며 그곳에서 가까운 유비 집으로 발걸음을 옮겼다.

유비 어머니는 또 새로운 손님이 늘어 의아해했지만, 장비가 소개하는 관우의 모습을 보자 기뻐하며 진심으로 환대했다.

"누추한 집이지만 드시지요."

그날 밤은 유비 어머니도 함께 밤새도록 이야기꽃을 피웠다. 유비 어머니는 유 씨 가문에 대한 오랜 역사를 기억나는 대로 설명했다.

유비조차 태어나서 처음 듣는 이야기도 있었다.

'명명백백 한실의 혈통을 이어받은 경제의 후예다.'

장비와 관우는 이제 털끝만큼도 의심하지 않았다.

동시에 이 사람이야말로 의거(義擧)의 맹주가 되어야 한다고 마음속으로 결정했다.

허나 유현덕의 효심은 익히 아는 처지였다. 어머니가

'그런 위험한 음모에 아들을 가담하게 할 수 없네.'

라고 거절하면 그것으로 끝이었다.

관우는 그 점을 염려하여 슬며시 어머니의 의중을 물었다.

그러자 유비 어머니는 끝까지 듣지도 않고 말했다.

"비야, 오늘 밤은 이미 늦었으니 너도 자고 손님께도 자리를 깔아드려라. 내일은 셋이 장래를 의논하고 대사를 시작하는 중요한 날이니 어미가 일생일대의 성찬을 차려주마."

그 이야기를 듣자 관우는 괜한 걱정임을 알았다.

"고맙습니다."

장비도 함께 머리를 숙이며 기뻐했다.

"그럼 사양하지 않고 내일 어머니께 일생일대의 축하를 받겠습니다. 그 성찬은 저희만 즐길 것이 아니라 제단을 차려 선조께도 올리면 좋겠습니다."

유비는 어머니를 보며 말했다.

"그럼 때마침 도원의 꽃이 한창이니 그곳에 돗자리를 깔자꾸나."

어머니의 말에 장비는 손뼉을 탁 쳤다.

"그거 좋습니다. 저도 내일은 아침부터 도원을 치우고 제단 쌓는 일이라도 거들겠습니다."

두 손님에게 마루를 내주고 눈을 붙이게 한 뒤 유비와 어머니는 어두운 부엌 한구석에서 짚을 덮고 잠을 청했다.

유비가 눈을 뜨니 어머니는 이미 잠자리에 없었다. 날이 밝은 것이다. 어딘가에서 산양이 내뱉는 울음소리가 연이어 들려왔다.

부뚜막 밑에서는 장작이 활활 타올라 축하 준비가 한창임을 알렸다. 이처럼 부뚜막에 장작이 타는 정겨운 장면은 유비가 소년 시절부터 본 적이 없었다. 봄은 도원뿐 아니라 가난한 유가의 부엌에도 찾아온 듯했다.

도원결의

1

도원에 나가보니 관우와 장비는 벌써 이웃 사내를 불러다 원 내의 한복판에 제단을 만드는 작업이 한창이었다.

제단 사방에는 작은 대나무를 세워 푸른 끈을 두르고 금색과 은색 종이꽃을 늘어뜨렸으며, 흙으로 만든 백마를 제물로 삼아 하늘에 제사 지내고 검은 소를 잡은 셈 쳐서 땅의 신을 받들었다.

"여어, 좋은 아침입니다."

유비가 즐거이 인사했다.

"일어나셨습니까?"

장비와 관우가 돌아보았다.

"훌륭한 제단이 생겼군요. 잘 시간도 없었겠습니다."

"아니, 장비 녀석이 흥분해 누워서도 말을 거는 바람에 한숨 도 못 잤습니다."

관우가 씩 웃었다.

"제단은 제법 만들었는데, 술은 있답니까?"

장비는 유비 곁으로 와서 걱정스레 물었다.

"어머니가 어떻게든 마련해주신답니다. 오늘은 일생일대의 성찬이라고 하니까요."

"오오, 그렇다면 안심입니다. 유 형, 좋은 어머니를 두셨습니다. 어제부터 옆에서 보니 부럽기 그지없습니다."

"그렇습니다. 제 입으로 어머니를 자랑하는 것도 부끄럽지만, 자식에게 따뜻하고 세상에겐 강한 어머니시지요."

"어딘가 기품이 있으십니다."

"실례지만 유 형, 아직 부인은 없나 봅니다."

"없습니다."

"얼른 하나 얻으시구려. 자당이 혼자 일을 다 하는 것 같은데, 저 연세에 안타깝지도 않습니까?"

"…"

유비는 그 말을 들으니 또다시 잊었던 홍부용의 가련한 모습이 문득 떠올랐다.

대답도 잊은 채 무심코 고개를 드니, 눈앞에 하얀 복사꽃이 파리가 눈 내리듯 점점이 흩날렸다.

"비야, 손님들도 준비는 다 되셨습니까?"

부엌에서 보이지 않던 어머니가 어느새 세 사람 뒤에 와서 말을 건넸다.

세 사람이 다 되었다고 대답하자, 어머니는 다시 주방으로 서둘러 들어갔다.

이웃으로부터 일손을 빌려 온 것이다. 어제 장비를 보고 혼비백산하여 줄행랑쳤던 처녀도, 그 처녀의 연인인 이웃집 청년도, 다른 가족들도 여럿이 거들러 왔다.

이윽고 혼자서는 들지 못할 정도로 커다란 술 단지가 가장 먼저 제단 멍석 위에 올려졌다.

새끼 돼지 통구이, 맑은 산양 국, 기름에 졸인 뒤 말린 채소, 여러 해 묵힌 절임 등 옮겨질 때마다 세 사람은 호화스러운 진미가 담긴 그릇과 접시에 시선을 빼앗겼다.

'도대체 다 어디서 난 거지?'

유비는 속으로 어머니가 어떻게 마련하셨을지 걱정이 되었다.

그사이에 촌장댁에서 모과나무로 만든 훌륭한 탁자와 의자가 옮겨져 왔다.

"대향연이로구나."

장비는 아이처럼 기뻐했다.

준비가 끝나자 일손들은 모두 안채로 들어갔다.

"자, 그럼."

세 사람은 눈빛을 주고받은 뒤 제단 앞에 깔린 돗자리에 앉았다.

"저희가 바라는 대망을 이루게 해주십시오."

천지 신을 향해 기원하려는 순간.

"두 분, 잠시 기다려주시지요."

관우가 웬일인지 굳은 얼굴로 말했다.

2

"여기 제단 앞에 앉으니 퍼뜩 이런 생각이 들었습니다. 두 공의 의견은 어떻습니까?"

관우는 그렇게 운을 떼더니 유비, 장비와 의논하기 시작했다.

모든 사물은 체(體)를 기본으로 한다. 체를 제대로 갖추지 않으면 성공할 수 없다.

우연히 우리 세 사람은 그 정신이 일치하여 오늘을 기점으로 큰일을 이루려고 하나, 셋이 모인 것만으로는 체가 갖춰지지 않았다.

지금은 미약하지만 이상(理想)은 원대하다. 세 사람이 한 뜻을 모아 체를 갖춰야 하는 게 아닌가!

큰일을 이루는 도중 사이가 틀어진 선례가 많다. 그러한 결과로 끝맺으면 안 된다. 신께 기원하고 제사를 지낸다 한들 사람으로서 해야 할 일을 응당 하지 않고서는 대망을 성취할 수 없다.

관우가 하는 설명은 이치에 맞았으나 과연 어떻게 체를 갖추자는 것인지 장비도 유비도 와 닿지 않았다.

관우는 말을 이어갔다.

"아직 군사는커녕 무기도 돈도 말 한 필조차도 없지만, 세 사람이 이곳에서 의(義)를 맺으면 그 자리에서 바로 하나의 군이 됩니다. 군에는 장수가 있어야 하고 무사에게는 주군(主君)이 있어야 하지요. 행동의 중심에 정의와 보국(報國)을 받들고 각자의 중심에 주군을 섬기지 않으면 대사는 도당(徒黨)의 난으로 끝나고 오합(烏合)의 무리로 변할 것입니다. 장비와 이 관우가 오늘날까지 초야에 숨어 때를 기다린 것도 사실은 그 중심에 설 인물이 쉽게 나타나지 않아서입니다. 때마침 유현덕이라는 혈통이 곧은 분을 만나 오늘 같은 결의의 장을 마련하였으니, 이 자리에서 유현덕을 주군으로 모시고 싶습니다. 장비, 네 생각은 어떤가?"

장비도 손뼉을 탁 쳤다.

"마침 제 생각도 같소. 형님 말씀대로 기왕 정할 거면 제사를 올리기 전에 지금 이 자리에서 신께 맹세하는 것이 좋겠소."

"두 사람의 숙원입니다. 승낙하시겠습니까?"

좌우에서 재촉하니 유비는 잠자코 생각에 잠겼다.

"기다려주십시오."

두 사람의 패기를 가라앉히고 유비는 잠시 숙고한 뒤 자세를 바르게 고쳐 앉았다.

"말씀대로 저는 한의 종실과 연이 있는 사람이니 그 계보로 따지면 주군의 위치에 앉는 것이 마땅하나, 아둔하고 어리석게 태어나 오랜 세월을 전원 속에서 숨어 지낸 탓에 아직 제군들의 주군이 될 수양과 덕을 쌓지 못했습니다. 부디 잠시만 기다려주십시오."

"기다리라고 하심은⋯."

"실제로 덕을 쌓고 몸을 수양하여 과연 주군의 자격이 있는지 없는지, 나와 두 분이 직접 눈으로 확인한 연후에 약속해도 늦지 않을 것 같습니다."

"아니, 이미 우리 눈으로 확인했습니다."

"그렇게 말씀하셔도 아직 꺼려집니다. 그럼 이렇게 합시다. 군신의 맹세는 우리가 일국일성(一國一城)을 얻은 다음으로 미루고, 여기서는 의형제의 약속을 맺는 것으로 하시지요. 난 오히려 군신이 된 이후에 세 사람이 더욱 오래도록 의형제로 남자는 약속을 해두고 싶습니다."

"으음…."

관우는 긴 수염으로 얼굴을 잡아당기듯 크게 고개를 주억거렸다.

"좋습니다. 장비, 넌 어떠냐?"

"이견이 없소."

다시 세 사람은 제단을 향해 소 피와 술을 따르고, 엎드려 하늘과 땅의 신께 묵도를 올렸다.

3

나이로 보면 관우가 연장자고 다음이 유비, 맨 끝이 장비였지만, 의를 맺는 의형제니 그 순서를 따르지 않아도 된다며 관우가 말했다.

"부디 유 형이 맏형을 맡아주십시오. 그렇지 않으면 장비 녀석의 고약 버릇을 다룰 수 없을 터."

장비도 거들었다.

"꼭 그리 해주시지요. 싫다고 해도 둘이서 큰형님, 큰형님이라 받들면 그만입니다."

유비는 억지로 사양하지 않았다. 그리하여 세 사람은 마주 보고 앉아 장래의 이상을 그리고, 문경지우(刎頸之友, 생사를 같이할 수 있는 아주 가까운 사이 – 옮긴이)의 맹세를 굳힌 후 제단에서 물러나 복숭아나무 아래에 놓인 탁자에 둘러섰다.

"그럼, 영원히!"

"변함없이!"

"변치 맙시다."

형제의 술잔을 나누고는 삼인일체(三人一體)로 협력하여, 나라에 이바지하고 아래로는 만백성을 도탄에서 구하는 대장부의 길을 걷자며 의기투합했다.

장비는 술기운이 도는지 잔을 높이 들고 큰 소리로 외쳤다.

"아아, 이렇게 기쁜 날이 없었다. 참으로 유쾌하다. 거듭 하늘에 맹세한다. 우리 여기에 있는 세 사람, 비록 같은 해 같은 달 같은 날에 태어나지는 못했으나, 바라건대 같은 해 같은 달 같은 날에 죽으리라."

장비는 유비 잔에도 술을 마구 따라 부었다.

"마십시다, 한가득. 오늘은 마시는 날이 아닙니까?"

그러고 나서는 자기 머리를 치며 아이처럼 소리쳤다.

"유쾌하다. 참으로 유쾌하다!"

장비가 술에 취해 감정을 한껏 발산할 낌새가 보이자 관우는 나무랐다.

"어이, 장비. 오늘 일을 그렇게 기뻐해서야 앞으로 맛보게 될 환희는 어쩔 것이야. 오늘은 우리 셋이 의를 맺었을 뿐, 대사의 성공과 실패는 앞으로 일어날 일이지 않으냐. 하늘을 찌를 듯이 기뻐하기엔 조금 이르구나…."

그러나 한번 고양된 장비의 기분은 찬물을 끼얹었어도 가라앉지 않았다. 관우가 내뱉은 바른말을 듣고는 손을 치며 웃었다.

"와하하. 오늘부로 시골 선생은 서당 문을 닫지 않았소. 서로가 무사요. 앞으로는 천공해활(天空海闊, 도량이 크고 넓어서 아무 거침이 없음 – 옮긴이), 호방뇌락(豪放磊落, 기개가 장하고 도량이 넓고 큼 – 옮긴이)하여 무인답게 지냅시다. 그렇지요, 큰형님?"

유비에게도 금방 허물없이 말하며 어깨를 감싸 안기도 했다.

"그렇지, 그렇지."

유비는 싱글벙글 웃으며 장비가 하는 대로 두었다.

장비는 소처럼 마시고 말처럼 먹으며 말했다.

"옳지, 이 자리에 유 형의 자당이 계시지 말라는 법은 없소. 우리 셋이 형제의 술잔을 나눈 이상 내게도 존경해야 할 어머니요. 어머니를 이쪽으로 모셔 와 건배합시다."

느닷없이 말을 꺼내더니 장비는 어머니가 계신 곳으로 흐느적거리며 달려갔다. 곧 유비 어머니를 억지로 등에 업은 채 비틀비틀 돌아왔다.

"자, 어머니를 모시고 왔소. 어떻소. 내가 효자 아니요? 자, 어머니. 크게 축복해주시지요. 우리 효자 셋이 모였으니. 아니, 이건 단지 어머니만 축복하고 끝낼 일이 아니오. 이 나라로서도 마찬가지다. 우리 이 세 사람은 보기 드문 충실하고 선량한 아들들이 아닌가. 그렇다, 어머니의 효자 아들 만세! 나라의 충실한 아들 만세!"

결국 세 사람 중 술을 가장 성실히 마시는 아들 장비가 먼저 뻗어, 복사꽃 아래에서 코를 드르렁 골며 밤이슬이 내릴 때까지 눈을 뜨지 못했다.

4

대장부의 맹세는 맺어졌다. 그러나 도수공권(徒手空拳, 맨손을 강조하여 이르는 말 – 옮긴이)이란 바로 이 세 사람을 가리키는 말이다. 그럼에도 불구하고 뜻은 온 천하에 있었다.

"자, 어떻게 할 것인가?"

다음 날에는 또 술을 마시며 쾌재를 부르고 있을 수만은 없었다. 이상에서 실행으로 그 첫걸음을 내딛는 날이었다.

아침밥을 들고 곧 그 자리에서 어떻게 실행에 옮길지 의논했다.

"어떻게든 될 것이오. 사내가 삼인일체로 마음만 먹으면."

장비는 이론가가 아니었다. 책략가도 아니었다. 앞뒤 안 가리고 뛰어드는 저돌적인 행동파였다.

"어떻게든 되다니. 그냥 너처럼 힘만 믿고 있다가는 아무것도 안 된다. 우선 한 군(郡)의 세력을 얻으려면 한 기(旗)의 병사가 필요하다. 한 기의 병사를 가지려면 적어도 상당한 군비와 무기, 말이 필요하니라."

관우는 상식가였다. 두 사람의 말을 잘 조합하면, 그 가운데 딱 적당한 열정과 이론을 갖춘 추진력이 생겼다.

유비는 두 의견에 모두 동의했다.

"옳은 말이오. 이렇게 세 사람이 뜻을 하나로 모으면 분명히 큰일을 이룰 건 자명하나, 우선 병사가 문제요. 병사를 모집하는 건 어떻소?"

"말도 무기도 돈도 없는데 지원하는 자가 있을까요?"

관우가 비친 우려에 유비는 살며시 미소 지으며 안심시켰다.

"자신 있소. 실은 이 누상촌 내에서도 평상시에 슬쩍 눈여겨본, 우리와 뜻이 같은 청년들이 더러 있소. 이웃 마을에 격문을 돌리면 아마 지금의 시국에 울념을 느낀 자들이 적지 않을 테니 병사 30~40명쯤은 금방 모을 수 있을 것이오."

"과연…."

"그러니 미안하지만, 관우 아우의 글씨로 격문을 하나 기초해주시오. 그 격문을 돌리는 건 내가 아는 청년들을 시킬 터이니 말이오."

"아닙니다. 전 본래 글재주가 없으니 형님께서 써주시지요."

"아니오. 아우께서는 오랫동안 서당에서 제자를 가르쳤으니 제자의 마음을 울릴 만한 글을 잘 쓸 것이오. 부디 써주시오."

그러자 장비가 옆에서 거들었다.

"관우 형님, 무엄하오."

"무엇이 무엄하더냐?"

"맏형인 유 형의 말씀을 주군의 명령으로 받들자고 어젯밤 약속하지 않았소."

"이야, 이거 장비한테 혼쭐이 났군. 좋아, 어서 쓰도록 하지."

격문은 이내 완성되었다.

상당한 명문이었다. 장엄한 강개(慷慨)의 기운과 우국(憂國)의 글은 읽는 사람의 마음을 울렸다. 격문이 이웃 마을로 퍼지자, 유현덕의 초라한 집 대문 앞에는 매일 7명, 10명씩 천하의 호걸이라 내로라할 열혈 장사들이 모여들었다.

"우리가 내건 격문을 읽고 병사가 되기 위해 왔느냐?"

장비는 문 앞에 나가 병사들을 선발할 시험관이 되어 한 명 한 명의 이름과 고향, 그 의지를 물었다.

"그렇습니다. 대인들의 이름과 의거의 뜻에 찬성하여 휘하로 달려온 것입니다."

장사들은 이구동성으로 대답했다.

"그러느냐? 어딜 봐도 늠름한 기백이 흐르는구나. 당장 우리 휘하에 드는 걸 허락한다. 우리의 뜻은 황건적 무리처럼 노략질하는 것과는 그 취지가 다르다. 천하를 도탄에서 구하고 도적들을 물리쳐 이 땅에 알맞은 권위를 확립한 뒤 나아가 영원한 평화와 민중의 안녕을 꾀하는 데 있다. 그 점을 아느냐!"

장비는 일장 훈시를 늘어놓고 이런 맹세를 받았다.

5

"우리 휘하에 들어오게 된 이상 우리가 따르는 군율에 복종해야 한다. 지금 그 군율을 들려줄 터이니 삼가 공손히 들으라."

장비는 군에 지원한 장사들에게 말하고 정중히 품 안에서 문서 하나를 꺼내 큰 목소리로 읽었다.

하나. 병사 된 자는 장수 된 자에게 절대복종과 예절을 지킨다.

하나. 눈앞의 이익에 사로잡히지 않고 큰 뜻을 원대히 갖춘다.

하나. 한 몸을 낮게 여기고 한 시대를 깊이 여긴다.

하나. 약탈하는 자는 목을 벤다.

하나. 백성을 괴롭히는 자는 극형에 처한다.

하나. 군기를 어지럽히는 자는 모두 사형에 처한다.

"알겠느냐!"

대단히 엄숙한 분위기였기에 장사들은 잠시 입을 다물고는 있었으나, 마침내 입을 모아 대답했다.

"예, 알겠습니다!"

"좋아. 그러면 지금부터 내 부하로 써주겠다. 당분간 삯은 없다. 식량과 그 밖의 것도 서로 가진 걸 나누어 쓰고 불평하지 말아야 한다."

그런데도 모여든 젊은 무리는 혈기왕성한 병사가 되어 유비와 관우, 장비가 내리는 명령에 복종했다.

네댓새 만에 70~80명에 이르는 병사가 모여들었다. 관우는 기대 이상의 성공이라고 말했다.

곧 식량이 말썽이었다. 따라서 한시라도 빨리 전쟁을 해야 했다.

황건적이 지른 폐해로 통곡하는 지방이 많았다. 우선 그 지방으로 가서 황건적을 쫓아내는 게 급선무였다. 그다음에는 올바른 세금과 식량을 거둘 수 있다. 약탈이 아니다. 하늘이 주시는 양식이다.

그러던 어느 날!

"장군, 장 장군! 말이 끝없이 지나갑니다! 말입니다!"

한 부하가 본진으로 달려와서 급히 전했다.

누구인지 모르겠으나 몇십 필이나 되는 말을 줄줄이 끌고 이 앞에 있는 고개를 넘어오는 자가 있다는 보고였다.

"그거 어떻게 해서라도 갖고 싶군."

말이라는 소리를 듣자 장비는 솔직한 심정을 드러냈다.

실제로 지금 말과 돈과 군사를 가지고 싶다는 마음이 굴뚝같았다. 그러나 의거의 군율을 세우고 부하에게 선포한 바, 빼앗아 오라는 명령을 내릴 수는 없었다.

장비는 안쪽으로 들어가서 관우에게 의논했다.

"형님. 이런 보고가 있었는데, 뭔가 손에 넣을 방법이 없소? 실로 하늘이 주신 기회인 것 같소만."

"좋다. 그럼 내가 가서 교섭을 직접 해보마."

관우는 부하 여럿을 데리고 급히 고개로 내달렸다. 산기슭 근처에서 그 일행과 맞닥뜨렸다. 척후병이 한 보고는 정확해서 과연 말 40~50필을 끌고 한 무리가 이쪽으로 내려오는 길이었다. 가까이 다가가니 모두 상인으로 보이는 사내들이기에 관우는 어떻게든 이야기가 통할 거라 생각하고 특유의 웅변을 발휘할 셈으로 기다렸다.

이곳에 온 말 상인들의 우두머리는 중산(中山)의 대상인으로, 한 명은 소쌍(蘇雙), 또 한 명은 장세평(張世平)이라는 자였다.

관우는 그 사람들에게 다가가 세 사람이 자진하여 의군을 일으켰다는 이야기를 애국 충정의 마음을 담아 간절히 호소했다. 지금 누군가 패업(霸業)을 세워 사람과 하늘의 정명을 바로잡지 않으면 이 세상은 영원한 암흑에 빠질 것이라고 했다. 중국 대륙은 결국 북쪽 오랑캐에 정복당하고 말 것이라며 한탄했다.

장세평과 소쌍은 둘이서 무언가 조용한 목소리로 속닥이더니 이렇게 말했다.

"잘 알겠습니다. 이 50필의 말이 큰일을 이루는 데 쓰인다면 저희도 더할 나위 없이 기쁠 따름입니다. 드릴 터이니 부디 끌고 가십시오."

뜻밖에도 흔쾌히 승낙했다.

6

어차피 쉬이 승낙하지는 않으리라, 관우는 최악의 경우까지 생각했던 것이다. 뜻밖의 대답이었다.

"허, 이거 고맙소. 갑자기 흔쾌히 승낙하니 실례를 무릅쓰고 여쭙겠소. 어째서 이익을 무겁게 여기는 상인 분들께서 내 한마디에 많은 말을 아무런 대가도 없이 주신다고 한 것이오?"

교섭하려는 일정의 목적을 달성했으니 상대에게 쓸데없이 확인할 이유는 없지만, 못내 궁금한 나머지 관우는 이렇게 물었다.

그러자 장세평이 답해주었다.

"하하하. 주저 없이 바로 넘겨드린다고 하니 되려 의심을 산 모양입니다. 당연히 그러시겠지요. 소인은 첫째, 대인이 악한이 아님을 꿰뚫어 봤습니다. 둘째, 계획하신 대로 의병을 일으키는 건 대단히 시의적절하다고 생각했습니다. 셋째, 당신들이 가진 힘으로 저희가 품은 원한을 풀어주셨으면 해서입니다."

"원한이라면?"

"황건적 대장 장각 일족이 저지른 폭정에 대한 원한입니다. 소인도 예전에는 중산에서 둘째가라면 서러울 대상인이었습니다. 그 지역도 아시다시피 도적들이 유린하여 질서가 파괴되고, 재산을 빼앗기고, 마을에서는 소녀들의 그림자도 찾아볼 수 없으며 정원의 새조차 울지 않게 되었습니다. 소인이 운영하던 가게도 먼지 하나 남김없이 몰수당한 뒤 결국 아내와 딸까지 도적들에게 끌려가고 말았습니다."

"으음…. 그랬군."

"그래서 조카 소쌍과 말 장수 신세로 전락해 시장에 있는 말을 사들여 북쪽으로 팔러 가고자 했으나, 가는 길인 북쪽 산악에도 도적들이 길을 막고 행객들의 보따리를 빼앗으며 학살을 저지른다기에 다시 이 군마들을 끌고 허무하게 돌아온 것입니다. 남쪽으로 가도 도적, 북쪽으로 가도 도적이니 이렇게 말과 함께 방황하는 사이에 결국 도적들한테 목숨까지 빼앗길 건 자명합니다. 원수와도 같은 도적에게 무력이 될 말을 주느니 귀공처럼 큰 뜻을 품은 분께 바치는 것이 훨씬 의미 있는 일이지요. 소인이 기뻐하며 드리는 연유는 바로 그 때문입니다."

"그렇군."

그제서야 관우가 품은 의문이 풀렸다.

"그럼 누상촌까지 말을 끌고 함께 가지 않겠소? 우리가 맹주로 모시는 유현덕이라는 분께 소개할 테니 말입니다."

"부탁드립니다. 소인도 뼛속부터 상인인지라 말씀드린 바와 같은 연유로 아무런 대가 없이 말을 드렸으나, 솔직한 마음으로는 이익이 눈에 밟히니…."

"맹주를 뵙더라도 지금 바로 대금을 치를 수는 없소."

"그렇게 당장을 말씀드리는 게 아닙니다. 앞으로 먼 훗날에라도 좋으니. 예…. 혹시 여러분이 큰일을 이루어 일국(一國)을 취하고 10주, 20주를 평정하여 천하를 호령한다는 계획대로 일이 풀린다면, 저에게도 충분히 이자를 붙여 오늘 빌려 간 말 대금을 지급해주셨으면 합니다. 저는 대인의 계획을 듣는 순간 여러분만의 꿈이 아니라 우리 민중들이 품은 꿈이라는 점에서 반드시 성공하시리라 확신했습니다. 그러니 오늘 이 처치 곤란한 말들을 써주신다면 상인인 제게도 원대하게 돈을 불리는 방법을 찾은 것과 같으니 더없이 기쁠 따름입니다."

장세평은 그렇게 말하고 조카 소쌍과 함께 관우의 안내를 따라 이동하다가 도중에 이렇게 물었다.

"큰일을 도모하신 이상 인물들은 갖추셨을 테고 말도 이걸로 마련하셨습니다. 그런데 그대들의 계획 내에서 경제적인 부분을 잘 융통하여 식량과 군비를 꾸려나갈 셈이 빠른 자를 곁에 두셨습니까? 셈이라는 걸 충분히 고민하신 뒤에 이 일을 시작하셨는지요?"

7

장세평에게 지적을 받고 보니 관우는 이제껏 모은 의군에 큰 결함이 있는 걸 발견했다.

바로 경영이라는 문제였다.

자신은 물론 장비에게도 유비에게도 경제적인 관념은 생각지 못한 문제였다. 무인은 금전을 멀리한다는 사상이 아주 오래전부터 머릿속에 자리 잡은 터. 경제라면 도리어 비하하고, 금전이라면 고개를 돌리는 사람을 청렴한 무사라 여기는 관습이 있었다. 개인의 인격으로 보면 고상하다고 우러르겠지만, 나라의 대계(大計)로 보면 그건 불충분함을 뜻한다.

일군을 꾸리려면 이제 경영을 고려해야 한다. 무력만으로 몸집이 커지면 폭군(暴軍)으로 변하기 쉽다. 그 까닭에 예부터 이상은 있으나 폭군으로 타락하여 결국 세상을 어지럽히는 도적으로 변모한 자들이 수두룩했다.

"좋은 말씀을 해주셨소. 우리 맹주께도 그 방면과 관련한 이야기를 기탄없이 들려주시오."

관우는 솔직히 한 수 배웠다는 느낌이 들었다. 일개 상인의 말이라고는 하나 앞으로 닥칠 중요한 문제였다.

이윽고 누상촌에 다다랐다.

관우는 곧 장세평과 소쌍 두 사람을 유현덕 앞으로 데리고 갔다. 물론 현덕과 장비도 장세평이 베푼 호의를 듣고 매우 기뻐했다.

장세평은 말 50필을 거저 제공할 뿐만 아니라 현덕을 만나고 나서는 그 인물을 더욱 유망하다고 보아 준마 위에 쌓아놓았던 쇠 1000근, 가죽 피륙 100필, 금은 500냥마저 헌상했다.

"부디 군비로 쓰시지요."

그때 장세평은 덧붙였다.

"아까도 길을 걸어가며 말씀드렸다시피, 소인은 어디까지나 이익을 중히 여기는 상인입니다. 무인에게 무도(武道)가 있고, 성현에게 문도(文道)가 있듯이, 상인에게도 이도(利道)가 있습니다. 헌상하면서도 소인은 이 행동을 의협심이라 내세우지 않습니다. 그 대신 오늘 바친 말과 금은이 10년 뒤, 30년 뒤에는 막대한 이익을 가져다주길 바랍니다. 다만 그 이익은 저 혼자 차지하려는 게 아닙니다. 궁핍하고 가엾은 만백성에게 나눠 주십시오. 제 희망이자 상혼(商魂)입니다."

현덕과 관우는 장세평이 하는 말을 듣고 크게 감탄하여 무슨 수를 써서라도 이 인물을 곁에 두고 싶어 했으나 장세평은 한사코 거절했다.

"아닙니다. 전 겁이 많은지라 도저히 전쟁을 치르시는 여러분과 함께 있을 용기가 없습니다. 언젠가 제 도움이 필요하시다면 그때 다시 나타나겠습니다."

장세평은 당황하여 어디론가 떠났다.

"이것이야말로 하늘의 도움이다."

쇠 1000근, 피륙 100필, 금은 500냥이라는 뜻밖의 군비를 얻은 유비와 두 아우는 더욱더 투지가 불타올랐다.

곧장 이웃 마을에 사는 대장장이를 불러 장비는 1장 몇 척이나 되는 사모(蛇矛)를 만들라 주문했고, 관우는 무게 몇십 근이라는 언월도를 벼리도록 했다.

졸병들에게 필요한 갑옷, 투구, 창, 칼 등도 맞추었는데 모두 며칠 지나지 않아 완성되었다.

일월(日月)의 깃발
비룡(飛龍)의 번(幡)
안장과 화살촉.

군장은 일단 갖춘 셈이다.

그 무렵 병사 수도 200에 달했다. 처음에는 천하로 나아가기에 턱없이 모자랄 만큼 급히 결성된 작은 군이었지만, 장비의 교련과 관우의 군율, 유현덕의 덕망은 병사 하나하나에까지 골고루 퍼져 마치 한 사람의 몸처럼 병사 200이 손발을 맞추어 움직였다.

"그럼, 어머니. 다녀오겠습니다."

유현덕은 어느 날 무장을 하고 어머니에게 작별을 고했다.

병마(兵馬)는 엄숙히 유비의 고향에서 벗어나기 시작했다. 유현덕의 어머니는 그 모습을 뽕나무 아래에서 언제까지고 배웅했다. 울지 않으려고 참았던 눈물이 뜨거운 샘처럼 솟았다.

전장을 떠돌다

1

그보다 앞서서 관우는 현덕이 쓴 친서를 가지고 유주 탁군
(涿郡, 하북성 탁현)의 태수 유언에게 사자로 찾아갔다.

태수 유언은 무슨 영문인가 싶어 관우를 성안으로 들여보내
고 관청에서 맞았다.

관우는 예를 올린 뒤에 물었다.

"태수는 지금 무사를 사방에서 모집한다고 들었습니다. 그게
사실입니까?"

관우가 풍기는 위풍은 당당했다. 유언은 한눈에 예사로운 인
물이 아닌 줄 알았으므로 그 불손함을 탓하지 않고 답했다.

"사실이오. 여러 역참에 방문을 붙이고 무사를 급히 모집하
는 중이오. 경도 격문을 보고 온 대장부시오?"

관우가 대답했다.

"그렇습니다. 이 나라가 황건적이라는 대군에 좀먹힌 지 오
래되었습니다. 태수가 이끄는 군사가 매년 비참하게 패하고 각

지 백성들의 곳간은 도적들의 독수(毒手)에 넘어가니, 온 백성이 국주(國主)의 무력과 도적들이 저지르는 횡포에 통곡할 수밖에 없는 줄로 압니다."

관우는 억지로 아첨하거나 두려워하지 않고 솔직하게 말을 이었다.

"저희는 오랫동안 영주가 베푼 은혜를 입었으나 이런 때 헛되이 초려에서 편히 지내는 게 떳떳하지 못하다 여겨, 동지 장비와 뛰어난 병사 200과 단결하여 유현덕을 맹주로 모시고 태수의 군에서 다소나마 보국의 뜻을 받들고자 합니다. 관대한 태수께서 우리 의로운 병사들을 받아주시겠습니까?"

관우는 말을 마치고 나서 현덕이 쓴 친서를 내밀어 읽어보도록 청했다.

"이런 때에 경들처럼 진심 어린 호걸들이 이 유언의 미약한 힘에 보탬이 되겠다고 하니, 실로 하늘이 내린 도움이라 하겠소. 마다할 이유가 어디 있단 말이오? 성문에 쌓인 먼지를 쓸고 객사에 깃발을 장식하여 들어올 날을 손꼽아 기다리겠소."

유언은 매우 기뻐했다.

"그럼 몇 월 며칠에 성 아래까지 병사들을 끌고 오겠습니다."

관우는 약속을 하고 돌아올 때 이야기하는 김에 의제 장비가 얼마 전 누상촌 부근과 마을 관문에서 잘못을 저질러 태수의 부하인 포리와 병사들을 살상했으나, 부디 그 죄를 용서해달라는 한마디를 덧붙였다.

덕분에 이후로는 마을 관문에서 포리들이 찾아오지 않았다. 그뿐 아니라 사전에 태수가 내린 명이 있었는지 유현덕 이하세 호걸과 병사 200여 명이 누상촌에서 탁군의 부성(府城)으로 출발할 때, 관문 위에 작은 깃발을 세우고 수비병과 관리들이 일렬로 서서 그 무리를 정중히 배웅했다.

한편, 더욱 놀란 건 현덕과 장비의 얼굴을 아는 시장 사람들이었다.

"앞에 가는 대장은 돗자리 장수 유 씨가 아닌가?"

"그 옆에서 말을 타고 으스대는 자는 종종 멧돼지 고기를 팔러 온 술주정뱅이 떠돌이요."

"맞네. 장 씨일세, 장 씨."

"난 저 고기 장수한테 받을 술값이 있는데…. 이거 곤란하게 됐구먼."

운집한 사람들 속에서 탄성을 터뜨리며 배웅하는 술장수도 있었다.

의군은 드디어 탁군의 부(府)에 도착했다. 도중에 그 모습을 동경하여 일월의 깃발 아래로 급히 편입한 자들도 있어 부성의 큰 거리에 다다랐을 때는 그 수가 총 500을 넘었다.

태수는 즉시 현덕과 두 장수를 맞이하여 그날 밤 거처에서 환영 연회를 베풀었다.

2

대장 현덕을 만나 보니 아직 20대 청년이었으나, 과묵하고 침후한 모습 이면에 큰 그릇의 풍채가 엿보여 태수 유언은 극진히 대접했다.

출신을 물으니 한실의 종친이자 중산정왕의 후예라 했다.

"과연 그랬군."

유언은 고개를 주억거리더니 더욱 애정을 쏟으며 좌우에 있는 관우, 장비 두 장군까지 진심으로 공경했다.

바로 그때였다.

청주 대흥산(大興山) 부근 일대(산동성 제남濟南 동쪽)에서 날뛰는 5만 이상의 황건적 세력에 대항하여, 태수 유언은 가신인 교위 추정을 장군으로 삼아 대군을 주고 급히 출격하도록 했다.

관우와 장비는 그 사실을 알자마자 현덕에게 청했다.

"사람이 베푸는 환대는 식기 쉽습니다. 환영 연회에는 길게 머무르지 않는 법입니다. 첫 출전을 명하셔서 태수의 군에 힘을 보태시지요."

"나도 그리 생각했네. 어서 태수에게 진언하세."

현덕은 유언을 만나 그 뜻을 전하니 유언도 기뻐하며 교위 추정의 선봉에 나설 것을 허락했다.

현덕의 500여 기는 첫 출격인지라 하늘을 찌를 듯한 기세로 며칠 만에 대흥산 기슭으로 밀고 들어갔다. 도적 5만은 험준한 지형에 의지하여 유리한 전투를 노리고 산의 습곡과 계곡 사이에 머릿니처럼 진을 친 형세였다.

그때 이 지방은 우기를 지나 이미 초여름을 상징하는 푸른 풀이 무성했다.

아무래도 전투가 길어질 듯했다. 도적이 지형의 이점을 이용해 기습 공격을 퍼붓고 각 주(州)에 산재한 도적들과 연통하여 일제히 퇴로를 차단한다면, 진격한 아군은 겹겹이 포위당해 전멸이라는 화를 입을 수도 있는 형국이었다.

현덕은 이리 생각하고 관우와 장비에게 물었다.

"어떤가, 두 사람은? 태수 유언은 물론 교위 추정도 우리의 실력이 어느 정도인지 보고 싶어 할 것이네. 이미 아군의 선봉이 된 이상 공연히 장기간 대치하여 불리함을 겪을 수는 없을 터! 앞장서서 도적의 진영으로 돌진하여 단칼에 전투를 끝내고 싶은데, 자네들 생각은 어떤가?"

"그야 찬성입니다."

곧바로 500여 기가 조운지진(鳥雲之陣, 새나 구름이 모이고 흩어지는 것처럼 군사들의 모임과 흩어짐을 자유롭게 하여 치던 진－옮긴이)의 태세를 갖추고 산기슭까지 바싹 다가가서 북을 울리고 함성을 지르며 결투를 청했다.

도적은 산 중턱에서 철궁과 쇠뇌를 연달아 쏘면서 쉽사리 움직이지 않았다.

"공격해오는 놈들은 규모가 대수롭지 않고 나라의 정규병으로 보이지도 않는다. 어디서 모아온 오합지졸이냐? 전멸하라!"

도적의 부장 등무(鄧茂)라는 자가 호령을 내리자마자 산 위에서 방벽을 열고 기마병들이 쏟아져 내렸다.

"이 벼 부스러기나 핥고 사는 불쌍한 향군의 백성들아! 관군이란 이름에 속아 시체로 둑을 쌓으러 왔느냐. 어리석은 권력의 방패로 이용되지 마라! 너희가 창을 버리고 말을 바치며 항복을 애원하면 우리의 대방 정원지(程遠志) 님께서 누런 두건을 하사하여 고기를 먹이고, 세상을 즐기며 그 앙상한 뼈를 살

찌우게 해주마. 싫다면 즉시 포위하여 섬멸해버리겠다. 귀가 있으면 듣고 입이 있으면 대답하라. 어떻게 하겠느냐!"

그러자 공격군의 진두에서 호통으로 맞받아치며 유현덕이 좌우에 관우와 장비를 거느리고 백마를 벌판의 중앙으로 몰고 나왔다.

3

"무례하도다. 들쥐의 우두머리여!"

현덕은 도적의 우두머리 정원지 앞에서 말을 세우고 그 뒤에서 웅성대는 황건적의 대군을 향해 쩌렁쩌렁하게 외쳤다.

"천지가 개벽한 이래 짐승의 족속이 오래도록 번영한 적이 없다. 설령 잠시 인간의 정치를 어지럽히고 폭력으로 권세를 빼앗은들 최후에는 들쥐의 백골과 다르지 않을 것이다. 각성하라! 우리는 일월의 깃발을 높이 걸고 암흑의 세상에 광명을 비춰 사악을 물리치며 정의를 밝히는 의군이다. 함부로 맞서서 목숨을 버리지 마라!"

그 말을 들은 정원지는 목청을 높여 크게 웃었다.

"벌건 대낮에 잠꼬대를 하는구나. 웃기는군. 각성해야 하는 건 네놈들이다."

무게가 80근이나 나가는 청룡도를 꼬나들고 말을 몰아 현덕에게로 달려들었다.

현덕은 원래부터 무력이 뛰어난 맹장은 아니었다. 진흙을 박차고 발굽을 뒤로 돌렸다.

"이놈!"

그사이에 기다리던 장비가 고함을 치며 헤집고 들어와 버린 지 얼마 안 된 1장이 넘는 사모, 어금니 모양의 큰 창을 끝에 단 긴 무기를 휘둘러 적장의 투구 끝부터 말의 등뼈까지 한 번에 내리그었다.

"네놈이 감히….."

도적의 부장 등무가 혼비백산하여 도망치는 병사들을 격려하며, 퇴각하는 현덕을 뒤쫓자 관우가 빨리 말을 달렸다.

"하룻강아지 같은 놈. 죽음을 재촉하는구나."

언월도가 한 번 허공을 가르니 피가 사방에 튀며 사람과 말이 함께 관우 앞에서 고꾸라졌다.

도적의 두 장수가 당하자 남은 졸병들은 산골짜기로 뿔뿔이 달아났다. 패잔병들을 쫓아가 덮치고 포위하여 섬멸하니 잘린 도적의 머리만 1만 여에 달했다. 항복한 자는 용서하여 병사로 받아들이고 목은 마을 저잣거리에 나란히 매달았다.

천벌이 이와 같다.

무력의 위세를 널리 드러냈다.

"징조가 좋소."

장비는 관우에게 의기양양하게 말했다.

"형님, 이 기세라면 50주, 100주의 적군쯤은 반년 안에 휩쓸 수 있겠소. 천하는 순식간에 우리의 깃발로 해와 달처럼 빛날 게요. 안민낙토(安民樂土)의 세상이 올지니, 유쾌하도다. 전쟁이 빨리 끝나버리는 건 아쉽지만….."

"바보 같은 소리!"

관우는 고개를 저었다.

"세상사는 그리 녹록지 않다. 늘 전투가 이럴 거라 생각하면 큰 오산이다."

대홍산을 뒤로하고 일동은 곧 유주로 개선(凱旋)의 말머리를 나란히 했다.

태수 유언은 500의 악사들에게 승리를 위한 곡을 연주하게 하고, 성문에 깃발을 꽂아 친히 개선군을 맞이했다.

그때였다.

군마가 쉴 새도 없이 청주의 성하(城下, 산동성 제남의 동쪽, 황하 입구)에서 파발마가 뛰어와 전갈을 건넸다.

"큰일입니다. 즉시 원군의 출마를 청합니다."

"무슨 일인가?"

유언은 사신이 가지고 온 서찰을 열어 보았다.

> 당 지방의 황건적이 현과 군에서 봉기하여 운집하고 청주성을 끝없이 포위하였음. 성이 함락되고 불탈 운명이 이미 시급하여 오직 우군의 원조를 기다림.
>
> ― 청주 태수 공경(龔景)

현덕은 또다시 자진하여 출전을 청했다.

"원컨대 가서 돕게 해주십시오."

태수 유언은 기뻐하여 교위 추정의 5000여 기를 더해 현덕의 의군에게 선봉을 맡겼다.

4

계절은 벌써 여름이었다.

청주 벌판에 도착하니 도적 수만 군은 이미 누런 깃발과 팔패가 새겨진 번(幡)을 내걸고, 그 기세로 태양까지도 조롱하는 듯했다.

"위세가 얼마나 되겠는가!"

현덕도 얼마 전 첫 전투에서 별 어려움 없이 승리한 것을 참작하여 500여 기의 선봉에서 대적해보았으나 결과는 대참패였다.

일패도지(一敗塗地, 싸움에 한 번 패하여 다시 일어날 수 없는 지경이 됨 – 옮긴이)하여 간신히 전멸을 면하고 30리나 후퇴했다.

"이들은 대단히 강하다."

현덕은 관우에게 상의했다.

"소수로 다수에 맞서려면 병법을 따를 수밖에 없습니다."

관우는 계책을 하나 올렸다.

현덕은 다른 사람의 말을 곧잘 받아들였다. 그래서 총대장 추정의 진영으로 사신을 보내 미리 계획을 알리고 작전을 다시 세웠다.

먼저 총군 중 관우는 병사 1000을 이끌고 오른편에 숨었으며 장비도 같은 수의 병력을 거느리고 언덕 그늘에 숨었다.

본군의 추정과 현덕은 정면에서 돌진해 적의 본진으로 총공격하는 시늉을 하다가 적당한 때를 노려 일부러 썰물처럼 빠져나갔다.

"추격하라!"

"쏴라!"

기세등등한 도적의 대군은 대오도 제대로 갖추지 않은 채 추격해왔다.

"됐다."

현덕이 충분히 유도한 후 말을 돌려 적에게 달려들었을 때, 언덕의 그늘과 광야의 수수밭 속에서 소나기구름처럼 쏟아져 나온 관우, 장비의 양군이 적의 본진을 완전히 감싸 전멸시켰다.

태양은 피로 부예졌다.

풀도 말의 꼬리도 피로 물들지 않은 것이 없었다.

"옳다, 지금이다!"

도망치는 도적군을 쫓아 아군은 그대로 청주성 아래까지 바싹 밀고 들어갔다.

"원군이 온다!"

청주성을 지키던 병사들은 성문을 열고 활을 쏘며 나왔다. 우르르 밀어닥치며 도망간 적군은 성 아래에 불을 지르고, 자기가 놓은 불길을 무덤으로 자멸하듯이 패망했다.

"만약 경들의 도움이 없었다면 이 성은 오늘쯤 도적들이 벌이는 향락의 연회장이 되었을 것이오."

청주 태수 공경은 병사들에게 큰 상을 내렸고, 사흘 밤낮으로 악기와 환호에 찬 만세 소리가 흘러넘쳤다.

"더는 머무를 수 없소."

추정이 군을 추스르고 유주로 돌아가려 하자, 그때 유현덕은 추정에게 의중을 밝혔다.

"아주 예전에 제가 어렸을 적에 고향 누상촌에서 잠시 은거

하셨던 노식(盧植)이란 분이 계셨습니다. 저는 그 노식 스승님의 문하에서 처음 글을 배우고 병법을 가르침 받았습니다. 그후 스승님이 어떻게 지내시는지 궁금했던 차에 근래의 소문을 들었습니다. 관(官)에 종사한 후 중랑장(中郞將)이라는 직책을 맡아 지금은 칙령을 받아 머나먼 광종(廣宗, 산동성)의 초야에서 전투 중이시라 합니다. 광종에서 날뛰는 도적은 황건적 우두머리인 장각의 직속 병사이기에 고전하시리라 짐작됩니다. 지금부터 달려가 옛 은혜에 대한 보답으로서 작은 힘이나마 보태고 싶습니다."

그리고 자신은 지금부터 광종의 싸움터로 옛 스승을 도우러 가니 유주성에 도착하면 태수께 부디 그 뜻을 헤아려주십사 전해달라고 부탁했다.

처음부터 의군이었으므로 추정도 말릴 수 없었다.

"그러면 장군의 부하만 이끌고 군량과 그 밖의 것은 원하는 대로 하시오."

무인답게 미련 없이 떠났다.

5

중랑장 노식은 토비장군(討匪將軍)의 인수(印綬, 병권兵權을 가진 무관이 발병부發兵符 주머니를 매어 차던, 길고 넓적한 녹비 끈－옮긴이)를 차고 도읍인 낙양에서 멀리 황하 입구의 광종 땅까지 내려와 5만에 달하는 관군을 이끌며 군무에 임하는 중이었다.

"뭐라? 유현덕이라는 자가 날 찾아왔다고? 글쎄, 유, 현덕이라. 누구지?"

노식은 열심히 고개를 갸웃거렸으나 도무지 생각이 나지 않는다는 표정이었다.

아무리 전쟁터라고는 해도 과연 한조(漢朝)의 군기를 내건 군의 본영인 만큼 장군의 방은 큰 사찰의 중앙을 차지했고, 병사와 군마가 경내에서 사문(四門) 외곽 일대까지 주둔하고 있어 그 위세는 무시무시했다.

"예! 확실히 유현덕이라고 하며 장군을 뵙고 싶다고 청했습니다."

외문에서 손님이 왔다고 전하러 온 병사는 그렇게 고하고 노식 장군 앞에서 몸을 똑바로 했다.

"혼자 왔나?"

"아닙니다. 500명이나 끌고 왔습니다."

"500명?"

노식은 깜짝 놀란 얼굴이었다.

"그 현덕이란 자가 수하의 군사를 그만큼이나 끌고 온 건가?"

"그런 것 같습니다. 관우와 장비라는 두 장수를 거느렸는데 젊지만 훌륭한 인물입니다."

"그래?"

더욱 마음에 짚이는 게 없던 차에 병사가 뒤이어 말했다.

"빠뜨린 게 있습니다. 그자는 탁현 누상촌 사람으로, 장군이 그곳에 은거하셨을 무렵에 글공부를 배웠다고 했습니다."

"아아! 그럼 돗자리를 팔던 유 씨 소년일지 모르겠군. 아니,

그 이후로 10년은 더 지났으니 훌륭한 청년이 되었겠어.”

노식은 갑자기 그리운 마음이 들어 바로 들여보내라 명령했다. 물론 데리고 온 병사는 대문 밖에 두고 부장 둘은 내부 행랑까지 들어오도록 허락했다.

전갈을 받고 현덕이 들어왔다.

노식은 현덕을 보자마자 눈이 휘둥그레졌다.

“오, 역시 너였구나. 많이 변했어.”

“스승님도 그 이후 낙양의 무인으로서 공이 혁혁하시다는 소문을 듣고 먼발치에서나마 기뻐했습니다.”

현덕은 그렇게 말하고 노식의 발 앞에 엎드려 예전과 변함없이 스승에 대한 예의를 올렸다.

그러고는 자신의 뜻을 밝힌 뒤 원컨대 옛 스승의 군에 합세하여 조정의 깃발 아래에서 보국의 역할을 수행하겠다고 말했다.

“잘 왔다. 어릴 적 스승의 미미한 은혜를 잊지 않고 일부러 원군으로 와주다니 참으로 기쁘구나. 그 마음은 이미 조정의 신하이자 나라를 아끼는 무사의 충정이다. 우리 군에 합세하여 큰 공을 세우도록 해라.”

현덕은 참전을 허락받은 뒤 약 두 달 동안 노식이 이끄는 군을 원조했으나, 실제로 전투에 돌입하니 도적의 대군 수가 세 배나 많았고 병력도 비교되지 않을 정도로 적들이 우세했다.

그로 인해 도리어 관군이 수세에 몰려 공연히 진을 치고 세월만 늘어지는 판국이었다.

“무기는 멋들어지고 복장도 검도 화려하나 낙양의 관병들은 도무지 전의(戰意)가 없소. 고향에 두고 온 아녀자와 맛 좋은 술로 머릿속이 꽉 찬 것 같소."

장비는 가끔 현덕에게 불평을 늘어놓았다.

"형님, 이런 군에 섞여 있으면 우리까지 해이해지기 마련입니다. 여길 떠나 대장부다운 전투를 펼칠 수 있는 다른 전장을 찾아봅시다."

현덕은 스승에게 기대만 주고 보답도 하지 못한 채 떠날 수는 없다며 그 말을 듣지 않았다.

그사이에 노식 쪽에서 긴히 군사 기밀에 버금가는 이야기를 건네왔다.

6

노식이 전하는 이야기는 이러했다.

이 지역은 지세가 가파르고 험준하여 수비하는 적군에게 유리한데, 한 번에 뚫으려면 아군이 막대한 손실을 입으니 부득이하게 장기전을 고수하는 상태다. 긴히 현덕에게 부탁하려는 것은 도적의 총대장 장각의 두 아우 장량과 장보가 바로 눈앞에 있는 영천(穎川, 하남성 허창許昌)에서 날뛰기 때문이다.

그쪽으로도 낙양에서 조정으로부터 명령을 받은 황보숭(皇甫嵩), 주준(朱雋) 두 장군이 관군을 거느리고 적을 토벌하기 위해 향하는 길이다.

그곳도 마찬가지로 승패를 가릴 수 없어 관군이 고전하나, 이 광종 땅보다는 전투에 유리하다. 현덕이 수하를 이끌고 급히 원군으로 가주지 않겠는가?

도적 장량과 장보가 이끄는 양군이 패했다는 소식을 들으면 자연히 광종의 적군도 전의를 상실하고, 퇴로가 막힐 것을 우려하여 달아날 것이다.

"현덕, 가주지 않겠는가?"

노식이 하는 부탁이었다.

"알겠습니다."

현덕은 본디 의로써 옛 스승을 도우러 온 것이므로 그 스승이 하는 부탁을 매정하게 거절할 수 없었다.

즉시 출격할 채비를 했다.

수하 500에 노식이 붙여준 1000여 병사를 더해 총 1500을 이끌고 영천 땅으로 서둘러 출발했다.

진지에 도착하자마자 관군의 장(將)인 주준을 만나 노식이 전하는 친서를 내밀고 인사했다.

"원군으로 왔습니다."

"하하. 어디에 고용된 잡군인가?"

주준은 지극히 냉랭한 태도를 보였다. 그리고 현덕에게 말했다.

"어디 한번 힘써 보시게. 군공만 세우면 정규 관군에 편입될 테고, 전쟁이 끝나면 귀공들한테도 어디 지방의 낮은 벼슬 하나는 떨어질 테니 말이네."

"우릴 바보 취급하는군."

장비는 버럭 성을 냈지만, 현덕과 관우가 잘 타일러 전선에 있는 진지로 향했다.

식량도 군무도 대접도 냉담했으나 배치된 전장은 가장 강력한 적이 있는 정면으로, 관군 병사들이 애먹는 곳이었다.

지세를 보니 이곳은 광종 지역과는 달리 허허벌판과 늪뿐이었다.

적들은 마침 키가 큰 풀과 수수 사이에 벌레처럼 숨어서 이따금 맹렬한 기습을 퍼부었다.

"그렇다면 한 가지 방책이 있다!"

현덕은 관우와 장비에게 떠오른 생각을 말했다.

"훌륭한 생각입니다. 형님은 어느 틈에 손오(孫吳)의 병법을 익히셨습니까?"

두 사람은 감탄했다.

그날 밤 이경(二更, 밤 9시부터 11시 사이 – 옮긴이) 무렵.

일부 병력을 우회하여 적의 뒤로 돌린 뒤 장비와 관우는 새까만 벌판의 적진으로 기어들었다.

그러고 나서는 계획한 대로 일제히 불을 놓았다.

"와아!"

함성을 지르면서 동시에 불길이 이는 파도처럼 공격을 퍼부었다. 병사 한 사람당 홰 10단을 매고 거기에 불을 붙인 뒤 우르르 밀어닥친 것이다.

한창 꿀잠을 자다가 뜻밖의 기습을 당하자 도적들은 우왕좌왕했고, 그 적진 한가운데로 던져진 햇불은 불꽃놀이를 하듯 춤을 추며 날았다.

풀은 불길에 휩싸이고 병사는 불탔으며 도망치는 적군의 군의에도 어느 하나 불붙지 않은 것이 없을 지경이었다.

그러자 저 멀리서 한 떼의 군마가 타오르는 벌판을 가로지르며 진격해왔다. 살펴보니 전군이 모두 붉은색 깃발을 꽂았으며 선두에 선 한 영웅도 투구, 갑옷, 칼, 안장, 할 것 없이 온통 불꽃보다 강렬한 빨간색으로 휘감았다.

7

"거기 오는 호걸. 귀 군은 적군인가, 아님 아군인가?"

현덕 옆에서 관우가 커다란 목소리로 저편을 향해 물었다.

"그쪽이야말로 관군인가? 적군인가?"

상대 쪽에서도 현덕이 이끄는 군을 의심한 듯 일군의 전진을 멈춰 세우더니 소리쳤다.

"우리는 낙양에서 남하한 5000기의 관군이다. 너희야말로 황건적이 아니냐?"

그 말을 듣자 현덕은 왼편에 관우, 오른편에 장비만을 양옆으로 거느리고 병사들을 뒤편에 남겨둔 채 수백 보 앞으로 말을 몰고 나왔다.

"전장인 관계로 실례를 범했습니다. 저는 탁현 누상촌 초야에서 일어나 다소나마 봉공(奉公)에 뜻을 두고 토적(討賊)의 전장에 참가한 의군의 장, 유현덕이라 합니다. 그곳에 계신 호걸은 누구십니까? 원컨대 존함을 듣고 싶습니다."

붉은 깃발, 붉은 투구, 붉은 안장에 올라탄 인물은 현덕이 건네는 인사를 말 위에서 들으며 미소를 지었다.

"참으로 정중한 인사요. 그리 가서 말하겠소."

그자는 붉은 귀신처럼 전부 붉게 치장한 무사 7기의 호위를 받으며 현덕 바로 앞까지 말을 몰고 왔다.

가까이에서 그 인물을 보니….

나이는 젊은 편이었다. 마른 몸집과 흰 피부, 가느다란 눈과 긴 수염, 두둑한 배짱, 그리고 눈에서는 헤아릴 수 없는 지모가 엿보였다.

그치는 목소리를 낮추더니 자신의 이름을 댔다.

"나는 패국(沛國) 초군(譙郡, 안휘성安徽省 호현亳縣) 사람으로, 이름은 조조(曹操), 자는 맹덕(孟德), 아명(兒名)은 아만(阿瞞), 또는 길리(吉利)라고 하오. 한의 상국(相國) 조참(曹參)의 24대 후예로 대홍려(大鴻臚) 조숭(曹嵩)의 적자요. 낙양에서는 관기도위(官騎都尉)로 봉해져 지금 조정에서 내린 명을 받고 5000여 기를 이끌고 달려오는 길이었소. 운 좋게도 귀 군이 펼친 화공(火攻)에 달아나는 적을 치니 도적의 목이 셀 수 없을 정도요. 천하의 태평을 하루라도 빨리 이 땅에 부르기 위해 서로 양군의 목소리를 모아 함성을 질러보도록 합시다!"

"좋습니다. 그럼 장군께서 창을 들고 양군의 함성을 지휘해 주십시오."

현덕이 겸손하게 말했다.

"그럴 순 없소. 오늘 밤 이 승리는 전적으로 귀 군의 책략과 활약 덕분이니, 현덕 장군이 선창을 해야 하는 것 아니오?"

조조도 양보했다.

"그럼 함께 지휘의 창을 올립시다."

"좋소, 그게 좋겠소."

조조도 동의하여 두 장군은 양군 사이에서 말머리를 나란히 하고 세 번 함성을 질러 벌판을 뒤흔들었다.

벌판에 퍼진 불은 끊임없이 번져 도적들이 발붙일 땅조차 남지 않았다. 도적이 이끄는 대군은 가을바람에 휘날리는 나뭇잎처럼 뿔뿔이 흩어졌다.

"유쾌하오."

조조는 돌아보며 말했다.

병사들을 추스르고 양군을 철수하는 선두에 서서 현덕은 조조와 말을 나란히 한 채 친밀히 이야기할 시간이 있었다.

처음 만났을 때 조조가 자신에 대해 밝힌 말은 결코 허세로 사람을 제압하려는 것이 아니었다. 현덕은 진심으로 그 인물을 존경했다. 진문(晉文)과 광부(匡扶)의 재주 없음을 비웃고 조고(趙高)와 왕망(王莽)의 계책 없음을 조롱하며 때때로 자신의 재능을 자랑하는 기색은 있었지만, 병법은 오자와 손자를 외우고 학식은 공맹의 아득한 제자를 자처하니 이야기하면 할수록 깊이와 넓이가 있는 인물이라고 생각했다.

그에 비해 본군의 총대장 주준은 현덕이 세운 무공을 기뻐하기는커녕 현덕이 돌아오자마자 명을 내렸다.

"모처럼 영천에 모아둔 적군을 흩어지게 했으니 도적들은 필시 대흥산에 주둔하는 우군이나 광종의 장각 군에 합류하여 노식 장군 쪽을 단단히 괴롭힐 것이오. 귀공은 즉시 광종으로 물러나서 다시 노식 군에 가세하시오. 오늘 밤 말을 쉬게 한 뒤 바로 출발하는 게 좋을 것이오."

함거(檻車)

1

의(義)는 있어도 관작(官爵)은 없다. 용(勇)은 있어도 관기(官旗)는 없다. 그랬기에 현덕이 이끄는 군은 어디까지나 사병으로밖에 취급을 받지 못했다.

'잘 싸워주었소' 하고 은상(恩賞)의 분부나 위로 섞인 말이라도 있을까 했더니 쉴 틈도 없이 '여기는 이제 됐으니 광종으로 노 장군을 도우러 가시오'라는 주준의 명령이 떨어졌다.

"예? 즉시 여기를 떠나라는 말입니까?"

현덕은 고분고분한 성격이었으므로 승낙하고 돌아갔으나 관우와 장비는 그 이야기를 듣자 화가 치민 얼굴이었다.

"괘씸한 명령이요. 아무리 관군의 대장이라고는 해도 그런 명을 따르라는 법이 어디 있소? 어젯밤부터 악전고투한 부하들이 불쌍해서라도 그런 말이 나온답니까?"

장비는 한껏 격양되어 말했다.

"큰형님은 사람이 차분해서 낙양의 도회인 눈에는 우습게 보이기에 십상이오. 내가 담판을 짓고 오겠소!"

"기다려라."

장비가 칼을 들고 주준의 본영으로 가려 하자, 현덕보다는 오히려 똑같이 분노를 참고 있던 관우가 극구 말렸다.

"여기서 성을 내면 모처럼 관군에 협력한 의의도 무공도 죄다 수포로 돌아간다. 도회인 놈들은 원래 제멋대로 잘난 체하기 마련이다. 우리가 묵묵히 국사에 힘쓰면 언젠가 그 성의는 천자의 귀까지 도달할 것이야. 눈앞에 있는 이욕에 화를 내는 건 소인배나 할 짓이고, 우리는 더 높은 이상을 향해 일어나야 할 게 아니냐?"

"하지만 부아가 치미오."

"감정에 지면 안 된다."

"무례한 놈이오."

"안다, 잘 안다. 그러니 이제 그만해라."

겨우 타이르고 관우는 현덕의 울적한 기분도 위로했다.

"유 형, 몹시 화나시겠지만 전장은 세상의 일부입니다. 넓은 세상으로 보자면 이런 일은 흔히 있지요. 어서 이곳을 뜹시다."

현덕은 처음부터 그렇게 분노하지 않았다. 두 사람은 참는다는 둥 인내한다는 둥 말했지만 현덕은 선천적으로 성질이 미온한 것인지, 실제로 주준이 내린 명령이 그렇게 무례하다 생각지도 않았고 화낼 정도로 마음이 상하지도 않았다.

병사들에게는 잠시 눈을 붙이게 하고 하다못해 끼니만큼은 천천히 먹인 뒤 현덕은 밤중에 그 전지를 떠났다.

어제는 서쪽에서 전투,

오늘은 동쪽으로 출격.

매일 군사 500을 이끌며 행군을 계속해도 사병의 신세를 절실히 느끼지 않을 수 없었다.

마을을 지나갈 때마다 백성조차 무시했다. 백성을 도적의 억압과 괴롭힘에서 구제하여 안민낙토의 평안한 백성으로 만드는 게 이 군의 정신인데도 초라한 잡군의 무장을 보더니 손차양을 하고서 조롱하는 눈길로 구경했다.

"뭐야 저건? 관군도 아니고 황건적도 아닌 게 쫄래쫄래 지나가는군."

그러나 선두에 선 현덕, 장비, 관우 세 사람만큼은 이목을 끌었다. 위풍이 길을 갈랐다. 백성 중에는 무릎을 꿇고 엎드려 절을 올리는 사람도 있었다.

절을 받든 조롱을 당하든 현덕은 신경 쓰지 않았다. 밭에서 일하던 때의 마음으로 백성들의 심정을 이해했기 때문이다.

2

말을 나란히 몰던 관우와 장비는 아직도 주준이 저지른 무례를 떠올리면 속이 부글부글 끓어오르는지 이따금 관군의 풍기(風紀)와 낙양 도회인들에게서 느끼는 경박함을 큰 소리로 꾸짖었다.

"특히 꼴 보기 싫은 놈은 관작을 뽐내며 조정의 위광이 마치 자신의 위대함인 양 잘난 체하는 녀석들이다. 천하의 혼란은 천하가 어지러워서가 아니라 관이 부패해서라는데, 낙양 출신 관리와 장군 중에는 그런 놈들이 수두룩할 테지."

관우가 말하자 장비도 거들었다.

"그렇소. 주준 면상에 토해주고 싶었소."

"하하하. 네 토사물을 얼굴에 뒤집어쓰면 주준도 깜짝 놀랐을 게다. 그러나 그자 하나만 관료의 악취를 풍기는 게 아니다. 한실의 조당(朝堂) 자체가 썩었다. 주준은 그 시대에 그 안에서 서식하는 사람이니 나쁜 폐단에 물들었을 뿐이지…."

"그야 나도 잘 알지만 어쨌든 눈앞에 펼쳐진 사실에 분노하는 거요."

"아무리 황건적을 토벌한들 중앙의 나쁜 풍속을 숙청하지 않으면 좋은 시대가 오지 않을 것이야."

"황건적은 토벌하기 쉽지만 조당의 쥐새끼 같은 간신들은 끝까지 쫓아내기 어렵다 이 말이오?"

"그렇다."

"생각하면 생각할수록 우리가 품은 이상은 멀도다…."

길을 바라보고 하늘을 우러르며 두 영웅은 서로 한탄했다.

조금 앞에 서서 말을 끌던 현덕은 두 사람이 목청 높여 떠드는 이야기를 진작부터 엿듣다가 그제야 돌아보았다.

"이보게 두 사람, 그렇게 한데 엮어 말하지 말게. 낙양의 장군 중에 훌륭한 인물이 아예 없진 않네."

현덕은 말을 이었다.

"이를테면 얼마 전 들불의 전장에서 마주친 붉은 무장을 한 일군의 대장 조맹덕이란 인물은 아직 젊지만 인품도 바르고 언행도 훌륭하여 참으로 감탄했네. 예지(叡智)의 재능을 낙양의 문화와 무용으로 갈고닦아 한 사람의 인격에 수용한 점이 그야말로 관군의 장군으로서 손색이 없는 자일세. 그런 무장은 역시 향군이나 지방 초야에서는 찾아보기 어렵네."

현덕은 극찬했다.

그 말에는 장비와 관우도 공감했으나, 떠돌이 무사의 경우 공통적으로 관군이나 관료라고 하면 먼저 인물의 진가를 보기 전에 그 빛깔이나 냄새부터 혐오하니, 현덕이 이야기하기 전까지는 특별히 조조에 감복할 생각이 들지 않았다.

"앗, 저기 깃발이 보인다!"

그사이에 부하 하나가 손가락으로 어딘가를 가리켰다.

"뭐가 오는 것인가?"

현덕은 말을 세우고 관우를 돌아보았다. 관우는 이마 위에 손을 올리고 전방 수십 정(町, 거리 단위로 1정은 1간(間)의 60배로 약 109미터다 – 옮긴이) 앞을 바라보았다. 그곳은 산그늘이 지고 산과 산 사이로 길이 꾸불꾸불한데다가 햇볕도 들지 않아, 이쪽으로 오는 모습은 보이지만 어떤 무리의 사람과 깃발인지 관군인지 황건적의 병사인지 아니면 지방을 부랑하는 잡군인지 가늠할 수 없었다.

점차 가까이 다가올수록 깃발이 확실히 보였다. 관우가 보인다고 대답할 때는 이미 따르는 병사들도 제각각 쑥덕였다.

"조정 깃발이다."

"아아, 관군이네."

"300쯤 되는 관군 부대로군."

"이상하네. 곰이라도 잡아넣었는가? 함거를 끌고 오는군."

3

커다란 쇠창살로 만든 우리였다. 바퀴가 달려 있으니 나귀가 우리를 끄는 모습이었다. 주변에서 창과 봉을 든 관병들이 매서운 눈으로 호송하는 눈치였다.

앞으로 100명.

그 뒤로도 약 100명.

함거를 가운데에 두고 조정을 의미하는 깃발 일곱 폭이 산바람에 휘날렸다. 함거 안에서 흔들리며 오는 건 곰도 표범도 아니었다. 무릎을 감싸고 햇빛을 등진 채 얼굴을 묻은 가련한 인간이었다….

선두에서 제각기 달려온 장군과 병사 하나가 현덕 일행 앞에서 꾸짖었다.

"이놈들! 멈춰라!"

"뭐라? 이 버러지 같은 놈이!"

장비도 만일에 대비하여 현덕 앞으로 휙 말을 몰고 나가 받아쳤다.

그렇게까지는 말하지 않아도 됐을 법하지만 영천에서 있었던 일 이후로 이런저런 관병의 허세에 부아가 치밀었던 터라 저도 모르게 거친 말이 입 밖으로 튀어나왔던 것이다.

돌과 돌이 맞부딪히면 불꽃이 일기 마련이다.

"뭐라? 관기에 대고 버러지라 했느냐?"

"예를 알아야 인륜이 시작되는 법. 예의를 구분하지 못하는 놈은 버러지와 다름없다."

"닥쳐라! 우리는 낙양의 칙사 좌풍(左豊) 경의 직속 군사다. 깃발을 보아라. 조정의 깃발이 보이지 않느냐!"

"왕성의 군사라면 더욱 그렇다. 우리도 무용과 봉공을 자처하는 군인이다. 사군이라고는 하나 이 깃발에 대고 이놈들이라니! 예를 갖추고 물으면 이쪽에서도 예를 갖춰 대답하지. 되돌아갔다가 오너라!"

장팔사모를 비스듬히 들고 매섭게 노려보았다.

관병은 바싹 오그라들었지만 허세를 부린 체면이 있어 물러나지 않고 침만 꼴깍 삼켰다. 현덕은 관우에게 눈짓하여 그 자리를 수습하도록 재촉했다.

관우가 알아듣고 말했다.

"이보시오. 우리는 영천의 주준과 황보숭 양군에 참전한 뒤, 지금부터 광종으로 돌아가는 탁현 유현덕이 이끄는 군사요. 대화에 오해가 있었던 것 같으니 이자의 짧은 생각을 용서하시오. 그런데 귀 군은 지금 어디로 가시는 중이오? 저 함거에 있는 사람은 도적의 우두머리 장각이라도 생포하여 데려오는 것이오?"

관우는 사과할 점은 사과하고 밝혀낼 부분은 조리 있게 따져 물었다.

관병의 대장은 그 말에 안심한 얼굴이었다. 장비가 내뱉은 폭언도 약이 되었는지 이번에는 정중하게 대답했다.

"아니오! 함거에 집어넣은 죄인은 조금 전까지 광종 전장에서 관군 1만을 이끌던 장수, 낙양에서 파견한 중랑장 노식이오."

"뭣이라? 노식 장군이라…."

현덕은 깜짝 놀라 소리가 터져 나왔다.

"우리도 자세한 사정은 모르나 이번에 칙명을 받은 좌풍 경이 각지에 있는 군 상황을 시찰하던 중, 노식이 담당한 군무에 죄가 있다고 조정에 아뢰어 즉시 노식의 관직을 박탈한 후 그 신분을 죄인으로 취급하여 낙양으로 압송하는 길이오."

"그런 말도 안 되는…."

현덕도 관우와 장비도 기가 막혀 얼굴을 마주한 채 잠시 말을 잊지 못했다.

"노식 장군은 옛 스승 되시는 분이오. 꼭 한번 뵙고 이별을 고하고 싶은데, 허락해줄 수 없겠소?"

현덕은 간곡히 부탁했다.

4

"허허. 그럼 죄인 노식이 귀공의 옛 스승이란 말이오? 그렇다면 필시 만나보고 싶겠소."

수호 대장은 현덕의 간절한 부탁을 들어주겠다는 답도 아니고 안 된다는 답도 아닌 매우 모호한 대답으로 얼버무렸다.

"청을 들어주고 싶은 마음은 굴뚝같지만, 나랏일 하는 사람의 입장이란 게 있으니…."

무언가 꿍꿍이셈이 있는 듯한 말을 중얼거렸다. 관우는 현덕의 소매를 끌고 저자는 뇌물을 요구하는 것이다, 옹색한 군비지만 얼마간 꺼내 줄 수밖에 없다고 했다.

장비는 그 말을 언뜻 듣고는 당치도 않다, 그런 짓을 하면 버릇이 된다, 만약 말을 듣지 않으면 무력으로 쳐서 노식 장군이 있는 함거로 달려가 만나면 된다, 자신이 책임지고 호송하는 녀석들을 가까이 다가오지 못하게 하겠다고 말했다.

"아니다. 절대로 조정의 깃발을 받드는 병사와 관리에게 폭력을 행사하면 안 된다. 이대로 노식 장군과 만나지 않고 사제의 정을 떠나보내는 것도 참을 수 없으니…."

현덕은 이렇게 말하고 약간의 은을 군비에서 꺼내 관우의 손을 통해 수호 대장에게 슬쩍 건네며 말했다.

"모쪼록 그대의 힘으로 좀…."

뇌물은 손바닥 뒤집듯 효력을 발휘했다.

"잠시 쉬어라."

대장은 돌아가서 함거를 세우고 관병들에게 호령했다.

일부러 현덕 일행을 보고도 못 본 체하며 길가에 창을 세워두고 휴식을 취했다.

현덕은 그사이에 말에서 내려 함거 옆으로 다가가 단단한 창살에 달라붙어 한탄했다.

"스승님, 스승님. 현덕입니다. 도대체 어떻게 된 일입니까?"

함거 속에서 무릎을 굽히고 암담하게 얼굴을 묻은 채 웅크린 노식은 그 목소리에 고개를 휙 돌렸다.

"오오."

그야말로 한 마리의 짐승처럼 쇠창살 옆에 들러붙었다.

"현덕이냐…"

떨리는 목소리로 몸서리쳤다.

"마침 잘 만났구나. 현덕, 들어다오."

노식은 원통한 눈물로 얼굴을 가득 흐리며 말했다.

"사실은 이렇다. 지난번에 네가 진을 떠나 영천으로 간 지 얼마 되지 않아서 칙사 좌풍이란 자가 군감(軍監)으로 상황을 살피러 왔다. 세상 물정에 어두운 나는 진중에서 좌풍을 천자의 사신으로 맞이하는 데에만 성실했던 탓에 다른 장군들처럼 좌풍에게 헌물을 보내지 않았구나. 그랬더니 뻔뻔한 좌풍이 뇌물을 내놓으라며 자기 입으로 요구해왔으나 진중에 있는 금은은 공금이라 전투 준비에 쓰이는 것이고, 내가 가진 재산이라고는 전혀 없었다. 그래서 전투 중에 사신에게 보낼 뇌물 따위가 어디 있느냐고 내가 고지식하게 거절했다."

"역시 그랬군요."

"그러자 좌풍은 노식이 모욕했다며 독기를 품은 채 돌아갔는데 머지않아 영문을 알 수 없는 죄목으로 군직을 박탈당하고, 이런 처참한 꼴로 낙양에 끌려가는 신세가 되었구나. 지금 생각해보면 나도 지나치게 완고했다. 낙양의 고관들이 사리사욕만 채우느라 군주를 생각지 않고 백성을 살피지 않으며 단지 제 한 몸의 이익에 급급한 실상은 이제 상상을 뛰어넘었다. 실로 한스럽구나. 이래서야 후한 영제의 치세도 아마 오래가지 못할 것이야. 아, 세상이 어떻게 되려는가…"

노식은 닥친 불행을 슬퍼하기보다 위아래 가릴 것 없이 혼란한 세태의 말로를 통곡했다.

5

위로하려 해도 위로할 말이 없어 현덕은 쇠창살을 사이에 두고 노식의 손을 잡은 채 함께 눈물만 흘리다가 이렇게 격려했다.

"아닙니다, 스승님. 심정이 어떠실지 모르는바 아니나, 아무리 말세가 되었기로 죄 없는 사람이 벌 받고 악한과 간신이 제멋대로 영예를 누리는 법은 없습니다. 해와 달도 구름에 가리고 산골짜기도 안개에 묻혀 참모습을 드러내지 못할 때가 있습니다. 머지않아 누명을 벗고 다시금 성대(聖代)를 축복할 날이 올 것입니다. 부디 때를 기다리십시오. 존체를 돌보시고 치욕을 견디며 감내해주십시오."

"고맙구나."

노식도 정신을 차리고 말했다.

"뜻밖의 장소에서 뜻밖의 사람을 만나니 나도 모르게 마음이 풀어져 눈물을 보이고 말았다. 나는 이미 늙은 몸이지만, 믿을 만한 건 자네들처럼 장래가 있는 청년이다. 부디 창생의 민초(民草)를 위해 부탁한다, 유비."

"알겠습니다. 스승님."

"아, 그러나…."

"무엇입니까?"

"이렇게 나이가 들었어도 아직까지 간사한 사람이 부린 꾀에 빠져 함거에 끌려가는 수치스러운 불찰을 저지르는구나. 너희는 젊고, 세상 경험이 부족한 몸이다. 평상시 처세에 주의하지 않으면 위험하다. 전투를 각오한 전장보다도 마음이 해이해지기 쉬운 보통 때에 얼마나 많은 위험이 도사리는지 모른다."

"가르침을 명심하겠습니다."

"그럼, 더 길어지면 피해가 갈지 모르니…"

노식이 빨리 자리를 뜨라며 눈빛으로 현덕에게 재촉하자 그때까지 함거 옆에 서 있던 장비가 별안간 큰 소리로 말했다.

"큰형님. 죄도 없는 은사가 옥으로 끌려가는 걸 이대로 보고 있을 수만은 없소. 지금 얘기를 듣자니 또다시 조금 전에 느꼈던 울분이 몰려드오. 이 장비의 인내심도 한계에 다다랐소. 수호병들을 전부 죽이고 함거를 가로채 노식 장군을 구합시다!"

그러면서 관우를 돌아보고 물었다.

"형님, 어떻소?"

귀엣말이나 눈짓을 주고받는 게 아니었다. 천지를 향해 고래고래 소리쳤다. 아무리 등을 돌리고 못 본 체하는 관병들도 그 말에 모두 일어나 술렁였다. 허나 장비의 눈에는 파리가 날아오른 정도로밖에 보이지 않았다.

"왜 말이 없소! 형님들은 관병이 두려운 것이오? 의를 보고도 행하지 않음은 용기가 없다는 뜻이오. 좋소. 그렇다면 나 혼자 하겠소. 뭐, 이런 벌레 상자 같은 함거 하나쯤이야…"

갑자기 장비는 그 쇠창살에 손을 얹고 맹호처럼 흔들었다.

"장비! 무슨 짓이냐!"

평소에 목소리를 높이거나 안색이 달라지는 일이 거의 없는 현덕이 그 모습을 보더니 큰 소리로 꾸짖었다.

"이유야 어찌 됐든 조정이 내린 명으로 죄인이 된 자에게 한 낱 범부가 무슨 짓을 하느냐! 사제의 정은 참기 어려우나 이 또한 사사로운 감정에 지나지 않는다. 만일 천자가 내린 명이라면 흙을 씹더라도 복종해야 한다. 세상의 도에 거역하지 않는다는 것이 애초에 우리 군율의 첫 원칙이었다. 굳이 난폭하게 군다면 천자의 신을 대신하여, 또 우리 군율에 의하여 이 유현덕이 먼저 네놈의 목을 치겠다. 어떻게 하겠느냐, 장비. 더 소란을 피우겠느냐!"

예의 명검을 쥐고 눈가를 붉게 찢으며, 이 사람에게 이런 노여운 얼굴이 있었는지 의심스러울 정도로 매섭게 호통쳤다.

6

함거는 멀리 사라졌다.

호된 꾸지람을 듣고 단념한 장비는 뒤편에 자리한 산을 바라본 채 함거를 등지고 섰다.

현덕은 우두커니 서 있었다.

"…."

멀어져가는 스승을 태운 함거를 말없이 바라보며 흐르는 눈물로 보냈다.

"자, 어서 가시지요."

관우는 말을 끌고 와서 재촉했다.

현덕은 묵묵히 안장 위에 올랐으나 노식의 급변한 운명이 머릿속에서 떠나지 않았다.

"아…."

크게 탄식하고는 뒤돌아보았다.

장비는 흥이 안 난다는 얼굴이었다. 제 딴에는 올곧은 의분에서 나선 일이었는데, 뜻밖에도 현덕의 분노를 사서 의를 맺은 이래 처음으로 단단히 혼쭐난 것이다.

관병들은 그 모습을 보고 고소하다는 듯이 조소를 퍼부었다. 장비는 상심할 수밖에 없었다.

"아, 안 되겠다. 아무래도 우리 대장은 싸구려 공자(孔子)에 심취한 듯하다."

혀를 차고는 장비도 입을 다문 채 축 처진 몸을 말에 맡겼다.

산속의 골짜기 길을 지나 두 주(州)로 난 갈림길에 섰다.

"형님."

관우는 말을 세우고 불렀다.

"여기서 남쪽으로 가면 광종, 북쪽으로 가면 고향인 탁현 방면에 이릅니다. 어느 쪽을 택하시겠습니까?"

"노식 스승께서 죄인이 되어 낙양으로 끌려간 이상, 광종에 의로써 도우러 갈 의미도 이제 없어졌네. 일단 탁현으로 돌아가세."

"그리하시겠습니까?"

"그러세."

"저도 조금 전부터 여러모로 생각했으나, 안타깝지만 일단 고향으로 돌아가는 수밖에 없을 것 같습니다.”

“전투, 또 전투. 그럼에도 아무런 공명도 얻지 못했으니 고향 집에서 기다리는 어머니를 뵐 면목도 없지만⋯. 돌아가세, 탁현으로⋯.”

“예! 그럼.”

관우는 말머리를 돌려 뒤에서 따라오는 500여 병사들에게 소리쳤다.

“북쪽으로, 북쪽으로!”

북쪽을 가리키며 보행의 호령을 내리고는 또다시 묵묵히 걸어갔다.

“하아⋯, 아⋯.”

장비는 크게 하품했다.

“도대체 우린 뭘 위해서 싸운 거야? 당최 이유를 모르겠네. 기왕 이렇게 됐으니 한시라도 빨리 탁현으로 돌아가 시장 주막에서 오랜만에 멧돼지 다리나 씹으며 맛있는 술이라도 질펀하게 마시고 싶군.”

관우는 못마땅한 얼굴이었다.

“어이, 어찌 일개 병사나 할 소리를 입에 담느냐. 장수라는 사람이, 쯧쯧.”

“글쎄⋯. 사실을 말했을 뿐이오. 거짓부렁이 아니란 말이오.”

“네가 그런 말을 하면 군기가 해이해지지 않겠느냐?”

“군기를 해이하게 만든 사람은 내가 아니지 않소? 관군, 관군 하고 뭐든 관군이라고만 하면 기개 없이 벌벌 떠는 어떤 사람 때문이지.”

장비는 불만이 가득했다.

그 마음을 현덕도 잘 알았다. 현덕도 불만스럽다. 한때 의욕에 넘쳤던 큰 뜻이 해이해지는 마음을 어떻게 할 수 없었다. 현덕은 사내답지 않게 고향의 어머니를 떠올리고, 무의식중에 홍부용의 아름다운 눈썹과 눈동자를 남몰래 가슴 한편에 품으며, 사기를 잃은 여정의 허무함과 불만을 달래었다.

그 순간 별안간 산사태라도 난 것처럼 전방에 있는 산에서 함성이 들렸다.

7

"무슨 일인가?"

현덕은 귀 기울여 듣다가 사방에서 징과 북소리가 울려 퍼지자 즉시 명령했다.

"장비, 무슨 일인지 알아보고 오너라."

"알겠습니다."

장비는 쏜살같이 말을 달려 산 쪽으로 향했으나 이내 돌아와서 보고했다.

"광종 방면에서 도망쳐 오는 관군을 황건적 총수 장각이 이끄는 군대가 대현량사라 새겨진 깃발을 들고 무섭게 공격하는 모양입니다."

현덕은 깜짝 놀라 탄식했다.

"그렇다면 광종에 주둔하던 관군이 전부 패했단 말이냐! 죄

없는 노식 장군을 함거에 가두고 낙양으로 호송하는 바람에 어느새 관군은 통제력을 잃고 도적에게 허를 찔린 게로구나."

장비는 되려 쌤통이라는 듯이 관우에게 말했다.

"그뿐 아니라 관군의 사풍 자체가 오랜 평화에 길들어 유약해진데다 잘난 척만 해서 그렇소."

관우는 그 말에 대꾸하지 않고 현덕에게 물었다.

"형님, 어떻게 할까요?"

"황실을 받들고 질서를 어지럽히는 역적을 토벌하여 백성의 안녕을 수호하는 건 우리가 처음부터 세운 철칙이네. 관의 사풍이나 군기를 주관하는 자들 중에 불쾌한 인물이 있다고 해서 관군의 궤멸을 수수방관해서는 안 되지."

현덕은 주저 없이 말하고 즉시 원군으로 달려나가 도적이 해오는 공격을 산길에서 가로막았다. 도적들을 단단히 궁지에 몰아넣고, 또 묘책을 발휘하여 장각 대방사의 본진까지 교란한 뒤 세력을 만회한 관군과 합세하여 50리나 뒤쫓아 퇴각시켰다.

광종에서 패주하여 도망쳐 온 관군 대장은 동탁(董卓)이라는 장군이었다. 간신히 참패를 면하고 한숨을 돌린 뒤에야 장군은 막료(幕僚)에게 물었다.

"도대체 그 험준한 산에서 뜻하지 않게 우리 군에 가세하여 도적의 후방을 교란한 군대는 어느 부대에 속하는 장수인가? 어차피 아군이겠지만."

"흐음, 어느 부대인지…."

"자네도 모른단 말인가?"

"아무도 모르는 모양입니다."

"그 부장을 만나 신분을 물어보세. 이쪽으로 불러오게."

막료는 곧 현덕에게 동탁의 뜻을 전했다.

현덕은 왼편에 관우, 오른편에 장비를 거느리고 동탁이 있는 앞으로 나아갔다.

동탁은 의자를 내주기 전에 세 사람의 성명을 묻고 신분을 따졌다.

"낙양의 왕군에 경들처럼 용맹한 장수가 있다는 이야기는 아직 견문이 좁아 듣지 못했는데, 대체 제군들은 어떤 관직에 종사하오?"

현덕은 무작무관의 몸을 오히려 자랑스럽게 여기듯 스스로 정규 관군이 아니라 천하의 만민을 위해 큰 뜻을 품고 일어난 한 지방의 의군이라 답했다.

"흠…. 그럼 탁현 누상촌에서 일어난 사병인가? 그 말은 잡군이란 뜻이군."

동탁의 태도는 말투부터 달라졌다. 노골적인 경멸을 눈앞에 드러냈다.

"아, 그랬군. 그럼 우리 군에 붙어서 밤낮없이 뛰어주면 좋겠네. 어차피 삯이나 수당은 내려줄 테니."

그러더니 동석하는 것만으로 체면이 깎인다는 듯이 동탁은 말이 끝나자마자 군막 안으로 사라졌다.

8

관군으로서는 큰 공을 세운 것이며 동탁에게는 생명의 은인이라고 해도 과언이 아니었다.

헌데!

저 무례한 태도는 무엇인가.

무사에 대한 예우를 모르는 데도 정도가 있다.

"…."

현덕도 장비도 관우도 동탁의 사라지는 뒷모습을 응시한 채 멍하니 있었다.

"네 이놈!"

장비는 버럭 성을 내며 동탁이 사라진 군막 안쪽으로 뛰어들려 했다.

사자처럼 수염을 빳빳이 세웠다.

그러더니 손에는 칼을 들었다.

"앗, 어디 가느냐!"

현덕은 깜짝 놀라 장비를 뒤에서 붙들고 꾸짖었다.

"이 녀석. 또 급한 성질을 부리려는 게냐."

"그래도. 도저히…."

장비의 분노는 쉬 가라앉지 않았다.

"젠장, 그깟 벼슬이 뭐라고. 관직 없는 자는 사람도 아니라는 태도군. 멍청한 놈! 민력(民力)이 있은 후에 벼슬도 있는 법이거늘. 하물며 도적들한테 걷어차여 꽁무니를 빼고 달아난 주제에 무슨 할 말이 있다고…."

"진정하지 못하겠느냐?"

"놔주시오."

"못 놓는다. 관우, 어째서 보고만 있는가. 함께 장비를 말리지 않고."

"아니오, 관우 형님. 말리지 마시오. 내 인내심도 이제 바닥 났소. 공을 세우고도 은상이 없는 건 아직 참을 수 있으나, 뭐랄까? 저 경멸하는 태도는. 우리 앞에서 잡군이라 지껄였소. 사병이라고 코웃음을 쳤단 말이오. 놓으시오. 이 사모로 동탁의 목을 단칼에 날려버릴 테니."

"기다려라, 기다려…. 속이 끓는 건 너뿐이 아니다. 소인의 소인다운 태도에 하나하나 화를 내서야 큰일을 이룰 수 있겠느냐. 천하가 소인배로 득실대는 시대다."

현덕은 장비를 꽉 안아서 붙든 채 목소리를 겨우 쥐어짜며 타일렀다.

"어찌 되었든 동탁은 황실 소속 무신이다. 조정의 신하를 시해하면 이유를 불문하고 반역 죄인이 된다. 게다가 동탁에게는 이 대군이 있지 않으냐. 우리도 함께 이곳에서 목이 날아가게 된다. 알아들어라, 장비. 우리는 개죽음을 당하려고 일어난 게 아니란 말이다."

"제…, 젠장."

장비는 발로 바닥을 세게 밟으며 격정에 복받쳐 소리 높여 울었다.

"분하도다!"

장비는 주저앉아 계속 닭똥 같은 눈물을 흘렸다. 이렇게 참지 않으면 진정 세상을 위해 싸울 수 없는 것인가? 의를 부르짖어도 끝끝내 이룰 수 없는 것인가 말이다. 생각하면 할수록 슬픔이 복받쳐 올라왔다.

"자, 밖으로 나가자."

어린아이를 어르듯이 현덕과 관우 두 사람은 장비를 좌우에서 안아 일으켰다.

"가자, 이런 곳에 오래 머무르면 언제 또 장비가 사고를 칠지 모른다."

그날 밤.

동탁의 진을 나와 수병 500과 함께 달빛이 비치는 광야에서 바람을 등진 채 쓸쓸히 걸었다.

쓸쓸한 잡군….

그리고 관직 없는 장수.

일군의 유랑은 이렇게 다시 이어졌다. 밤마다 흰 달이 작게 빛났고, 광야는 끝이 없고, 또 이슬은 흠뻑 맺혔다.

철새가 대륙을 건넌다.

바야흐로 가을에 접어든 것이다.

한때는 고향인 탁현으로 돌아갈까 했으나 그것도 억울할뿐더러 무의미하다는 관우의 의견과 앞으로 무슨 일이 있어도 참겠다는 장비의 동의가 있었기에, 현덕을 선두로 이 철새 같은 일군은 다시 영천에 주둔하는 황건적 토벌 본부인 주준의 진지를 향하여 이동했다.

추풍진(秋風陣)

1

영천 땅에 도착해보니 그곳에는 이미 관군이 한 부대밖에 남아 있지 않았다. 대장군 주준과 황보숭도 도적군에 추격당해 멀리 하남의 곡양(曲陽)과 완성(宛城) 방면으로 이주(移駐)하는 길이었다.

"그렇게 기승을 부리던 황건적 세력도 낙양의 파견군 덕분에 각지에서 토벌되어 슬슬 무너지기 시작했군요."

관우가 운을 뗐다.

"시시해졌군."

장비는 계속해서 지금 공을 세우지 않으면 어느 시기에 풍운(風雲)을 탈 수 있을지 모른다며 초조해했다.

"의군이 어찌 작은 공을 생각하랴. 의로운 마음에 어찌 풍운이 필요하랴."

유현덕은 홀로 중얼거렸다.

기러기의 대열처럼 떠도는 작은 군은 다시 남쪽을 향해 여정을 계속했다.

황하를 건넜다.

병사들은 말에게 시원한 물로 목을 축일 수 있었다.

현덕은 누렇기도 하면서 유유히 흐르는 큰 강을 보자 추억에 빠져 혼잣말했다.

"아아, 유구하도다."

4~5년 전에 본 황하도 이와 같았다. 아마 천년이 흐른 뒤에도 황하 물은 이와 같으리라….

천지의 유구함을 생각하니 인간의 한순간이 덧없게 느껴졌다. 작은 공은 바라지 않지만 살아 있는 동안 보람과 의미 있는 일을 하여 후세에 남기고 싶다는 소원이 간절했다.

"이 부근에서 반나절이나 가만히 앉아 미숙한 공상에 잠겨 있던 때가 있었지. 낙양선에서 차를 사려는 생각에…."

차를 생각하니 동시에 어머니가 머릿속에 떠올랐다.

이 가을에 어떻게 지내실까? 발의 냉병이나 지병이 생기시진 않았을까? 군색한 살림은 어떨까?

아니, 어머니는 그런 것도 다 잊은 채 오로지 자식이 대업을 이루는 날만을 손꼽아 기다리시리라. 아무리 총명하신 어머니일지라도 실제 전쟁터에서 벌어지는 사정은 물론, 전투에 임하는 군인들 사이에도 바깥 사회와 다름없이 복잡한 감정과 분쟁이 존재하여 무력과 정의만으로는 출세하기 어렵다는 사실을 헤아리실 리 없다. 상상조차 못 하시리라….

그러니 아무런 소식도 전하지 않고 세월을 헛되이 보내는 자식을 생각하면

'비는 대체 무얼 하는 것일까.'

라며 한심한 마음에 애태우실 터였다.

"그렇지. 적어도 몸만은 무사하다는 소식을 전할까."

현덕은 골똘히 생각하다가 말안장에서 내려 그 안장에 묶어 놓은 보따리 속에서 묵과 붓을 꺼내 어머니께 편지를 써 내려갔다.

"나도."

"그럼 나도."

말에게 물을 먹이고 휴식 중이던 병사들도 현덕이 종이에 글을 쓰는 모습을 보더니 무언가를 쓰기 시작했다.

누구에게나 고향이 있다. 형제자매가 있다. 현덕은 병사들을 배려하여 말했다.

"고향에 편지를 쓰고 싶은 자는 내 앞으로 가지고 오너라. 부모가 있는 자는 부모에게 무사하다는 소식을 전하면 좋다."

병사들은 각각 종잇조각이나 나무껍질에 무언가 써서 하나둘 가져왔다. 현덕은 그 소식들을 주머니에 넣은 뒤 성실한 병사 하나를 뽑았다.

"너는 이 편지가 담긴 주머니를 가지고 각각의 고향 집으로 전달하는 역할을 맡아라."

노잣돈을 주고 바로 떠나게 했다.

그리고 나서 저무는 해에 물든 황하에서 말과 병사와 마바리가 까만 덩어리가 되어 얕은 여울은 걷고, 깊은 곳은 뗏목을 저어 맞은편 강가로 건너갔다.

2

대장군 주준은 얼마 전부터 하남 지역에서 수십만이나 군집해 있는 도적의 대군과 전투를 벌였는데 생각보다 적군의 세력이 강하여 아군이 입은 타격이 막심했다.

"어떻게 하면 좋은가."

주준은 내심 번민하며 힘든 전투에 대한 근심을 얼굴에 드러내던 참이었다.

그때 막료가 주전에게 알렸다.

"영천에서 광종으로 향하던 현덕의 군이 형세의 변화로 도중에 돌아와 지금 진지에 도착했습니다."

"오오, 아주 적절한 때에 왔구나. 어서 들어오게 해라. 무례를 범하지 않도록!"

주전은 이전과는 판이한 태도로 정중하게 맞이했다. 진중임에도 불구하고 낙양의 좋은 술을 꺼내고 요리사에게 소를 잡도록 하여 환대했다.

"멀리 오느라 고생하셨소."

단순한 장비는 이전의 불쾌함도 다 잊고 몹시 감격하여 술에 취해 한마디 했다.

"무사는 자신을 알아주는 사람을 위해 죽는다고 하오."

그러나 그 환대의 대가는 의군 전체의 목숨과도 같은 것이었다.

이튿날이었다.

"조금 이르긴 하지만 호걸이 격파해주었으면 하는 곳이 하나 있소."

주준은 현덕의 군에게 그곳에서 약 30리 정도 전방에 있는 산지에 진을 친 강력한 적군을 돌파하도록 명했다.

"알겠습니다."

거절할 이유는 없었으므로 의군은 주준의 부하 3000을 더해 적지로 공격하러 떠났다.

이윽고 산기슭으로 난 벌판에 접근하니 기후가 갑작스레 나빠졌다. 비는 내리지 않았지만 짙은 구름이 낮게 깔리더니 열풍은 풀을 날렸으며 늪지의 물은 안개로 변해 군사들의 앞길을 시커멓게 가렸다.

"야, 이거 또 적군의 대장 장보가 요술을 부려 우리를 전멸시키려는 수작이 분명하다. 조심해라. 나무뿌리나 풀을 붙들고 열풍에 날아가지 않도록 주의하는 게 좋을 거야."

주준이 붙여준 부대에서 누군지 알 수 없는 한 사람이 이렇게 말하자 순식간에 공포가 전군을 덮쳤다.

"바보 같은 소리!"

관우는 버럭 화를 내며 큰소리로 병사들을 고무했다.

"말도 안 되는 요술 따위가 세상에 있겠느냐. 무인이라는 자들이 도깨비가 부리는 술법이 두려워 나무뿌리에 매달리고 땅을 기어 전의를 상실하다니 그게 무슨 꼴이냐? 전진하라, 이 관우가 가는 곳은 요술도 피할 터."

"요술에는 당해낼 수 없다고. 아까운 목숨을 스스로 버리는 짓이지."

그러나 주준의 병사들은 아무리 다그쳐도 한 발자국도 전진하지 않았다.

듣자 하니 이 고지로 향한 관군이 여태까지 몇 번이나 공격했지만 전멸하고 말았다는 것이다. 황건적의 대방사인 장각의 아우 장보는 유명한 요술사인데 그자가 이 고지의 산골짜기 구석에 진을 쳤기 때문이라고 했다.

그 말을 듣는 순간 장비는 뒤로 돌아가서 사모를 쳐들고 병사들을 독려하기 위해 힘썼다.

"요술이란 사악한 요괴나 쓰는 술법이다. 천지가 열린 이래 방술사가 천하를 취한 선례는 단 한 번도 없다. 두려워하는 마음과 공포에 찬 눈, 몸서리치는 혼을 어지럽히는 게 바로 요술이다. 겁내지 말고 두려워하지도 마라. 전진하지 않는 놈은 군율에 따라 목을 베겠다!"

주준의 병사는 적의 요술도 무서웠지만, 장비가 휘두르는 사모가 더욱 두려운 나머지 어쩔 수 없이 함성을 지르며 흑풍을 향해 나아갔다.

3

그날은 분명히 기후도 거칠었지만, 전장의 지세도 유독 좋지 않았다. 공격군에게 대단히 불리한 지형이 저절로 놓인 듯이 그 고지는 자연스레 형성된 것이다.

우뚝 치솟은 산이 길 양쪽에 철문처럼 버티고 있었다. 그 산을 돌파하기만 한다면 고지의 저습지에서 산지 일대로 적에게 바싹 다가갈 수 있으나 거기까지 접근하는 게 가당치 않았다.

"철문의 협곡까지 가기도 전에 매번 아군은 몰살됩니다. 호걸, 부디 무모한 행동을 그만두고 퇴각 명령을 내리십시오."

주준 군대의 부장부터가 겁을 낼 정도니 졸병들이 죄다 공포에 질려 제대로 움직이지 못하는 것도 무리가 아니었다.

"그건 매번 공격군이 나약해서다. 오늘은 우리 의군이 선봉에 서서 진로를 확보하겠다. 무장 되는 자가 전장에서 죽는 것은 숙원이 아니더냐? 죽자, 나가서 죽자!"

장비는 목이 쉬도록 부하들을 독려했다.

선봉은 완만한 모래자갈이 깔린 구릉을 기어 어느새 철문의 협곡 바로 앞까지 공격해 갔다. 주준의 군사들도 장비의 사모에 목이 베일 바에야 그 뒤에서 애벌레처럼 꿈틀대며 기어오르는 편을 택했다.

그러자 별안간 한바탕 바람과 천둥이 일며 천지가 요동치면서 나무와 모래자갈과 사람이 중천에 날아오르는가 싶더니 한쪽 산협의 정상에서 북소리와 징 소리가 울려 퍼졌다.

와…. 와…!

열풍도 휘어잡을 듯한 요란한 함성이 들렸다. 공격군은 모두 땅에 엎드려서 눈과 귀를 막다가 그 함성에 고개를 들어보니, 산협 꼭대기 평평한 땅에 '지공장군'이라 쓴 깃발과 팔괘의 문양을 새긴 누런 기치, 번 등을 일렬로 세운 도적의 일군이 한목소리로 웃고 있었다.

"저승사자에 홀린 군이 또 황천길을 서두르는구나. 저승의 문을 열어주겠다."

그중에 멀리서도 눈에 띄는 기이한 거구의 사내가 하나 있었다. 입에 부적을 문 채 머리를 풀어 인(印)을 맺으며 무언가 주문을 외는 중이었는데, 그와 동시에 열풍은 점점 심해지더니 어두컴컴한 천지에 사람과 마귀의 형태를 띤 적, 청, 황 종잇조각이 마치 오색의 불처럼 떨어졌다.

"아아, 마군(魔軍)이 왔다!"

"적장 장보가 주문을 외어 하늘에서 나찰(羅刹)의 원군을 불렀다!"

주준의 병사들은 아우성치고 헤매다가 도망칠 길을 잃어 다만 우왕좌왕할 뿐이었다.

장비가 하는 독려도 효과가 없었다. 주준의 병사가 너무나 두려워하자 의군 병사들에게까지 공포가 옮은 듯했다. 거센 바람과 모래자갈에 얻어맞아 전군이 진퇴양난에 빠졌을 때, 붉은 색과 푸른색 종잇조각의 마물(魔物)과 무사들이 전부 살아 있는 야차(夜叉)나 나찰의 군사로 보여 공격군은 투지를 상실하고 말았다.

실제로.

그동안에 무수한 활과 암석과 화기(火器)는 횡 소리와 함께 연기를 내뿜으며 공격군 위로 쏟아졌다. 눈 깜짝할 사이에 전군의 절반 이상이 두 번 다시 움직이지 못했다.

"졌다! 패했다!"

현덕은 군을 거느린 후 참담한 패전의 고배를 지금 처음으로 맛보았다.

"관우! 장비! 빨리 병사들을 퇴각시켜라! 당장 병사들을 퇴각시켜!"

자신도 쏜살같이 말머리를 아래로 돌려 모래자갈과 함께 산기슭으로 내달렸다.

4

패군을 추스르고 약 20리 밖으로 물러난 그날 밤 현덕은 관우, 장비 두 사람과 함께 군막 안에서 군 회의에 몰두했다.

"안타깝도다. 오늘까지 이런 패배는 없었는데…."

장비가 씁쓸해했다.

관우는 팔짱을 끼고 중얼거렸다.

"주준의 군사가 싸우기 전부터 저렇게 두려워하니 거기에는 무언가 불가사의한 힘이 있다. 장보의 환술을 얕보면 안 될지도 모른다…."

"그 환술의 불가사의함을 나는 풀었다. 바로 그 철문협의 지형이 원인일 터. 협곡에는 늘 구름과 안개가 자욱한데 그 기류가 열풍으로 변해 협문에서 산기슭으로 불어오는 것이지."

현덕의 추측이었다.

"과연."

두 사람 모두 이제야 깨달았다는 표정이다.

"그러니 조금이라도 기후가 나쁜 날에는 다른 지대보다 몇십 배나 강한 바람이 휘몰아친다. 이 일대가 화창한 날에도 협문에는 먹구름이 끼고 모래자갈이 날리며 안개비가 쏟아져 내리지."

"아아, 역시."

"번번이 그곳을 공격하나 항상 가까이 접근하면 적과 싸우기도 전에 거친 날씨와 싸우는 셈이 된다. 장보니 지공장군이니 하는 놈은 간사한 꾀에 밝은 자라, 자연 현상을 마치 요술인 양 교묘하게 속인 후 짚으로 엮은 무사와 종이 마물을 뿌리면서 주준 군의 어리석은 공포심을 가지고 논 것이다."

"과연 활안(活眼, 사리를 밝게 관찰하는 눈 – 옮긴이)이십니다. 아무래도 그 말이 맞는 듯합니다. 허나 산에 있는 적군을 공격하려면 그 협문에서 치고 들어가는 수밖에 없습니다."

"그렇다. 그러니 주준은 부러 우리를 이곳으로 보내 입구를 공격하게 했겠지."

현덕은 침통하게 말했다.

관우와 장비 두 사람도 묘책이 없자 입술을 꼭 깨물고 진을 친 광야로 시선을 돌렸다.

때마침 한가을을 알려주는 달이 눈에 보이는 광야 끝까지 이슬을 반짝였다. 20리 밖 저편은 마치 아군을 괴롭힌 악천후가 거짓말이었던 것처럼 누운 소의 형상을 한 새까만 산악이 평온한 공기와 달빛 아래 가로놓여 있었다.

"아니야. 있다, 있어."

갑자기 장비가 자문자답하며 말을 꺼냈다.

"공격할 입구가 전혀 없지는 않소. 큰형님, 방법이 있소."

"무엇이냐?"

"저 절벽을 기어올라 적이 예측하지 못하는 곳에서 기습하면 그다음은 간단하오."

"기어오를 수 있겠느냐? 저 낭떠러지 같은 절벽을."

"오를 수 있을 것 같은 곳을 올라서는 기습이라 할 수 없소. 누구의 눈에도 오를 수 없어 보이는 곳을 올라야 진정한 용병의 계책이오."

"장비가 드물게 훌륭한 말을 했구나. 네 말대로다. 오를 수 없다고 정해버리는 건 인간의 관념이지. 그 눈에 보이는 관념을 극복하여 실제로 목숨 걸고 부딪쳐보면 의외로 거뜬히 오를 수 있는 예는 얼마든지 있다."

다시 세 사람은 비밀리에 의논하여 다음 날에 펼칠 작전을 준비했다.

주준의 군사 약 절반에게 어마어마한 양의 깃발과 기치를 들게 하는 동시에 징과 북을 울리게 하여 전날처럼 협문 정면에서 습격하는 행세를 했다.

한편, 장비와 관우 두 장수와 막하의 강한 무사, 주준 군의 일부 병사를 이끈 현덕은 협문에서 10리가량 북쪽에 있는 절벽으로 몰래 기어들어가 참담한 고난 끝에 산의 끝자락까지 올라가는 데 성공했다.

모든 병사가 산꼭대기에 오르자 한층 사기를 북돋기 위해 현덕과 관우는 그곳에서 엄숙히 천지를 향해 사악한 마귀를 물리치는 파사(破邪, 나쁘고 그릇된 것을 깨뜨리다 – 옮긴이)의 기원을 올렸다.

5

　적을 앞에 두고도 부러 그런 장소에서 엄숙한 의식을 올린 까닭은 현덕의 직속 의군 중에도 장보의 환술을 내심 두려워하는 병사들이 많아서였다.

　"보아라!"

　의식이 끝나자 현덕은 하늘을 가리키며 말했다.

　"오늘 저 하늘에는 풍마도 우렛소리도 없다. 이미 파사의 기원으로 장보의 환술은 신통력을 잃었다."

　병사들은 우레 같은 함성으로 답했다.

　"저 마군의 요새를 짓밟아라!"

　관우와 장비는 군을 두 갈래로 나누고 산기슭을 따라 장보의 본거지로 공격을 퍼부었다.

　적장 장보는 지공장군의 기치를 들고 전날처럼 철문협의 공격군을 괴롭히러 나가고 없었다.

　그러자 생각지도 못한 산중에서 별안간 함성이 울려 퍼졌다.

　"배반자들이 나타났느냐!"

　장보는 자기편을 돌아보며 물었다.

　실제로 그렇게 생각한 사람은 장보만이 아니었다. 배반자다, 배반자라고 웅성대는 소리가 어디라 할 것 없이 퍼졌다.

　"괘씸한 놈, 누구냐! 목을 치리라!"

　장보는 그곳의 수비를 도적의 한 장군에게 맡긴 채 자신은 몇 안 되는 부하를 데리고 산협 구석에 있는, 마치 소라 구멍처럼 생긴 협곡에서 나귀를 몰고 돌아왔다.

그러자 옆쪽 저습지 속 밀림에서 화살 한 대가 날아와 장보의 관자놀이에 푹 꽂혔다. 장보는 용솟음치는 검은 피에 손을 얹고 입을 벌린 채 활을 뽑았다. 그러나 화살촉은 두개골 깊숙이 박혀 화살대밖에 뽑히지 않았고, 그 순간 장보의 거대한 몸이 안장에서 거꾸로 곤두박질쳤다.

"적장 장보가 활에 맞아 죽었다! 유현덕, 이곳에서 황건적 대방의 아우, 지공장군을 죽였도다!"

어디선가 현덕의 쩌렁쩌렁한 목소리가 들리자 사방 산천에서 북이 울렸고, 빠르게 흐르는 시냇물까지 함성을 질러 초목이 모두 군사로 변한 것만 같았다. 현덕이 이끄는 군사들은 일제히 공격하여 허둥대는 장보의 부하들을 전멸했다.

산협 안쪽에서도 동시에 검은 연기가 자욱이 피어올랐다. 장비나 관우의 부하 중 누군가가 본거지 요새에 불을 지른 듯했다.

상류에서 흘러내려 오는 시냇물은 순식간에 붉은 계류로 변했다. 불은 어느새 산불로 번져 산이 울고 골짜기가 부르짖으며 사흘 밤낮을 태웠다.

잘린 목이 1만여, 새까맣게 탄 적군의 시체가 수천, 수만에 달했다. 섬멸전을 펼친 지 7일 남짓 만에 현덕은 혁혁한 무훈을 들고 주준 본영으로 철수했다.

"이야, 귀공은 실로 운이 좋소. 전장에도 운과 불운이 있는 법인데."

주준은 현덕을 보자 이렇게 말했다.

"하하. 그렇습니까? 한마디로 무운(武運)이라고 하지요."

현덕은 아무런 감정의 동요 없이 가볍게 웃었다.

주준은 한술 더 떠서 말했다.

"내가 맡은 들판에서 벌인 전투는 아직도 승패가 갈리지 않았소. 산협의 도적은 독 안에 든 쥐나 다름없으니 손쉬우나, 야외에 진을 친 적병은 공격하면 끝도 없이 달아나 버리니 골치가 아프오."

"맞는 말씀입니다."

그럼에도 현덕은 웃어 보일 뿐이다.

그러던 중에 선봉에서 전령이 찾아와서 이변을 고했다.

6

전령의 보고는 이러했다.

"앞선 전투에서 죽은 장보의 형제 장량이란 자가 천공장군이라 이름을 칭하고 오랫동안 광야에 친 진에서 군사들을 지휘하였는데, 장보가 이미 당했다는 소식을 듣고는 갑자기 대병을 수습한 뒤 양성(陽城)에 틀어박혀서 성벽을 높이 쌓더니 이 겨울을 버티려는 계책을 취한 듯합니다."

"겨울까지 이어지면 눈에 얼어붙고, 식량 보급도 어려워진다. 게다가 도성으로 흘러들어 갈 소문도 바람직하지 않다. 지금 공격해 처라!"

주준은 전령의 보고를 듣고 총공격을 명령했다.

대군은 양성을 둘러싸고 공격하기에 여념이 없었다. 그러나 적의 성은 견고한 요해(要害)였고 성안에는 수년 동안 쌓은 식량이 풍족해서 한 달 남짓을 소비했으나 성벽의 일각도 빼앗지 못했다.

"큰일이다, 큰일이야."

주준은 본영에서 종종 한숨을 쉬었지만, 현덕은 못 들은 체했다.

그때 장비가 참지 못하고 주준에게 의견을 제시했다.

"장군, 들판 전투에서는 공격하면 달아나 버리니 싸우기 어렵다지만, 이번에는 적군도 성안에 박혀 있으니 독 안에 든 쥐나 다름없지 않소?"

주준은 머쓱한 얼굴을 했다.

그때 먼 곳에서 사신이 찾아와 새로운 소식을 전했다. 그 역시 주준의 기분이 좋아질 만한 소식은 아니었다.

곡양 방면에서는 주준과 함께 토벌 대장군의 임무를 맡은 동탁과 황보숭 두 장군이 장각의 대군과 대치하는 중이었다. 사신은 그 방면에서 벌어지는 일을 알리러 온 것이다.

동탁과 황보숭 쪽은 주준이 소위 말하던 무운이 좋아서인지 7번 싸워 7번 이기는 형세였다. 그러던 와중에 황건적의 총수인 장각이 진중에서 병사하여 총공격을 가해 단숨에 적군을 궤멸하니, 항복한 자가 15만, 저잣거리에 효수(梟首)된 목만 수천에 달했다. 심지어 장각이 묻힌 무덤을 파헤치고 그 목을 낙양으로 보내 '전투의 성과가 이러함'을 보고했다.

대현량사 장각이라 불린 괴수야말로 천하에 들끓는 도적들의 우두머리였다. 장보는 먼저 당했고 그 아우인 장량이 아직 남아 있다 하더라도 어차피 장각의 수족에 지나지 않았다.

조정의 기쁨은 대단했다.

'도적을 토벌한 일등 공신'이라 하여 황보숭을 거기장군(車騎將軍)으로 임명하고 익주(益州) 목(牧)으로 삼았으며, 그 밖에도 은상을 내린 자가 수두룩했다. 그중에서도 특히 진중에 붉은 갑옷을 입고 지나갔던 무기교위(武騎校尉) 조조도 공이 크다 하여 제남(濟南, 산동성 황하의 남안) 상(相)으로 봉해졌다는 것이다.

자신이 역경에 처했는데 타인의 출세 소식을 듣고 함께 기뻐할 정도로 주준의 그릇은 크지 못했다. 주준은 더욱 조바심을 내고 막료들을 독려했다.

"한시라도 빨리 이 성을 함락시켜 너희들도 조정의 은상을 받고 봉토로 돌아가 출세의 날을 즐겨야 하지 않겠느냐!"

물론 현덕 일행도 협력을 아끼지 않았다. 연이은 공격으로 성벽을 치며, 그렇게도 완강한 적군을 눈 붙일 새도 없이 방어전으로 지치게 했다. 한편, 성안의 도적 중에 엄정(嚴政)이란 자가 있었다. 이 사내는 계획을 바꿀 때가 왔다는 사실을 깨닫고 몰래 주준과 내통하여 적장 장량의 목을 베었다.

"원컨대 회개하는 병사들에게 왕위(王威)의 은혜를 베풀어 주십시오."

그러고는 군영으로 항복해왔다.

"나머지 도당을 싹 잡아들여라!"

양성을 함락시킨 기세로 주준의 군 6만은 완성(宛城, 호북성湖北省 형문현荊門縣 부근)으로 쫓아갔다. 그곳에는 황건의 잔당인 손중(孫仲), 한충(韓忠), 조홍(趙弘) 세 장수가 굳게 버티고 있었다.

7

"도적들에게는 원군도 없고 공연히 패전의 병사들을 많이 받아들인 탓에 성안의 식량도 금세 떨어질 것이다."

주준은 진두에 서서 도적들이 있는 완성의 운명을 이렇게 점쳤다.

주준의 6만 대군은 완성의 주위를 에워싸고 물 한 방울도 새어나갈 틈 없이 포진을 쳤다.

적군은 '될 대로 되라' 식의 작전을 택했는지 연일 성문을 열고 싸움을 걸어 관병, 적병 할 것 없이 서로 어마어마한 사상자를 냈다.

애석하게도 성안에 있는 군량은 이미 바닥나서 적들은 기갈 (飢渴)이 들었다. 그러자 적장 한충은 마침내 사자를 보내 항복을 선언했다.

"자비를 베풀어주십시오."

"궁지에 처하면 연민을 애원하고 힘을 얻으면 마귀의 위세를 떨치니, 오늘에 이르러서는 자비도 인정도 일절 없다."

그러면서 항복하러 온 사자의 목을 베고는 맹렬한 공격을 퍼부었다.

현덕은 정적대장군(征賊大將軍)에게 충고했다.

"장군, 현명히 생각해보시지요. 옛날 한고조가 천하를 지배한 비결이야말로 항복한 자를 포용하고 이용한 것이라 합니다."

정적대장군은 현덕을 비웃었다.

"어리석은 소리요. 그건 시대에 따르는 것이오. 그때는 진

(秦)의 시대가 혼란스러워 항우(項羽) 같은 난폭한 자의 사의(私議)와 폭론(暴論)이 횡행하며 천하에 안정된 군주도 없던 시절이오. 그러니 고조는 원수일지라도 항복하면 회유하여 쓰는 일에 부심한 것이오. 또, 진의 난세와 오늘날의 황건적은 그 질이 다르오. 살아남을 길이 없는 궁지에 빠져 항복을 구걸하는 도적들을 동정심에 말미암아 구해준다면, 이는 도리어 도적의 세력을 키워 세도인심(世道人心, 세상을 살아가는 데에 지켜야 할 도의와 사람의 마음 – 옮긴이)에 악업을 장려하는 것과 같소. 지금 처단하여 도적들의 뿌리를 잘라내야 하오."

"들어보니 지당한 말씀입니다."

현덕은 주준의 주장에 자세를 낮췄다.

"그럼 공격하여 성안의 적을 궤멸할지라도… 이렇게 사방에서 도망칠 문 하나 없이 에워싸고 공격한다면 성을 지키는 병사들은 죽기 살기로 결속하여 최후의 위력을 발휘할 것이 분명합니다. 그러면 아군이 입을 손실도 막심해집니다. 한쪽 문만은 도망칠 구멍으로 열어주고 세 방향에서 공격하는 방법이 좋지 않겠습니까?"

"과연, 그게 좋겠군."

주전은 곧바로 명령을 바꿔 서둘러 공격했다.

동남쪽 문 하나만을 열어둔 채 세 방향에서 북을 울리고 불을 질렀다. 과연 성안의 도적들은 혼비백산하여 한쪽으로 무너져 내렸다.

주준은 말을 달려 어지러운 군사들 속에서 적장 한충을 발견하여 철궁으로 쏘아 죽였다. 한충의 목을 창으로 찔러 부하에게 높이 들게 하고 득의양양하여 소리쳤다.

"정적대장군 주준이 도적의 장수 한충을 묻어버렸다. 덤빌 자가 또 있느냐!"

"저놈이 주준이냐?"

그러자 남은 장수 조홍과 손중 두 사람은 화염 속에서 까만 나귀를 몰아 이름을 밝히며 달려왔다.

주준은 쏜살같이 아군 속으로 도망쳤다. 한충 대장의 원수라며 분노에 불타오른 적병은 주준을 쫓아 적군 한가운데로 파고 들어 대단한 혼전을 보였다.

도적 하나에 관병 10명이 쓰러졌다. 주준을 따라서 관군은 앞다퉈 10리나 후방으로 퇴각했다. 그사이 적군은 기세를 만회하여 성벽에 난 불을 진화하고 다시 사방의 문을 굳게 걸어 잠그며 태세를 정비했다.

"자, 언제든지 오너라."

그날 황혼 무렵, 많은 부상병이 비참하게 들판에 누워 있는 관군의 진영으로 어디서 왔는지 한 떼의 군마가 달려왔다.

8

"어떤 자들이냐."

현덕의 무리는 이윽고 가까이 다가와 진문으로 들어온 그 군마를 막사 옆에서 지켜보았다.

약 1500에 달하는 군사였다.

대오는 질서정연했고 발걸음은 당당했다.

"대체 이 정예군을 이끄는 장수는 어떤 인물일까."

병사들의 모습만으로도 이런 궁금증을 자아냈다.

살펴보니 그 대오 선두에 기수(旗手)와 고수(鼓手)를 세우고 바로 뒤 푸른 말에 걸터앉아 위풍을 떨치는 사람이 있었다.

그자가 일군의 대장인 듯했다. 넓은 이마와 광대한 얼굴, 입술은 붉고 눈썹은 아미산(峨媚山)의 반달처럼 높고 날카로웠다. 곰의 허리와 범의 형상, 말 그대로 위엄은 있되 사납지 않은 언뜻 보기에도 대인의 풍채를 갖춘 모습이다.

"누구지?"

"누구일까?"

관우와 장비도 바라보고만 있었으나 곧 진문을 지키는 장수에게 이름을 밝히는 소리가 멀리서부터 들려왔다.

"나는 오군(吳郡) 부춘(富春, 절강성浙江省, 부양시富陽市) 태생의 이름은 손견(孫堅), 자는 문대(文臺)라는 사람으로, 옛 손자(孫子)의 후손이오. 관은 하비(下邳)의 승(丞)으로 이번에 왕군이 황건적의 도당을 여러 지역에서 토벌한다는 소식을 들어 수하의 군사 1500을 이끌고 오랜 은혜에 다소나마 보답하고자 관군의 원군으로서 달려왔소. 주준 장군에게 잘 전달해주시오."

당당한 태도였다.

목소리도 또렷하였다.

"…."

관우와 장비는 서로 얼굴을 마주 보았다. 얼마 전에는 영천 벌판에서 조조를 보고, 지금 이곳에서는 손견이란 인물을 보고 감탄한 것이다.

"역시 이 세상은 넓구나. 빼어난 인물이 없는 게 아니다. 단지 세상이 평화로울 때는 드러나지 않을 뿐이지."

그와 동시에

'세상을 얕볼 수 없다.'

는 생각도 품었으리라. 그도 그럴 것이 손견의 군사는 졸병까지 훌륭했기 때문이다.

"오군 부춘에 영웅이 있다는 이야기는 일찍이 들었소. 잘 와 주셨소."

손견이 원군으로 찾아왔다는 소식을 듣고 주준은 몹시 기뻐하며 환대했다.

오늘은 대단한 패전의 날이었으나 주준은 큰 힘을 얻었고, 이튿날 손견이 회사(淮泗)의 정예군 1500을 가세하여 단숨에 완성을 공격했다.

'즉시.'

손견에게 남문 공격을 맡기고, 현덕에게는 북문을 치게 했으며, 자신은 서문에서 밀고 들어갔다. 동문만큼은 전날에 세웠던 계획대로 일부러 길을 열어두었다.

"낙양의 장수들에게 비웃음을 사지 마라!"

손견은 새로 온 장수임에도 눈 깜짝할 사이에 남문을 격파했고, 본인도 푸른 말에서 뛰어내려 해자를 넘은 후 단신으로 성벽에 기어올랐다.

"오군의 손견을 모르느냐!"

도적의 군사들 속으로 당당히 뛰어들었다.

손견이 칼을 휘두르자 목이 날아간 도적 수만 20여 명, 사방에 튀기는 피를 뒤집어쓰지 않는 자가 없었다.

"한심하도다. 저놈이 얼마나 대단하더냐!"

적장 조홍은 격노하여 손견에게 싸움을 청하고 맹렬한 전투를 펼친 지 20여 합, 불꽃을 튀긴 대결이었으나 손견은 어디까지나 지친 기색도 없이 순식간에 조홍의 목을 내리쳤다.

또 다른 장수 손중은 그 광경을 보더니 당해낼 수 없겠다고 생각했는지 도주하는 자기편의 군사들 틈바구니에서 재빨리 동문으로 달아났다.

9

그때였다.

휭 하고 허공에서 활시위를 떠난 화살이 바람을 가르는 소리가 들렸다.

화살은 동문의 망루 근처에서 비스듬히 선을 그리며 무서운 파도처럼 황망히 도망치는 적병 속으로 날아들었는데, 한 치의 어긋남도 없이 막 금란교(金蘭橋) 외문까지 빠져나간 적장 손중의 목덜미를 뚫었다. 손중은 말 위에서 공중제비하며 떨어졌으나 그것조차 눈에 들어오지 않은 적병들의 발에 밟혀 순식간에 뭉개졌다.

"저 목을 가져오너라."

현덕은 부하에게 명령했다.

망루 옆 벽 위에서 철궁을 들고 눈에 띄는 활솜씨로 도적을 쏜 사람은 현덕이었다.

한편, 관군의 주준과 손견도 성안을 공격하여 목을 치니 그 수가 수만에 달했다. 사방의 불을 진화하고 손중, 조홍, 한충 세 장수의 목을 성 밖에 걸어 백성들에게 포고한 후,

성 위에 타다 남은 불씨로 아직도 연기가 자욱한 하늘 높이 왕의 깃발을 휘날렸다.

"한실 만세!"

"낙양군 만세!"

"주준 대장군 만세!"

남양(南陽)의 여러 마을도 모두 평정했다.

대현량사 장각이 집집마다 붙이게 한 누런 부적도 떼어내고 황건의 흉도들이 아예 자취를 감추니 만호(萬戶)가 태평을 칭송하는 듯했다.

천하의 혼란은 천하의 백성 사이에서 의미 없이 발생하는 게 아니다. 오히려 그 화근은 낮은 민토(民土)보다도 높은 조정에 있었다. 강의 하류보다도 상류에 근원에 있고, 정치를 받드는 자보다도 정치를 맡는 자에게 있었다. 지방보다도 중앙에 있었다.

그러나 썩은 자야말로 자기 몸에서 나는 악취를 맡지 못한다.

시류의 움직임도 눈에 잘 보이지 않는 법이다.

어쨌든 관군은 의기왕성했다.

정적대장군은 공을 세우고 낙양으로 개선했다.

낙양은 온통 원정군을 환영하느라 시장은 오색 깃발로 물들었고, 밤은 수많은 등불로 단장했으며, 성 안팎에서 이레 밤낮

으로 술이 샘솟고 가락이 멈추지 않으니 취객의 노래로 들끓을 뿐이었다.

왕성의 부(府)가 있는 낙양은 1000만 호가 모인 곳이다. 과연 오랜 전통이 있는 도읍인 만큼 물자가 풍성하고 문화는 휘황찬란했다.

가인과 귀현(貴顯, 존귀하고 벼슬이나 명성, 덕망 따위가 높은 사람 – 옮긴이)들이 오가는 모습은 눈을 빼앗길 정도로 아름다웠다. 황성(皇城)은 황금 벽에 유리 기와를 얹었으며, 모든 벼슬아치가 타는 가마는 비취 문에 꽃을 수놓은 듯한 화려함을 뽐냈다.

천하 어디에 한 사람이라도 굶어 죽는 백성이 있을까? 지금의 시대를 난조라며 슬퍼할 까닭이 있을까?

이 번화한 곳에 서서 떠들썩한 저녁녘의 가락을 들으며 엄청난 양의 기름이 하룻밤에 불붙는 화려한 등불의 초저녁 향연을 바라보노라면, 오히려 세상을 한탄하는 자의 한숨이 의아할 정도였다.

한편, 20리 밖에 늘어선 외성 벽에서 한 발자국만 나가보면 가을이 깊어 나무와 풀도 말랐고, 우뚝 솟은 성벽을 뒤덮은 무성한 덩굴풀 잎사귀만 겨우 붉었다. 해가 지면 꽃들도 온통 어둠에 물들었고,

날이 밝으면 거친 가을바람이 내는 곡소리가 들렸으며, 곳곳의 물가에서는 추위에 우는 송아지와 잿빛 하늘을 스치는 기러기의 그림자만 이따금 보일 뿐이었다.

그곳에.

말없이 모여 앉아 마른 나뭇가지와 풀을 모아 모닥불을 피우

며, 아침저녁 서리가 내리는 추위를 간신히 견디는 무리가 있었다.

현덕의 의군이다.

의군은 외성의 한 곳에 서서 문을 지키라는 명령을 받았다.

겉으로는 그럴듯한 명분 같지만, 정규 관군도 아니고 관직도 없는 장졸이기에 세 군이 낙양으로 개선한 날에도 내성 안으로 들어가지 못하게 한 것이다.

기러기가 날아간다.

들판에 흐드러지게 핀 부용화를 흔드는 가을바람이 하얗다.

"…"

현덕도 관우도 이때는 침묵을 지켰다.

가엾은 병사들은 아직 낙양의 따뜻한 나물 맛도 알지 못했다. 두더지처럼 철문 그늘에 웅크리고 앉았다.

장비도 묵묵히 콧물을 훌쩍이며 가끔 허무함에 사로잡힌 듯한 얼굴로 하늘을 나는 기러기의 그림자를 바라볼 뿐이었다.

십상시(十常侍)

1

"유 공. 혹시 유 공이 아니시오?"

누군가 부르는 사람이 있었다.

그날 유현덕은 주준이 머무는 관저를 찾아갈 일이 있어 왕성 내 금문(禁門) 부근을 걷는 길이었다.

뒤돌아보니 그 사람은 낭중(郎中) 장균(張均)이었다. 장균은 지금 입궐하던 길이었는지 하인이 멘 가마 위에서 현덕의 모습을 발견했다.

"신발을 가져오게."

하인에게 명령하더니 낭중은 가마에서 내렸다.

"오, 누구신가 했더니 장균 님이 아니십니까?"

현덕은 예를 갖춰 인사했다.

장균은 일찍이 노식을 곤란에 빠뜨린 황문 좌풍 등과 함께 군을 감독하는 칙사로서 전쟁터로 순찰하러 온 적이 있었다. 그때 현덕과도 알게 되어 서로 세상사를 논하고 회포를 통한

적이 있는 사이였기에 오랜만에 인사를 나눴다.

"뜻밖의 장소에서 뵀습니다. 건강하신 모습을 뵈니 참으로 기쁩니다."

낭중 장균은 현덕이 하인도 거느리지 않은데다 더욱이 예전에 본 행색 그대로 차가운 날씨 속에 쓸쓸히 걷는 모습을 의아하게 쳐다보며 현덕의 처지를 반문했다.

"귀공은 지금 어디에서 무얼 하시오? 전에 뵈었을 때보다 조금 야위신 것 같은데…."

현덕은 있는 사실 그대로 자신은 관직이 없고 부하들은 사병으로 간주되어 개선한 후에도 내성 안 출입을 허락받지 못했으며, 충성스러운 병사들에게 이 추운 겨울에 따뜻한 군의 한 장, 상록 하나 나눠주지 못하니 최소한 외성의 문지기로 서 있을지라도 서리를 막는 데 필요한 따뜻한 옷과 식량을 베풀어주십사 청하려고 오늘 주준 장군 관저까지 청원서를 들고 향하는 중이라 답했다.

"허…."

장균은 깜짝 놀란 얼굴로 거듭 물었다.

"그럼, 귀공은 아직 관직에도 오르지 못하고 또 이번 일로 은상을 하사받지도 못한 것이오?"

"예, 분부를 기다리라고 해서 외성 문에서 주둔하는 중입니다. 이미 겨울이 다가오는데다 부하들이 딱하고 안쓰럽기에 이렇게 간청하러 나왔습니다."

"그 사실은 처음 알았소. 황보숭 장군은 공을 세워 익주 태수에 봉해졌고, 주준은 낙양으로 개선하자마자 거기장군이 되어 하남의 윤(尹)에 올랐소. 그 손견마저 연줄이 있어 별부사마(別部司馬)를 하사받았을 정도요. 아무리 공이 없다 해도 귀공의 공이 손견보다 못할 리 없소. 아니, 어떻게 보면 이번에 도적을 토벌한 전투에서 가장 힘든 싸움을 맡고 충성을 드러낸 군은 귀공의 의군이라 할 수 있을 터인데…"

"…"

현덕의 얼굴에도 울적한 기운이 서렸다. 다만 현덕은 조정이 명하는 대로 따르려는 생각이었다. 불쌍한 부하들을 자신이 처한 불우한 처지보다 가엾게 여기며 입술을 꽉 깨물었다.

"좋소."

이윽고 장균은 단호하게 말했다.

"이것저것 짚이는 데가 있소이다. 지방의 도적들을 소탕해도 사직의 쥐새끼 소굴을 치우지 않으면 사해(四海)의 평안을 오래 유지할 수 없소. 상벌이 구구하고 불공평할 뿐 아니라 한탄할 만한 일들이 실로 허다하오. 귀공에 관해서는 특히 황제께 주청을 올리리다. 조만간 걸맞은 은상을 받을 터이니 속상해 마시고 기다리시오."

낭중 장균은 그렇게 위로하고 현덕과 헤어진 후 입궐하여 황제에게 알현을 청했다.

2

웬일로 황제 곁에는 아무도 없었다.

황제는 옥좌에서 말했다.

"장 낭중, 오늘은 무슨 일인가? 짐에게 긴히 간원할 게 있다 하여 근신들을 물렀느니라. 어려워하지 말고 뜻을 고하라."

장균은 계단 아래에서 무릎을 꿇고 배례했다.

"폐하의 총명하심을 믿고 신 장균은 오늘이야말로 감히 성가신 말씀을 올리겠나이다. 밝고 공명한 어심으로 잠시 들어주시옵소서."

"무엇인가."

"다름이 아니오라 폐하 측근에 있는 십상시(十常侍)에 관해서입니다."

십상시라는 말을 듣자마자 황제는 눈을 돌렸다.

옥색(玉色)이 좋지 않았다.

장균은 알고 있었지만 이를 무릅쓰고 진실을 고하는 게 충신의 도(道)라 믿었다.

"신이 누차 말씀드리지 않아도 총명하신 황제께서는 이미 아시리라 생각되옵니다만, 천하도 이제 평정을 되찾고 지방의 난적(亂賊)도 종식되었습니다. 이때에 부디 간사한 자들을 쳐내고 위로부터 숙정을 밝히셔서 백성의 어두운 근심을 없애고 생업에 만족하게 하시어 폐하의 어진 정치를 칭송할 수 있도록 현려(賢慮, 남의 생각을 높여 이르는 말 – 옮긴이)를 바라는 바입니다."

"장 낭중, 어째서 오늘따라 그런 말을 꺼내는 것인가?"

"십상시가 정사를 어지럽히고 폐하의 덕을 흐리는 일은 오늘만의 일이 아닙니다. 소신 하나만의 근심이 아닙니다. 천하의 만민이 원한을 품고 있나이다."

"원한이라…."

"예. 이번 황건의 난에서도 그 상벌에는 십상시의 사심이 꽤 영향을 미쳤다 들었습니다. 뇌물을 바치면 공이 없는 자에게도 관록을 내리고, 그렇지 않으면 죄가 없음에도 관직을 파하니 그 실정이 극심하옵니다."

이제 황제의 옥색은 더 어두워졌다. 그렇지만 황제는 아무 말도 하지 않았다.

십상시라는 건 내관 10명을 가리킨다. 민간 사람들은 이 사람들을 '환관'이라 불렀다. 황제 측근에서 권력을 쥐락펴락하며 후궁에까지 세력을 미쳤다.

의랑(議郎) 장양(張讓), 의랑 조충(趙忠), 의랑 단규(段珪), 의랑 하휘(夏輝) 등 10명이 중심을 이뤄 정치적으로 주요한 기밀에 대해 결속을 이루었다. '의랑'이란 정치에 참여한다는 의미를 띤 직책이다. 그러니 어떤 중요한 정사라도 의랑이 맡았다. 황제는 아직 어린데다 오래된 연못의 터주처럼 교활하고 약삭빠른 자들이 모여 있으니, 의랑들이 원한다면 언제 어떤 악정일지라도 통과시켰다.

영제는 아직 나이가 어렸으므로 그 나쁜 폐단을 알아차린다 한들 어떻게 해야 할지 방법을 알지 못했다. 장균의 쓰디쓴 간언에 감동한다 한들 아무런 대답도 할 수 없었다. 다만 시선을 궁중의 뜰로 돌릴 뿐이다.

"결단을 내리십시오. 단행하여주시옵소서. 지금이 바로 그 때입니다. 폐하, 오직 현명하게 사려하여 결단을 내려주십시오."

장균은 충언을 몇 번이나 반복하면서, 충성과 열정으로 눈가에 눈물을 글썽이며 간언했다.

기어코 옥좌에 다가가더니 어의(御衣)에 매달려 울며 호소했다.

"그럼 장 낭중, 짐에게 어떻게 하라는 말인가?"

황제는 당혹스러운 듯 물었다.

"우선 십상시를 하옥하고 그 목을 베어 남교(南郊)에 효수하여 백성에게 죄문과 함께 보이시면 민심이 저절로 평안해지고, 천하는…."

이때다 싶어 장균이 말을 꺼낸 찰나였다.

"닥쳐라! 먼저 네놈의 목부터 감옥 문에 매달 것이다."

장막 뒤에서 노한 목소리가 들리더니 동시에 십상시 열 명이 우르르 뛰쳐나왔다. 일제히 머리를 곤두세우고 눈꼬리를 치켜뜨며 장균에게 달려들었다.

장균은 으악 소리치더니 너무 놀란 나머지 혼절하였다.

그 일로 치료를 받고 궁궐 의원에게 받은 탕약을 마신 후 그만 잠든 채로 죽고 말았다.

3

장균은 그때 그런 죽음을 맞이하지 않았더라도 황제에게 충언한 걸 십상시에게 들켰으니, 훗날 목숨을 부지하지 못했을 것이다.

"방심하면 어처구니없는 놈들이 충신인 체하며 황제 앞에 나타날 것이다."

십상시도 그날 이후에 느낀 게 있는지 황제 주위는 물론 안팎 정사에서 경계심을 강화했다.

황제 역시 공이 있는 자들 가운데 은상을 받지 못해 불운을 탄식하며 불만스러워하는 사람들이 적지 않다는 사실을 깨닫고, 특별히 훈공에 대한 재조사와 제2차 은상을 실시할 것을 분부했다.

장균과 관련 있는 일이 있었기에 십상시도 크게 반대하지 못하고, 오히려 십상시가 선정을 베푸는 체하며 아주 명색뿐인 사령(辭令)을 교부했다.

그중에 유비 이름도 올랐다.

그 사령에 따라 현덕은 중산부(中山府, 하북성 정현定縣) 안희현(安喜縣) 위(尉)라는 관직에 올랐다.

'현위'란 외딴 시골의 경찰서장 같은 관직에 불과했지만, 황명으로 벼슬을 받은지라 그 정도만으로도 현덕은 은혜에 깊이 감사하며 관우와 장비를 데리고 즉시 임지(任地)로 떠났다.

물론 관리가 되었으니 수하의 많은 병사를 이끌고 가는 것은 허락되지 않았고, 필요도 없었기에 병사 500여 명은 왕성 군위에 편입시키고, 20명 정도를 종으로 데리고 갔을 뿐이다.

그해 겨울은 임지에서 보냈다.

불과 넉 달밖에 지나지 않았지만, 현덕이 현위를 맡은 이래 현의 정치는 크게 좋아졌다.

강도와 악한이 이끄는 무리는 온데간데없고, 선량한 백성은 덕정(德政, 덕으로 다스리는, 어질고 바른 정치 – 옮긴이)에 감복하며 평화로운 나날을 즐겼다.

"장비와 관우도 가진 기량과 비교하면 낮은 벼슬아치나 하는 일이 성에 차지 않겠지만, 당분간은 현재에 충실해주었으면 하네. 시기는 안달해도 얻기 어려우니⋯."

현덕은 이따금 두 사람을 그렇게 달랬다. 이는 자기 자신을 위로하는 말이기도 했다.

그 대신 현위라는 임무를 맡은 이후 현덕은 그 둘을 부하로 대하지는 않았다. 함께 궁핍한 생활을 했으며 밤에는 베개를 나란히 했다.

"천자가 파견하는 사신이 이 지방에 온다."

이윽고 하북 들판에 새싹을 틔우는 봄과 함께 소식이 날아들었다.

"얼마 전 황건적을 평정할 때 군공을 거짓으로 속이고 조정에 닿은 연줄에 부탁하여 함부로 관작을 받거나 훈공자라 자칭하여 주도(州都)에서 사세를 키우는 자가 허다하다 들었기에 그 선악을 낱낱이 밝힐지어다."

칙사는 이러한 조칙을 받들고 지방에 내려온 자였다.

그 소식이 관아로 들어온 지 얼마 되지 않아 안희현에도 독우(督郵)가 찾아왔다.

현덕은 곧 관우와 장비 등을 거느리고 독우가 이끄는 행렬을 길에 나가 맞이했다.

어쨌든 사신은 지방 순찰이라는 명을 받들고 온 대관이니, 현덕 일행은 땅에 엎드려 최고의 예를 갖췄다.

그러자 말 위에 앉은 독우는 거만한 태도로 주위를 둘러보며 입을 열었다.

"여기가 안희현인가? 촌구석이구먼. 뭐야, 현성은 없나? 관
아는 어디냐. 당장 현위를 불러라. 오늘 묵을 여관이 어딘지 안
내를 받은 뒤 일단 그곳에서 쉬어야겠다."

4

"꼴사납게 직위로 거만을 떠는 놈이구나."

칙사 독우가 안하무인으로 오만한 태도를 보이자 관우와 장
비는 가소롭게 여겼지만, 꾹 참고 일렬로 늘어선 말과 수레를
따라 현의 관아로 들어갔다.

이윽고 현덕은 복장을 가다듬고 독우 앞으로 인사를 하러 나
갔다.

독우는 좌우에 수행하는 관리를 세우고 마치 자신이 황제라
도 된다는 표정으로 높은 자리에서 자세를 취하였다.

"너는 뭔가?"

뻔히 알면서도 독우는 위에서 현덕 일행을 내려다보았다.

"현위 현덕이라고 합니다. 먼 길 오시느라 고생하셨습니다."

현덕은 절을 올렸다.

"아아, 네가 이곳 현위인가? 우리 칙사 행렬이 지나가니 추
레한 주민들이 거마 근처까지 와서 손가락질하는 등 추잡한 태
도로 구경하던데, 적어도 칙사를 맞이하면서 이게 무슨 무례인
가. 짐작건대 평상시에 하는 단속이 무른 게 아니겠느냐. 따끔
하게 왕위를 가르치지 않으면 안 될 것이다."

"예."

"여관 쪽은 만반의 준비가 되었겠지?"

"지방인지라 만사에 융숭한 대접은 어려우나…"

"자리는 깔끔하고 음식은 화려해야 한다. 촌구석이니 별수 없지만, 경들이 칙사를 대우할 때 어떻게 환대하는지 그 마음가짐을 보려 한다."

속에 무언가 깊은 뜻이 담긴 듯한 말을 했으나 현덕은 제대로 알아듣지 못했다. 그래도 황제 명으로 내려온 칙사니 진심으로 응접했다.

먼저 물러나려 하자 독우는 또다시 물었다.

"현덕 위. 경은 안희현 출신인가? 아니면 다른 현에서 부임해 왔는가?"

"말씀드리자면 제 고향은 탁현으로 계보는 중산정왕의 후예입니다. 오랫동안 백성 속에 숨어 있었으나 이번에 겨우 황건이 일으킨 난에서 미미한 공을 세워 안희현의 위로 부임하게 되었습니다."

"이놈, 닥쳐라!"

독우는 별안간 높은 자리에서 꾸짖듯이 호통을 쳤다.

"중산정왕의 후예라 했더냐. 당치도 않구나. 그렇지 않아도 이번에 황제께서 우리 신하들에게 각지를 순찰하라 명하신 까닭은 허풍을 치거나 군공을 속여 스스로 호걸이라 부르고 관직에 오르는 무리가 횡행하는 사정을 들으셨기 때문이다. 네놈처럼 천한 것이 천자의 종족이라 속여 어리석은 백성을 지배하다니, 괘씸한 불경이다. 즉시 황제께 아뢰어 추후의 분부를 내릴 것이다. 물러가라!"

"예?"

"썩 물러가래도!"

"…."

현덕은 무언가 말하려고 입술을 움직였으나 득이 될 게 없다
고 생각했는지 묵묵히 예를 올리고 물러났다.

"수상쩍은 인물이다."

현덕은 독우 수행원에게 슬며시 방에서 면회를 청했다.

어째서 칙사가 노여워하는지 원인을 물었다.

수행원 하리(下吏)가 말했다.

"그야 빤한 일 아니오? 어째서 오늘 독우 각하 앞에 나올 때
뇌물로 바칠 금과 비단을 당신 키만큼 쌓아 두지 않으셨소? 우
리 수행원에게도 그에 상응하는 물건을 재빨리 소매 밑에서 찔
러주는 게 중요하오. 그게 바로 최상의 환대라고 할 수 있소. 그
러니 말했잖소. 독우께서도 어떻게 환대하는지 그 마음가짐을
보겠다고."

현덕은 기가 막혀 사택으로 돌아갔다.

5

사택에 돌아와서도 현덕은 계속 찜찜하고 유쾌하지 않은 낯
빛이었다.

"현의 백성은 모두 가난한 자들이다. 더구나 세금을 일정량

거둬 중앙으로 보내지 않으면 안 된다. 그러니 어찌 순찰하러 온 칙사와 많은 수행원에게 만족할 만한 뇌물을 바칠 여유가 있단 말이냐. 뇌물도 백성의 피와 땀에서 나오거늘 다른 현리(縣吏)들은 그런 짓을 잘도 하는구나…."

현덕은 탄식했다.

"현리를 불러들여라!"

다음 날이 되어도 현덕이 아무것도 보내지 않자 독우는 다른 관리를 불렀다.

"유현덕은 발칙한 놈이다. 천자의 종족이라는 허튼소리를 지껄일 뿐 아니라 이곳 백성으로부터 원망의 목소리를 수없이 들은 바 있다. 바로 황제께 주청을 올려 형벌을 청할 테니 너는 현리를 대표하여 소장(訴狀)을 써라."

현덕이 베푸는 어진 덕에 감복한 현리는 현덕에게 어떤 과오가 있으리라고는 생각되지 않아 두려워할 뿐 아무런 대답을 하지 못했다.

그러자 독우는 거듭 협박했다.

"소장을 쓰지 않겠느냐! 쓰지 않으면 네놈도 같은 죄로 간주하겠다."

할 수 없이 현리는 알지도 못하는 죄목을 독우가 부르는 대로 소장에 받아 적었다. 독우는 그 소장을 도읍으로 급히 보내 황제가 내리는 명을 기다리며 현위 현덕을 엄벌에 처하겠다고 했다.

이 네댓새 동안 장비는 술만 퍼마셨다.

"아…, 따분하다."

그렇게 마시는 모습을 현덕이나 관우가 보면 훈계할 터였고 또 근래에 현덕과 관우의 안색이 매우 침울했으므로, 장비 혼자 '아…, 따분하다'를 연발하며 어디에 있는지 모르도록 숨어서 술을 들이켰다.

그 장비가 홍시처럼 물든 얼굴로 나귀에 올라 터덜터덜 걷는 길이다. 현의 관리인지라 마을 사람들은 나귀와 마주치면 공손히 예를 올렸으나, 장비는 나귀 위에서 고꾸라질 것 같은 자세로 꾸벅꾸벅 졸았다.

"야, 어디까지 갈 셈이냐."

눈을 뜨더니 장비는 타고 있던 나귀에게 물었다. 나귀는 다만 뚜벅뚜벅 발굽을 가볍게 움직였다.

"어이, 뭐야?"

관아 문 앞에 70~80명에 달하는 마을 사람들이 땅바닥에 무릎을 꿇고 무어라 호소하며 머리를 땅에 조아리는 모습과 마주쳤다. 장비는 나귀에서 내려 소리쳤다.

"다들 뭐하는 게냐! 너희들이 관아에서 무엇을 읍소하는 것이냐?"

장비를 보자 백성들은 하나같이 입을 모아 말했다.

"나리는 아직 아무것도 모르십니까? 칙사께서 현의 관리에게 소장을 쓰게 하여 도읍으로 보냈다고 하던데…."

"무슨 소장 말이냐!"

"평소에 저희가 모시는 현덕 위께서 백성들을 괴롭힌다느니 가혹한 세금을 쥐어짜 내 사리사욕을 채웠다느니 무려 스무 가지나 되는 죄목을 늘어놓아서, 그 소장이 도읍에 당도하여 분부가 내려지는 즉시 형벌이 떨어질 거라는 소문입니다. 우리 백성들은 현덕 님을 어버이처럼 여기는지라 모두 모여 칙사께 간청하러 왔더니, 부하들에게 얻어맞아 쫓겨난데다가 보시는 대로 관아 문까지 닫혔기에 어쩔 수 없이 오도 가도 못하고 있었습니다."

　이야기를 듣자 장비는 송충이 같은 눈썹을 추켜올리고 굳게 닫힌 관아의 문을 홱 노려보았다.

바람이 버드나무를 흩트리다

1

"어이!"

장비는 땅바닥에 엎드린 많은 마을 사람들을 향해 말했다.

"너희는 물러나라. 지금부터 내가 하는 일로 인해 훗날 말려들면 안 되니 말이다."

백성들은 곤드레만드레 술에 취한 장비가 무슨 일을 벌일지 몰라 자리에서 일어난 이후에도 아직 근처에 남아서 지켜보았다.

장비는 문을 세차게 두들기며 소리쳤다.

"문지기들아 문 열어라! 열지 않으면 부숴버리겠다!"

"뭐하는 놈이냐!"

보초병들이 안에서 엿보니 대추 같은 얼굴에 범의 수염을 곤두세우고, 잔뜩 성이 나서 빨갛게 달아오른 거구의 사내가 대문을 뒤흔드는 모양이 무서워 보였다.

"누구냐, 저게 누구야?"

깜짝 놀라 떠들썩하던 차에 현위 현덕의 부하라는 말을 듣자 독우의 가신들은 엄명을 내렸다.

"절대로 열지 마라!"

그러고는 여러 명이 모여서 문 안쪽에 사람 울타리를 겹겹이 세우며 밀치락달치락했다.

그 낌새를 알아챈 장비는 화가 머리끝까지 올랐다.

"좋아, 그렇게 나온다면 하는 수 없지!"

문기둥에 양손을 얹기가 무섭게 마치 지진이 난 듯 우지직 문이 흔들렸고, 으악 하며 사람들이 놀란 사이에 어마어마한 굉음과 함께 안쪽으로 쓰러졌다. 안에 있던 보초병과 독우의 가신들은 미처 피하지도 못하고 몇 사람이 그 밑에 깔렸다.

"독우는 어딨느냐! 독우를 만나겠다!"

장비는 표범처럼 그 위에 뛰어들어 포효했다.

"어쭈, 저놈이!"

"잡아라!"

보초병들은 어찌 막아보려 했다.

"에잇, 귀찮은 놈들!"

그러자 장비는 집어 던지고, 밟아 뭉개고, 때려눕혀 마치 회오리바람이 먼지를 날려버리듯 관아 안쪽으로 뛰어들었다.

때마침 칙사 독우는 벌건 대낮에 장막을 늘어뜨리고 시골의 촌스러운 기생들을 상대로 술을 마시던 참이었다. 난잡한 호궁 소리를 듣고 장비가 그 방을 찾아가니 과연 맞은편의 평상에 미인을 거느리고 술에 취해 있는 고관이 있었다. 바로 독우였다.

장비가 장막을 치웠다.

"이 간사한 놈, 썩어빠진 놈아. 감히 우리 의형에게 오명을 씌우고 거짓 소장을 위조해 도읍에 보냈다더구나! 진작부터 네 오만방자한 태도로 보나 칙사라는 놈의 지금 이 추잡한 짓으로 보나 참아줄 수가 없다. 하늘을 대신하여 네놈을 응징할 테니 그렇게 알아라!"

수없이 닦은 거울처럼 눈을 번뜩였고, 수염을 거꾸로 세웠으며 붉은 입을 찢었다.

"까악!"

호궁과 거문고를 팽개치고 기생들은 혼비백산하여 평상 아래로 도망쳤다.

"뭐야! 자, 잠깐. 난폭한 짓 하지 마라."

독우도 바싹 오그라들어 떨리는 목소리로 말하고 그 자리에서 도망가려 했다.

"어딜 가느냐!"

그때 장비가 달려들어 슬쩍 따귀를 쳤을 뿐인데 독우는 턱이라도 빠진 양 이를 드러낸 채 몸을 젖혔다.

"몸부림치지 마라."

장비는 그 몸을 가볍게 옆구리에 끼고 다시 질풍처럼 밖으로 뛰쳐나왔다.

2

"개한테나 먹혀라."

문밖으로 나오자 장비는 옆구리에 낀 독우의 몸을 땅바닥에 내동댕이치며 고함쳤다.

"네놈처럼 썩어빠진 간리(奸吏)가 있으니 천하가 어지러운 것이다. 난적은 토벌해도 간리를 응징하는 자는 없다. 남들이 행하지 못하는 정의를 행하고 남들이 맞서지 못하는 권력에 맞선다. 그걸 기치로 삼는 의군의 장비를 모르느냐! 네 이놈!"

독우의 얼굴을 짓밟으며 장비가 말하자, 독우는 손발을 아등바등하며 비명에 가까운 소리를 질렀다.

"여봐라! 이 불한당을. 이 난폭한 놈을 포박하라! 게 누구 없느냐!"

"시끄럽군."

상투를 쥐고 질질 끌던 장비 눈에 문 앞에 서 있는 커다란 버드나무가 보였다.

"옳거니. 본보기로 삼아주지!"

마침 그 자리에 있던 밧줄로 독우의 양손을 묶고 그 밧줄의 끝을 버드나무 가지에 던져 매달아 올렸다.

버드나무에서 열린 인간 열매처럼 독우의 발은 공중에 둥둥 떠 있었다. 장비는 독우가 발버둥쳐도 떨어지지 않도록 밧줄 끝을 기둥에 감았다.

"어떠냐, 이놈!"

버드나무 가지 하나를 꺾어 철썩 한 대를 때렸다.

"아, 아얏!"

또 한 대를 때리고는 말했다.

"당연히 아프겠지. 포악한 관리가 부리는 학정에 시달리는 백성의 고통은 이 정도가 아니다. 네놈도 조정의 쥐새끼 중 한 마리겠지? 십상시인가 하는 간신들의 나부랭이겠지? 그 추한 얼굴을 들어라. 그 천한 콧구멍을 하늘로 들고 울어라. 이렇게, 이렇게, 이렇게 말이다."

버드나무 회초리는 금세 가루가 되어 부서졌다.

또다시 새 버드나무 가지를 꺾어 때리기 시작했다. 30, 40, 50 아니 200번도 넘게 후려쳤다.

"제발, 그만 좀 봐주게."

독우는 체면도 차리지 않고 찔찔 울음소리를 냈다.

"멈춰, 제발 멈춰주게! 뭐든 하라는 대로 할 테니까."

결국에는 눈물마저 뚝뚝 흘리며 청승맞게 소리쳤다.

"안 된다. 그 수에는 넘어가지 않아."

장비는 회초리질을 멈추지 않았다.

그날도 현덕은 사택에 틀어박혀 답답하고 울적한 하루를 보내는 중이었는데, 누군가 허둥지둥 문을 두드리는 사람이 있기에 직접 나가보았다.

"큰일입니다! 지금 장비 나리께서 술에 취해 관아 문을 쳐부수고 들어가서는 칙사인 고관을 버드나무에 매달아 놓은 채 때리고 있습니다!"

백성 네댓 명이 소식을 전하고 떠났다. 현덕은 깜짝 놀라 그 길로 달려나갔다.

"쳇, 장비 놈. 또 병이 도진 겐가…."

마침 그 자리에 있던 관우도 혀를 끌끌 차며 현덕 뒤를 쫓았다.

가보니 버드나무에 대롱대롱 매달린 독우는 옷이 찢어진 채 정강이에서 피를 흘리는데다, 얼굴은 자줏빛으로 부풀어 있었다. 조금만 더 늦었으면 자칫 맞아 죽을 뻔했으리라….

"이놈! 무슨 짓이냐!"

기겁하여 현덕은 장비의 손목을 잡고 꾸짖었다.

"말리지 마십쇼. 백성을 좀먹는 역적이란 바로 이놈이오. 숨통을 끊어놓지 않으면 도저히 내 분이 가라앉지 않소."

장비는 한숨을 쉬며 현덕의 만류에도 아랑곳하지 않고 버드나무 회초리를 횡 휘두르며 독우의 몸을 보이는 대로 내리쳤다.

3

비명을 지르며 장비가 휘두르는 회초리에 몸부림치던 독우는 버드나무 가지 끄트머리에서 현덕의 모습을 발견했다.

"오오, 거기 온 사람은 현위 현덕이 아니오? 공의 부하인 장비가 술에 취해 나를 이렇게 죽이려 하오. 어서 말려주시오. 날구해준다면 이대로 장비가 저지른 죄도 묻지 않고, 그대에게는 황제께 급사(急使)를 보내 이전의 소장을 만류하고 대신에 충분한 작위로 은혜를 갚겠소."

이렇게 소리치더니 다시 몇 번이나 비명을 질렀다.

"빨리 구해주시오!"

독우가 내뱉는 추잡한 이야기를 듣자 장비의 난폭한 행동을 말리려던 현덕도 오히려 그럴 기분이 싹 사라졌다.

그러나 독우가 아무리 추악한 인간일지라도 칙명을 받고 내려온 천자의 사신이었다.

"장비, 멈추지 못할까!"

현덕은 장비를 질타하며 그의 손에서 버드나무 회초리를 빼앗아 그 가지로 장비 어깨를 한 대 내려쳤다.

현덕에게 맞은 것은 처음 있는 일이었다. 과연 장비도 정신이 번쩍 든 나머지 우뚝 멈춰 섰다. 물론 얼굴에는 불만이 가득했다.

현덕은 버드나무 기둥에 묶인 밧줄을 풀어 독우를 땅으로 내려주었다. 그러자 그때까지 이렇다 저렇다 말없이 잠자코 보던 관우가 갑자기 끼어들었다.

"형님, 기다리십시오."

"왜 그러는가?"

"그런 인간을 구해봤자 어차피 소용없는 일입니다."

"무슨 소린가? 이 사람에게 어떤 이득을 얻으려고 구해주는 게 아니네. 다만 천자의 어명을 경외할 뿐이지."

"잘 압니다. 그런 마음이 대체 어디로 통한단 말입니까? 이전에는 신명을 걸고 큰 공을 세웠으나 고작 한 현의 위에 올랐을 뿐이고, 또 지금은 독우처럼 부패한 중앙 관리에게 일생일대의 모욕을 받아, 잠자코 있으면 죄 아닌 죄를 뒤집어쓸 판이 아닙니까?"

"어쩔 수 없네…."

"어쩔 수 없는 게 아닙니다. 이런 부정은 걷어차버려야 합니다. 요즘에 저도 곰곰이 생각한 게 있는데, 예부터 탱자나무와 가시덤불은 봉황새가 살 만한 곳이 아니라고 했습니다. 탱자나무나 가시덤불 같은 가시나무 속에서 훌륭한 새는 자연히 머물 수 없다는 뜻이지요. 우리는 머물 곳을 잘못짚었습니다. 일단 물러나서 다른 원대한 계획을 다시 도모하는 게 좋지 않겠습니까?"

관우에게는 종종 배울 점이 많았다. 역시 학문에서는 일일지장(一日之長, 하루 먼저 세상에 태어났다는 뜻으로, 나이가 조금 위임을 이르는 말 – 옮긴이)이었다.

현덕은 언제나 들어야 할 말은 잘 따르는 사람이었으므로 이번에도 관우가 하는 말을 잠자코 듣다가 크게 고개를 주억거렸다.

"그렇다…. 좋은 말을 해주었네. 우리가 머물 곳을 잘못 택했네그려."

가슴에 찬 현위 인수를 풀고는 독위에게 말했다.

"경은 백성을 좀먹는 도적 같은 관리니 지금 그 목을 베어 이곳에 걸면 간단한 일이나, 부끄러운 줄도 모르고 내지르는 비명을 들으면 짐승에게도 연민이 생기느니 불쌍한 개나 고양이라 생각하고 살려주겠다. 이 인수는 경에게 맡기겠다. 난 지금 관직을 버리고 떠나니 중앙에 그 뜻을 잘 전하라."

그러고 나서 장비와 관우를 돌아보았다.

"자, 가자."

세 사람은 바람처럼 그곳을 떠났다.

버드나무 이파리가 하롱하롱 떨어진 땅바닥에서 독우는 아직 괴로운 듯이 신음했으나, 눈앞에 벌어진 광경에 질려 현덕 일행의 모습이 멀어질 때까지 가까이 다가와 부축해주는 이도 없었다.

악남의 가인

1

쏜살같이 달린 현덕 일행은 일단 사택으로 돌아가 사적인 서찰이나 불필요한 문서들을 모조리 태우고 그날 밤 이 지역을 떠날 채비로 분주했다.

관직을 버리고 초야로 돌아가려 하자 이에 장비도 대찬성 하여 얼마 안 되는 수병과 하인들을 불러놓고 말했다.

"주인께서 이번에 급히 생각하신 바가 있어 현의 위라는 관직을 그만두고 잠시 초야에 내려가 유유자적하시게 되었다. 실은 내가 칙사 독우를 반쯤 죽여놓은 게 원인이다. 그러니 몸을 의탁할 곳이 있는 자는 집으로 돌아가라. 그렇지 않은 자는 설령 병자일지라도 버리고 가지 않겠다. 고락을 함께할 마음으로 주인을 따르라!"

받을 것을 받고 자유롭게 어디론가 사라지는 자도 있었고, 어디까지나 현덕을 따라가겠다며 남는 자도 있었다.

그리하여 밤이 깊어지기만을 기다렸다가 주변의 가재도구

를 나귀와 수레에 싣고 20명 남짓한 일행은 관지인 안희현을 뒤로 한 채 어둠을 틈타 빠져나갔다.

한편, 독우는 어찌 되었을까?

그 후 얼마 지나지 않아 부하가 관아 안으로 부축해 옮겨서 치료했으나, 온몸에 난 상처는 화상을 입은 듯이 아프고 고열이 나서 몇 시간 동안은 그야말로 인사불성이었다.

상처가 겨우 조금 가라앉자 잠꼬대를 하듯 소리 질렀다.

"현위 현덕은 어떻게 되었느냐!"

현덕은 관직의 인수를 풀어 독우 목에 걸고 으름장을 놓은 뒤 어디론가 달려갔는데, 오늘 밤 일족을 데리고 야반도주한 것 같다며 옆에 있던 부하가 고했다.

"뭐라? 도망쳤다고? 그럼 그 장비라는 놈도 같이?"

"그렇습니다."

"네 이놈, 이대로 순순히 도망치게 둘 줄 아느냐. 사, 사신을, 급히 급사를 보내라!"

"도읍으로 말입니까?"

"멍청한 놈! 어느 세월에 도읍으로 사신을 보내겠느냐! 이곳 정주(定州, 하북성 보정과 정정正定의 사이) 태수에게 보낸다!"

"예! 뭐라고 보낼까요?"

"현덕, 늘 백성을 괴롭히다 이번 칙사가 순찰할 때 그 죄상이 발각될까 두려워 도리어 칙사에게 폭력을 휘둘렀으며, 선량한 백성을 선동하여 난을 도모하다 그 사실을 관에게 들키자 어둠을 틈타 일족과 함께 무단으로 관지를 버리고 도망치다. 이렇게 써라."

"예! 알겠습니다."

"잠깐, 그것만으로는 부족하다. 즉시 발이 빠른 병사들을 보내 현덕 무리를 잡아 도읍으로 수송해야 한다고 독촉해야겠다."

"알겠습니다."

파발마는 정주의 부로 날아갔다.

"이런, 큰일이군."

정주 태수는 칙사라는 이름을 두려워했고, 독우가 늘어놓은 궤변에 놀아나 팔방으로 파수군을 보내서 현덕 일행이 도망친 곳을 수색했다.

그러던 며칠 후 보고가 들어왔다.

"누군지 모르겠지만 안희현에서 대주(代州, 산서성 대현代縣) 방면으로 나귀와 수레에 가재를 싣고 열 몇 되는 종을 거느린 무리가 지나갔는데, 그중 나귀에 탄 셋은 떠돌이 무사로 보이며 북쪽으로, 북쪽으로 달려갔다고 합니다."

"현덕일 것이다. 생포하여 도읍으로 보내라."

정주 태수의 명을 받고 즉시 철갑을 두른 병사 약 200이 두 갈래로 나뉘어 현덕 일행을 뒤쫓았다.

2

북쪽으로, 북쪽으로 거마와 함께 도망치는 사람들의 그림자는 분주했다.

몇 번이나 다른 주(州)의 병사들에게 습격당하고 추격군의 계략에 빠지는 등 온갖 고난을 넘어서 마침내 대주 오대산(五臺山) 아래에 이르렀다.

"장비. 네 지휘로 이곳까지 찾아왔는데 정착할 목적지가 있는 게냐? 이미 오대산 기슭인데…."

관우가 말하자 현덕도 속으로 같은 생각을 하였는지 장비에게 물었다.

"대체 앞으로 어디에 정착하려는 생각인가?"

"안심하셔도 좋소."

장비는 자신만만해했다.

"잠시 여러분은 이 근처에서 쉬면서 기다려주시오."

산기슭에 자리 잡은 평화로운 마을에 다다르자 혼자 어디론가 사라졌다가 돌아왔다.

"유 대인이 허락해주셨소. 이제 튼튼한 배에 탄 기분으로 안심하고 가시지요."

"유 대인이란 어디에서 무얼 하는 인물인가?"

"이 토지의 대지주요. 뭐, 큰 향사(鄕土, 시골 선비나 유지 - 옮긴이) 집안이라 보면 될 것이오. 늘 50이나 100명에 달하는 식객을 아무렇지 않게 집에 두고 있으니 우리 20명쯤이야 신세 진다 한들 문제없소. 더구나 이 지방의 인망 높으신 분이니 잠시 몸을 숨기기에는 최적의 장소요."

"그러면 더 바랄 나위가 없다만, 자네와는 어떤 관계인가?"

"유 대인도 지금이야 이런 시골에 숨어 악남(岳南)의 은자를 자처하나, 예전에는 내 옛 주인인 홍가와 혈연도 있고 군량과 군마에 대한 고문 역할을 하며 홍가와 왕래하던 사이요. 그때

나도 홍가의 한 가신으로서 가깝게 지낸 터라 홍가가 무너진 후에도 사실은 내 술값이며 남은 부하들 뒤처리며 단단히 신세를 졌소."

"그렇군. 거기에다가 20명씩이나 식객을 데리고 가서야 유대인도 눈살을 찌푸리시지 않겠는가?"

"그렇지 않소. 떠돌이 무사를 사랑하시는 분인데다 큰형님의 혈통과 우리 의군이 관지를 버리고 떠나온 사연을 자세히 이야기하니, 산전수전을 두루 겪으신 분인지라 깊이 통감하며 2년이든 3년이든 있어도 좋다고 하셨소."

"그런 인물의 집이면 몸을 의탁해도 되겠지."

장비와 주고받은 말에 현덕도 안심하며 장비가 안내하는 대로 따라갔다.

그러자 산기슭에 자리 잡은 성긴 숲 근처에 어마어마한 토담의 일곽(一郭, 하나의 담장으로 둘러친 지역 또는 같은 성질의 것이 모여서 이루어진 구역 – 옮긴이)이 보였다.

"저 집이오. 어떻소? 마치 호족(豪族)의 저택 같지 않소?"

장비가 현덕 일행을 안내하며 마치 자기 집이라도 되는 양 으스댔다.

현덕이 나귀를 멈춰 세워서 보니 그 집에 줄지어 심은 살구나무 가로수 길을 요즘 시골에서는 보기 드문 가인(佳人)이 백마를 타고 지나가는 것이다. 아리따운 여인의 말 뒤에는 동자(童子) 하나가 거문고를 메고 꾸벅꾸벅 졸며 따라갔다.

3

"흠, 어디선가 본 것 같은데….."

현덕은 문득 그런 생각이 들었다.

멀리서 보았으나 묘하게 인상에 남았다. 하기야 살벌한 전쟁
터에서 지내다가 벽지에서 광야를 떠돌다 온 몸이었으니 괜히
저편의 여인이 아름다워 보인 것일지도 몰랐다.

가인은 곧 넓은 토담에 둘러싸인 호화로운 집 안으로 들어갔다.

"저기가 유 대인 집이오."

방금 장비가 알려주었으니 그렇다면 유가의 여식일지도 모
른다며 현덕은 홀로 상상했다.

곧 현덕 일행도 그 문 앞에 도착했다. 일동은 수레를 세우고
나귀에서 내려 먼지투성이인 여장을 가다듬었다.

이곳의 주인은 떠돌이 무사를 사랑하고 항상 많은 식객을 돌
본다고 했다. 어떤 인물일지 현덕과 관우는 만나기 전까지 여
러모로 상상했다.

그러나 장비에게 안내를 받고 남원(南苑) 객사로 들어가 보
니, 세상의 풍운이라고는 전혀 모를 한가로움이 펼쳐져 주인이
무사를 사랑한다기보다는 풍류를 사랑하는 은자가 아닐까 생
각되었다.

이윽고 주인 유회(劉恢)가 나와 인사했다.

"이 집의 주인 유회라 합니다. 잘 오셨습니다. 얘기는 장비 님
께 들었으니 모쪼록 불편해 마시고 1년이든 2년이든 편히 지
내십시오. 다만 시골인지라 대접할 게 변변찮습니다. 넉넉한

건 술뿐이라⋯."

"고맙소. 술만 있으면 몇 년이고 있을 수 있지요."

장비는 벌써 배부른 소리를 해댔다.

"모쪼록 잘 부탁드립니다."

현덕은 정중하게 당분간 머물겠다고 청했고, 관우도 성명과 고향을 밝히며 앞날의 두터운 정을 우러렀다.

유 대인은 과연 대인답게 과묵한 사람이었다. 세 사람이 머물 방으로 이 남원의 객사를 제공하고 하인을 불러 무어라 지시하더니 곧 안쪽으로 사라졌다.

"어떻소? 마음이 놓이지 않소?"

장비는 자기가 세운 공을 뽐내는 듯한 얼굴로 말했다.

"지나치게 마음이 놓일 정도구나."

관우는 웃으며 대꾸했다.

"결점을 드러내지 말도록 해라."

넌지시 장비의 술버릇을 타일렀다.

한 해를 무사히 넘기고 새봄이 찾아왔다.

오대산 아랫마을은 그야말로 평화로웠다. 이곳은 유회가 지방 세력가로서 촌장 역할도 겸하는 탓인지, 포악한 관리도 도적의 폐해도 없었다.

장비와 관우는 오히려 지극히 평화로운 이 생활이 괴로웠다. 술에도 평화에도 싫증이 났다.

그와 달리 현덕은 근래에 굉장히 말수가 없어졌다. 늘 깊은 수심에 잠긴 듯이 보였다.

"형님도 요즘에 드디어 전쟁터가 그리워진 게 아닐까? 풍운

아가 갑자기 기운이 없으니….”

어느 날 관우가 그렇게 말하자 장비는 고개를 저었다.

“아니오. 전쟁터를 그리워하는 게 아니오.”

“그럼 고향의 어머니라도 걱정하시는 건가?”

“그것도 있겠지만, 원인은 다른 쪽에 있소. 그리 짐작하나 일부러 못 본 체하고 있소.”

“흠. 다른 원인이 있는 것인가?”

“그렇소.”

몹시 못마땅하다는 듯이 장비가 말했다. 그 표정을 보자 관우는 문득 어떤 생각이 떠올랐다. 요즘 남원에 배꽃이 피고 밤에는 춘월(春月)이 희미하여 더없이 아름다웠다. 때때로 그 배꽃에 감도는 달보다 아름다운 가인이 보였다. 그러자 어느새 이 객사에서 현덕의 모습이 보이지 않게 된 것이다.

4

장비가 하는 이야기를 듣자 관우에게도 짚이는 구석이 있었다. 관우는 그 이후로 특히 현덕의 모습을 주의 깊게 살폈다.

그러던 며칠 후 밤이었다. 그날 밤은 흐릿한 달빛이 아름다웠다. 오대산의 절반을 부옇게 적신 밤안개가 마치 은가루를 입힌 듯한 으스름을 들판까지 뒤덮었다.

“앗, 어느 틈에….”

그제야 깨달은 관우는 중얼거렸다. 셋이서 식탁에 둘러앉아 있을 때였다. 장비는 여느 때처럼 술을 마셨고 자신도 잔을 들고 상대해주었는데, 현덕은 방에서 나갔는지 그가 비운 자리 위에는 그릇과 술잔만 덩그러니 남아 있었다.

"옳거니."

오늘 밤이야말로 현덕의 행동을 밝혀내야겠다. 관우는 그리 생각하고 장비에게도 말하지 않은 채 급히 방을 나섰다.

그러고는 남원의 하얀 배꽃 사이로 난 샛길을 조심스레 걸으며 두리번거렸다.

이제 안채 정원과 가까워졌다. 주인인 유회가 기거하는 거처나 그 가족들이 머무는 곳의 등불이 정원을 지나 저 멀리까지 보였다.

"어, 여기에서 더 멀리 갔을 리는 없는데…."

관우가 서성이자 그리 멀지 않은 나무 사이를 청초하게 걸어가는 사람이 있었다. 살펴보니 유회 조카딸인 이 집에 사는 묘령(妙齡)의 가인이었다.

"아앗!"

관우는 예감이 적중하자 도리어 으스스한 기분이 들었다. 세상사의 뒷이야기라든가 남의 비밀에는 오히려 고개를 돌리고 관심을 두지 않는 관우였지만, 오늘은 자기도 모르게 살며시 여인의 뒤를 밟았다.

유회 조카딸이라는 가인은 또렷이 달빛 아래에 섰다. 주위에는 나무 그늘도 집 그늘도 없어서, 넓은 잔디 위에 밤안개가 보석을 뿌린 듯이 반짝일 뿐이었다.

그러자 배꽃이 흐드러지게 핀 샛길에서 또 한 사람의 그림자가 홀연히 나타났다. 꽃 속에 숨어 있던 젊은 사내였다.

"아아, 현덕 님."

"부용 낭자."

두 사람은 얼굴을 마주하고는 환한 미소를 주고받았다. 부용의 치아는 유난히 아름다웠다.

"무사히 나왔군요."

서로 가까이 다가가자 현덕이 말했다.

"예…."

부용은 부끄러운 듯 고개를 숙였다.

그러더니 배나무 밭을 향해 등을 돌리고 두 사람은 나란히 걸었다.

"유 대인께서는 그리 보이셔도 엄격하신 분이세요. 객이나 호걸께는 친절한 온정을 보이시지만, 집안사람들에게는 무섭고 엄하시지요. 그러니…, 이렇게 정원에 나올 때도 고심하며 온답니다."

"그렇겠지요. 아무래도 우리 같은 식객이 늘 몇십 명이나 머문다고 하니까요. 저 역시 관우와 장비라는 두 아우가 같은 방에서 눈에 불을 켜고 있으니 두 사람 몰래 나오기란 좀처럼 쉽지 않습니다."

"어째서일까요?"

"무엇이 말입니까?"

"그렇게 서로 고심하면서도, 밤이 되면 어떻게든 이곳에 나오고 싶어지는 건…."

"저도 마찬가지입니다. 제 마음을 알 수 없습니다."

"아름다운 달이네요."

"여름이나 가을의 또렷한 달보다 이 무렵이 더 아름답지요. 마치 꿈을 꾸는 듯해서…."

배꽃과 배꽃 사이로 난 길을 거닐며 두 사람은 시간 가는 줄을 몰랐다. 꿈만 같다고 생각하면서도 애써 그 꿈을 좇는 듯한 모습이었다.

5

이 집 규방에서 귀하게 자란 가인과 현덕이 어느새 춘야(春夜)의 밀회를 즐기는 사이가 되어 있는 걸 목격하자 관우는 놀랍고 당혹스러웠다.

"아, 평화가 영웅의 뜻을 잠식하는구나."

관우는 한탄했다.

차마 못 볼 광경을 본 것처럼 관우는 서둘러 후원에서 돌아왔다. 객사의 식탁이 놓인 방을 들여다보니 아직도 장비가 홀로 술을 홀짝였다.

"어이."

"여어, 어디 가셨었소?"

"아직인가?"

"마시는 것 외에 별달리 할 게 없잖소? 아무리 비육지탄(髀肉之嘆, 공을 세울 기회가 없음을 한탄함 – 옮긴이)이라 한들 이로운 때가 오지 않아 풍운을 부르지 못하니, 교룡도 연못에 잠겨 있을 수밖에…. 어떻소, 형님도 술의 연못에 잠겨보지 않겠소?"

"한 잔 받지. 그렇지 않아도 지금 술이 번쩍 깼던 참이다."

"무슨 일이오?"

"장비…."

"예."

"나는 너처럼 현재의 세태와 때가 오지 않음을 공연히 비관하지는 않다만, 오늘 밤은 참으로 실망하고 말았다. 초야에 숨어 연못 아래 잠겨 있어도 언젠가 교룡은 풍운을 잡을 것이라 믿었거늘…."

"대단히 실망하셨나 보오."

"한 잔 더 따르게."

"오늘따라 별일이오."

"마시고 얘기하마."

"뭔데 그러오?"

"사실 지금, 나는 다른 사람의 비밀을 엿보고 말았다."

"비밀을?"

"그러니까, 얼마 전부터 네가 수수께끼 같은 말을 하는지라 오늘 밤 형님이 나간 이후 몰래 뒤따라가 보았다. 그랬더니…, 아아, 차마 말을 못 하겠구나. 그렇게 유약한 인물이리라고는 생각지 않았는데…."

"대관절 무얼 본 것이오?"

"도대체 이런 일이 있을 수 있는가. 이 집 규방에서 지내는 부용 낭자라는 가인과 밀회를 즐기더구나. 두 사람은 어느새 연정에 빠진 것이다. 우리 의군의 맹주라는 자가 여인 하나에 마음을 빼앗겨서야 무엇을 할 수 있단 말이냐."

"그 얘기요?"

"이미 알았느냐?"

"어렴풋이는."

"어째서 내게 고하지 않았느냐?"

"이미 엎질러진 물인데 어쩔 도리가 없잖소."

장비도 씁쓸한 얼굴로 중얼거렸다. 그 얼굴을 한 손에 괴고 한 손으로 술을 따르며 말했다.

"영웅호걸도 지극히 평화로운 온상에 오래 놔두면 곰팡이가 피어 저런 꼴이 되는 거요."

"뜻을 이루지 못해 맺힌 울분을 그런 쪽으로 풀기 시작하면 사람도 끝이다. 저 여인도 여인 나름이지. 유회의 딸도 아니고 대체 무슨 짓인가?"

"그 말을 들으니 면목이 없소."

"어째서 네가 면목이 없느냐?"

"실은… 저 부용 아가씨는 내 옛 주인인 홍가의 따님이오. 유 대인께서도 그 집안과 깊은 인연이 있는지라, 내가 홍가가 몰락한 이후 부용 아가씨를 이 집으로 데리고 와서 숨겨달라고 부탁한 장본인이오."

"뭐? 그럼 네 옛 주인의 여식이란 말이냐?"

"우리가 의를 맺기 수년 전 이야기지만, 부용 아가씨와 큰형님은 황건적에 쫓겨 목숨이 위태로웠을 때 우연히 어느 지방 고탑 아래에서 만난 적이 있어 일찍부터 서로 알던 사이요."

"뭐라? 그렇게 오래된 사이란 말인가…."

관우가 어안이 벙벙한 얼굴을 할 때 문밖에서 누군가 다가오는 발소리가 들렸다.

6

주인 유회였다.

"들어가도 괜찮습니까?"

유회는 방 안의 모습을 살피더니 두 사람의 승낙을 받은 후에야 들어왔다.

"난처한 일이 생겼습니다. 며칠 내로 낙양 순찰사와 정주 태수가 이 지방을 순회하러 오는데, 내 집이 그들의 숙사로 정해졌습니다. 그대들이 숨어 있는 사실이 발각되는 건 시간문제입니다. 잠시 은신처를 다른 곳으로 옮기지 않으면 위험할 것 같습니다."

집주인이 이리 의논하는 것이다.

때맞춰 벌어진 일이다.

관우와 장비도 일순간 어찌할 바를 몰랐으나 오히려 하늘이 자신들의 나태함을 훈계하는 거라 생각했다.

"아닙니다. 이 집에 머문 지도 꽤 오래되었습니다. 그런 일이 없더라도 이쯤에서 전환기가 필요했던 참입니다. 조만간 저희 세 사람이 상의한 후 답변을 드리겠습니다."

"미안합니다. 혹시 머물 곳이 마땅치 않으면 내가 신뢰하는 사람 중에서 안심하고 지낼 만한 집을 소개하겠습니다."

유회는 그렇게 말하고는 돌아갔다.

잠시 후 두 사람은 얼굴을 마주 보며 말했다.

"형님과 부용 낭자의 사이를 주인도 눈치채고 안 되겠다 싶어 저런 구실을 만들어낸 게 아닐까?"

"글쎄, 그런지도 모르오."

"허나 좋은 기회다."

"그렇소. 큰형님을 위해선 지극히 잘된 일이오."

다음 날 아침, 두 사람은 곧바로 현덕에게 여차여차한 일이 생겼다는 유회의 뜻을 전하고 선후책을 도모했다.

그러자 현덕은 순간 깜짝 놀란 얼굴을 했으나 이내 아래로 숙인 고개를 들었다.

"떠나세. 은인인 유 대인에게 폐를 끼칠 수도 없고 나도 언제까지나 한가로이 머무를 생각은 없었네."

그렇게 말하는 현덕의 얼굴은 지금의 모습을 깊이 반성하는 듯이 보였다.

그러자 관우는 결심한 듯 이렇게 물었다.

"이별하기 아쉽지 않겠습니까, 이 집 규방의 가인과…."

현덕은 미소 지으면서도 부끄럽다는 듯한 표정을 지었다.

"아니네. 연정은 길가에 핀 꽃일 뿐."

"역시."

그 한마디에 관우도 쓸데없는 근심을 했다고 털어놓으며 찌푸린 얼굴을 활짝 폈다.

"그런 마음이시라면 안심입니다. 사실 우리의 맹주이자 대망을 품은 영웅호걸께서 여인 하나 때문에 장대한 뜻을 잊다니,

지극히 안타까울 뿐이라며 장비와 몰래 걱정하였습니다. 그럼 형님은 어디까지나 부용 낭자에게 진심으로 연정을 품은 게 아니셨군요."

"그렇지는 않네."

현덕은 솔직히 이야기했다.

"연정을 속삭이던 때, 부끄럽지만 진심이었네. 여인을 속이지 않았고 나 자신도 속이지 않았네. 오직 연정이 있었을 뿐이지."

"예…?"

"그러나 두 아우여. 안심하게. 오직 그것만이 전부가 아닐세. 연정의 속삭임도 한순간일 뿐…. 어느새 정신이 번쩍 들었네. 중산정왕의 후예 유현덕이라는 사람으로 돌아왔네. 가난한 마을의 시골 사람이 세상에 나와 의군의 깃발을 휘날린 지도 벌써 2~3년. 전쟁터에서 시체가 되지 않았을까, 낙양의 거리에서 헤매지 않을까, 고향에는 지금도 자식을 걱정하며 기다리는 노모가 계시네. 어떻게 큰 뜻을 잊으리…. 두 사람도 그 점은 안심해도 좋네. 이 유현덕을 믿어주게."

고향

1

이튿날이었다. 현덕을 포함한 세 사람은 즉시 오대산 기슭의 땅, 유회 저택에서 잠시 떠나기로 했다.

작별을 앞두고 주인 유회는 영락한 신세의 호걸들을 위해 작은 송별연을 열었다.

"다시 기회를 보아 이 땅으로 꼭 돌아와 주십시오. 부리던 20명의 병사와 종들은 그때까지 이 집에서 책임지겠습니다. 다음에 만나뵐 때야말로 재기를 위한 준비를 단단히 하고 오시길 바랍니다. 황건의 난은 잠잠해졌어도 낙양의 왕부 자체가 자멸할 조짐이 보입니다. 부디 자중자애(自重自愛, 말이나 행동, 몸가짐 따위를 삼가 신중하게 함 – 옮긴이)하여 이 나라를 위해 힘써주십시오."

"고맙습니다."

네 사람은 일어나 건배했다.

유회가 말한 대로 이곳에 올 때 데리고 온 20명 남짓의 일족은 모두 유가에 맡긴 후 관우, 장비, 현덕은 제각각 흩어져서 당분간 몸을 숨기기로 했다.

유가의 문을 나설 때는 세 사람이 함께 나왔다. 세상의 보는 눈이 있으므로 유회는 배웅하지 않았다. 그런데 집 안 망루에서 세 사람의 모습이 멀어질 때까지 홀로 떠나보내는 미인이 있었다. 말할 것도 없이 부용 낭자였다.

장비는 알고 있었다.

부러 아무 말도 하지 않았다. 현덕도 묵묵히 걸었다.

이미 오대산의 그림자도 저 멀리 희미해진 다음에야 장비가 슬쩍 현덕에게 말을 꺼냈다.

"어제 이야기를 들으니 우리도 형님의 심중을 의심할 생각은 없소. 오히려 대장부의 다정다한(多情多恨, 애틋한 정도 많고 한스러운 일도 많음 – 옮긴이)한 마음을 헤아리는 바요. 내가 술을 사랑하는 마음과 같은 게 아니겠소?"

장비는 술과 연정을 똑같이 보았다.

그러니 아무리 현덕의 마음을 이해한다 한들 아마 현덕의 슬픔과는 아득히 거리가 멀 것이다.

"하지만 형님…."

장비는 현덕의 얼굴을 들여다보고는 말했다.

"호걸이 여색을 멀리해야 한다는 법은 없소. 형님이 한평생 홀로 살 것도 아니고. 진심으로 부용 아가씨가 좋다면 이 장비가 나서서 무슨 짓이라도 하겠소. 내게는 옛 주인의 따님이기도 하고 또 저렇듯 의지할 곳 없는 처지니 도리어 형님에게 일생을 부탁하고 싶을 정도요. 허나 지금은 안 되오. 때가 아니오.

뜻을 이룬 다음으로 미룹시다."

"알겠다."

현덕은 고개를 끄덕였다.

그러고는 갈림길이 나오자 두 사람에게 이렇게 말했다.

"자, 이제부터 혼자 떨어져서 우선 고향 탁현으로 갈 테니 언젠가 다시 이 오대산 아래로 돌아와 만나세."

장비와 관우도 갈림길에서 헤어져 각자 가고자 하는 길을 갈 예정이었으나 잠시도 떨어진 적 없던 세 사람이었기에 쓸쓸한 기분이 들었다.

"다음에 언제 여기서 만날까요?"

"올가을에."

현덕이 말하자 두 사람은 수긍했다.

"그럼 형님은 이제부터 탁현에 계신 어머님께 가실 생각입니까?"

"그래. 건강하신 얼굴만이라도 뵙고 다시 풍운 속으로 돌아올 것이네. 서늘한 8월의 가을에 다시 세 사람이 모여 오대산에 뜬 달을 바라보세."

"그럼…."

"몸조심하게."

"다들 무사하시오."

세 사람은 세 갈래의 길로 떠나며 잠시 떨어져 있게 될 모습들을 뒤돌아보았다.

2

관우와 장비 두 사람과 헤어진 뒤 현덕은 백성의 모습으로 위장하고, 혼자서 고향 탁현 누상촌으로 몰래 돌아갔다.

"아, 뽕나무도 변함이 없구나…."

수년 만에 자기 집 대문 앞까지 온 현덕은 그곳에 서서 가장 먼저 예의 거대한 뽕나무를 그리운 눈빛으로 바라보았다.

덜거덩.

쿵더쿵 덜거덩….

그러자 돗자리를 짜는 자리틀 소리가 집 뒤쪽에서 들렸다. 현덕의 가슴은 빠르게 뛰었다. 근 2~3년 동안 말 위에서 긴 창을 든 채 까맣게 잊고 지냈으나, 어린 시절부터 생계를 잇게 한 돗자리 틀은 여전히 이 고향 집에서 쉼 없이 돌아가고 있었던 것이다.

그 자리틀, 그 베틀을 지금도 한결같이 움직이는 사람은 누굴까?

물을 필요도 없이 현덕 어머니였다. 전쟁터에 나선 아들의 빈자리를 홀로 지키는 늙은 어머니다.

"얼마나 외로우셨을까. 얼마나 불편하셨을까."

집에 들어서기도 전에 이미 현덕의 눈꺼풀은 눈물로 뒤범벅되었다. 생각해보면 수년간 전장을 떠돌고 또 떠돌며, 고향에 계신 어머니께 식비를 보내드릴 틈도 없었다. 편지를 보낸 날도 손에 꼽을 정도였다.

'죄송합니다, 어머니.'

현덕은 먼저 고향 집의 낡은 문을 향해 마음속으로 잘못을 빌고 자리틀 소리가 들리는 뒤뜰로 달려갔다.

아, 그곳에 조용히 돗자리를 짜시는 백발이 성성한 어머니. 현덕은 보자마자 뒤에서 달려갔다.

"어머니!"

현덕은 어머니 발밑에 무릎을 꿇었다.

"어머니, 접니다. 지금 돌아왔습니다."

"…?"

노모는 놀란 표정으로 돗자리를 짜던 손을 멈췄다. 그러더니 아들의 모습을 가만히 쳐다보며 말했다.

"비로구나…."

"오랫동안 제대로 소식도 전하지 않으니 얼마나 답답하셨습니까? 한 진영에 주둔하지 않고 전장을 계속 떠돌아다니며 오로지 전투만 한지라…."

자식의 말을 끊듯이 어머니가 물었다.

"비야…. 그런데 대체 무얼 하러 돌아왔느냐."

"예…."

현덕은 땅에 얼굴을 묻었다.

"아직 뜻을 이루지 못했으니 떳떳하게 어머니를 뵐 시기는 아니오나, 얼마 전부터 관지를 떠나 초야에서 숨어 지내는 탓에 관리들의 눈을 피해 잠깐이라도 무사하신 얼굴을 뵈러 돌아왔습니다."

노모의 눈은 확연히 촉촉해졌다. 머리 위에는 그사이에 배꽃이 내린 것처럼 새하얬다. 눈가는 수척해 보였으며 자리틀에 걸친 손은 지푸라기처럼 거칠었다.

이전과 다름없는 건 자식을 지그시 바라보는 눈에 담긴 크나큰 사랑과 준엄한 강인함이었다. 넘쳐흐를 듯한 눈물을 억누르며 노모는 조용히 말을 이어나갔다.

"비야…."

"예."

"그 이유만으로 너는 이 집으로 돌아왔느냐."

"예? 예에…."

"그 이유만으로."

"어머니…."

매달리려는 현덕의 손을 노모는 지푸라기와 함께 치맛자락에서 뿌리치며 엄한 목소리로 나무라는 듯했다.

"어린아이처럼 그게 무엇이냐. 그러고도 넌 애국의 대장부라할 수 있느냐. 이미 돌아온 건 어쩔 수 없다만 오래 머무르지 않아도 된다. 오늘 하룻밤만 쉬고 바로 떠나거라."

3

예상치도 못하게 어머니의 기색은 언짢아 보였다. 그러한 태도 역시 자신을 격려하기 위해서라며 현덕은 도리어 큰 사랑에 눈물을 흘리고 말았다.

어머니는 그런 자식을 내려다보며 더욱 꾸짖었다.

"네가 고향을 떠난 지 겨우 2년, 3년이 아니더냐. 변변찮은 무기와 훈련도 받지 않은 병사들을 모아 이 넓은 천하의 혼돈

속으로 떠난 네가 고작 3년 남짓 만에 공을 세우고 이름을 떨쳐 돌아오리라고는…, 어미는 그런 꿈만 같은 상상을 하며 기다리지 않았다. 세상일이란 그리 단순하지 않다."

"어머니…. 제 불찰입니다. 어디에 가도 저의 정의는 통하지 않고, 싸워도 싸워도 무엇을 위해 싸우는지…, 요즘 잠시 실의에 빠진 나머지 의문을 품었습니다."

"전쟁에서 이기는 건 강한 호걸이라면 누구나 할 수 있다. 올바른 길을 가로막는 장애물도, 자기 자신을 때때로 엄습하는 약한 마음도 이겨내지 않으면 결국 큰일은 이룰 수 없다."

"그렇습니다."

"잘 알 것이다. 이제 너도 서른에 가까운 사내다. 그쯤은 잘 알 것이야."

"예, 잘 압니다."

"그 정도의 호걸들이 난세를 틈타 일주일군(一州一郡)을 취하는 작은 소망과는 다르다. 바로 한 종실의 후손, 중산정왕의 후예인 네가 만민을 위해 칼을 뽑고 일어난 것이니라."

"예."

"천억 백성의 행복을 떠올려보아라. 여생이 얼마 남지 않은 이 어미 따위가 무엇이라고. 네 마음이 모처럼 분기한 큰 뜻이 어미 하나 때문에 무뎌진다면 어미는 천억의 백성을 위해 목숨을 버려서라도 너를 독려하고 싶구나."

"아, 어머니."

현덕은 깜짝 놀라서 진심으로 그런 결심까지 마다하지 않는 어머니의 소매에 매달렸다.

"잘못했습니다. 이제 사내답지 못한 생각은 하지 않겠습니다. 내일 아침 날이 밝기 전에 이곳을 떠나겠습니다. 부디 하룻밤만 곁에 있게 해주십시오."

"…."

노모도 쓰러지듯 땅에 철퍼덕 주저앉았다. 현덕의 몸을 가볍게 안고 백발을 떨며 속삭였다.

"비야… 이 어미는 말이다, 돌아가신 아버지 역할을 대신하기도 한단다. 지금은 아버지의 음성이요, 꾸짖음이었다. 내일 아침에 이웃 사람들의 눈에 띄지 않도록 어두울 때 떠나거라."

그렇게 말하고 노모는 서둘러 방으로 사라졌다.

어느새 부엌에서 저녁밥을 짓는 연기가 새어 들어왔다. 실의에 빠진 자식을 위해 어머니는 무언가 따뜻한 것이라도 만들어 저녁상에 올리려는 듯했다.

현덕은 그사이에 자리틀로 가서 짜다 만 돗자리를 몇 장 만들었다.

주변이 어둑어둑해졌다. 하얀 샛별은 이미 머리 위에 떠 빛났다.

자리틀에서 일어나 현덕은 홀로 뒤편에 있는 도원을 걸었다. 늦봄이니 복사꽃은 이미 지고, 까만 꽃술만 나뭇가지에 달려 있을 뿐이다.

"아아, 고향은 변함이 없구나…."

현덕은 탄식했다.

복사꽃은 또다시 봄이 되면 꽃을 피워올릴 테지만, 어머니의 백발이 다시 까맣게 돌아올 날은 없다. 봄과 가을은 사람의 인생에서만 짧을 뿐이다. 게다가 자신이 이루려는 뜻은 아득하고 원대하니, 언젠가 어머니께서 진심으로 기뻐하실 날이 올지를 생각하면 괜히 큰 한숨만 나올 뿐이었다.

"비야, 비야."

이미 어두워진 어머니 방에서 저녁 준비가 다 되었다고 부르는 소리가 들렸다. 현덕은 아무런 번뇌도 없던 소년 시절을 떠올리며, 다시 소년으로 돌아간 것처럼 멀리서 큰 소리로 대답하며 달려왔다.

난의 징조

1

때는 중평(中平) 6년, 여름이다.

낙양궁 안에는 영제가 중병에 걸려 몸져누웠다.

"하진(何進)을 불러라."

황제는 병이 위중하다는 걸 알았는지 병상에서 분부했다.

대장군 하진은 그 즉시 입궐했다. 하진은 본래 소와 돼지를
도축하는 백정이었다. 하진의 누이가 낙양에서 보기 드문 미인
이어서 귀인의 몸이 되어 궁에 들어간 후 황제의 혈통을 잉태
하여 변(辯) 황자를 낳았다. 그리고는 황후에 올라 하후(何后)
라 불렸다.

그러니 오라비 하진도 한순간에 요직을 맡아 권력을 쥐게 되
었다.

"안심하십시오. 만약 어떤 일이 생길지라도 이 하진이 있습
니다. 황자가 계십니다."

하진은 병상에 누운 영제를 안심시키고 물러났다.

그런 말에도 황제는 위안이 되지 않은 안색이다.

황제에게는 복잡한 근심이 있었다. 하후 외에도 왕미인(王美
人)이라는 애첩이 있었는데, 그 뱃속에서도 황자 협(協)이 태어
났다.

하후는 그 사실을 알고 질투하여 몰래 짐독(鴆毒, 짐새의 깃에
있는 맹렬한 독 – 옮긴이)을 써서 왕미인을 독살했다. 그러고 나
서 자신의 핏줄이 아닌 협 황자는 영제의 모친인 동태후(董太
后) 손에 맡겨버렸다.

동태후는 협 황자를 지극히 아끼고 사랑했다. 황제 역시 하
후가 낳은 변보다 협에게 애틋함을 느끼고 편애했다.

그러자 십상시의 건석(蹇碩) 등이 종종 황제의 병상으로 슬
쩍 찾아와 속삭였다.

"만일 협 황자를 황태자로 세우고 싶으시다면 먼저 하후 오
라비 하진부터 주살해야 합니다. 하진을 죽이는 것이 후환을
없애는 길입니다."

"으음…."

황제는 창백한 얼굴로 끄덕였다.

자기가 앓는 병은 위중하다. 언제 떠날지 모르는 운명이다.

황제는 결심을 굳힌 듯 일을 서둘렀다.

"지금 바로 입궐하시오!"

별안간 하진 집으로 칙사가 찾아왔다.

하진은 이를 수상히 여겼다.

"흠, 어제 입궐했는데?"

갑자기 황제 병세에 변화가 있었는지 가신을 시켜 알아봤으

난의 징조 269

나 그것도 아니었다. 도리어 십상시 건석 무리가 무언가 일을 꾸민다는 사실을 어렴풋이 알게 되는 계기가 되었다.

"건방진 놈들. 그런 수에 넘어갈 하진이 아니다."

하진은 입궐하지 않는 대신 조당의 대신들을 자기 집으로 초대해 회합의 자리를 마련했다.

"이러한 사실이 있었소. 실로 수상한 음모요. 그렇지 않아도 천하가 모두 십상시 무리를 증오하고 기회만 있으면 그네들의 고기를 씹겠다며 원망하오. 나도 이 기회를 노려 환관 무리를 몰살할 생각인데, 여러분 의견은 어떻소?"

"…."

아무도 함부로 입을 열지 않았다. 단지 놀라서 눈을 휘둥그레 뜨고 있을 뿐이다. 그러자 한쪽 구석에서 살결이 흰 미장부(美丈夫)가 일어나 충언했다.

"더할 나위 없는 명안이십니다. 십상시와 그 무리의 세력은 궁중에서 상상을 초월한다고 들었습니다. 허나 장군, 위세와 실력이 출중해도 자칫 일을 그르치면 스스로 멸적의 화를 초래하게 됩니다."

누군지 보니 그 사람은 전군교위(典軍校尉) 조조였다. 하진의 눈에는 별 볼 일 없는 조무래기 장교에 불과했다.

"닥쳐라! 너 같은 한낱 애송이 무사가 조정의 내사를 알 턱이 있겠느냐! 썩 물렀거라!"

하진은 노한 얼굴로 한마디 꾸짖었다.

그 바람에 좌중의 분위기가 서늘해졌을 때, 마침 영제가 붕어(崩御)했다는 전갈이 날아들었다.

2

하진은 그 소식을 듣자마자 자리로 돌아가 여러 대신 일동을 향해 연설했다.

"방금 중대한 소식이 들어왔소. 아직 공적인 발표는 아니나 그리 알고 들어주시오."

서론을 떼고 엄숙한 어조로 고했다.

"천자, 오랫동안 환후에 계셨으나 오늘 끝내 가덕전(嘉德殿)에서 붕어하셨도다."

"…."

하진이 그렇게 말을 맺자 한동안 회합의 자리에 정적이 흘렀고, 아무도 소리 내는 사람이 없었다.

여러 대신의 얼굴에는 놀란 기색이 역력했다.

어떻게 될 것인가?

예상했던 일이기는 했으나 앞날의 정치적 변동과 일신의 거취에 암담함이 동요하는 걸 감출 수는 없었다.

게다가 때도 때였다.

하진은 십상시를 몰살하겠다며 별러 이 자리를 마련했고, 십상시들은 하진을 주살하기 위해 암암리에 계획을 꾸미는 때였다.

도대체 무슨 징조인가?

사람들이 일순간 망연자실한 듯 암담한 두려움 속에 잠겼다.

아, 한조 400년의 천하도 오늘로서 무너지려는 조짐일까?

이런 예감에 사로잡힌 것도 결코 무리가 아니다.

잠시 묵도하는 동안 사람들은 죽은 영제를 둘러싸고 벌어진 궁정의 한심하기 그지없는 여인들과 권모의 분쟁, 수많은 악정의 폐단을 떠올리며 새삼 깊은 탄식을 자아냈다.

영제는 불행한 황제였다.

아무것도 알지 못했다. 십상시가 보여주는 '가식'만을 믿고 세상의 '진실'은 아무것도 모른 채 눈을 감았다.

십상시 무리에게 영제는 곧 '눈먼 황제'나 마찬가지였다. 꼭 두각시에 지나지 않았다. 옥좌는 그네들이 폭정을 휘두르고 요술을 부리기 위한 단상이자 가림막이었다.

그 악정을 열거하자면 끝이 없지만 우선 근년의 일로는 황건의 난 이후 은상을 받은 장군과 공로자에게 한 짓이다.

"공들의 군공을 아뢰어 각기 막대한 녹봉의 은혜를 받았는데, 이를 주청한 십상시에게 어떤 기별도 전하지 않다니 무례하지 않은가."

뒤에서 몰래 사람을 써서 뇌물을 내놓으라고 암시한 것이다.

두려워하여 곧바로 뇌물을 보낸 자도 있으나 황보숭과 주준 두 장군 등은 '바보 같은 소리'라며 일축했고,

십상시가 번갈아가며 참소하자 황제는 즉시 두 사람의 관직을 박탈한 후 그 대신 조충을 거기장군으로 임명했다.

또한, 장양 외 내관 13명을 열후로 봉하고 사공(司空) 장온(張溫)을 대위(大尉)에 올리니, 기회와 운수에 편승한 자들은 십상시에게 아첨하여 더욱 그네들의 세력을 키웠다.

어쩌다 충언으로 진실을 고한 어진 신하는 모두 하옥되어 참수를 당하거나 독살되었다.

궁궐의 혼란은 그대로 민간에 반영되어 지방에서 또다시 황건적의 잔당과 새로운 모반자가 들고일어났으며 낙양성 아래까지 천하의 위기가 흘러들었다.

이러한 폭동과 풍운이 재발하자 사람의 운명도 파랑에 조롱당하듯 급격히 변했으나, 운이 좋았던 인물은 지난해 이후 불우한 처지에 몰려 대주(代州) 유회의 온정 아래 겨우 몸을 숨긴 유현덕이다.

3

황건적의 난이 잠잠해진 후 얼마 지나지 않아 각지에서 벌떼처럼 일어난 도적 중 어양(漁陽, 하북성) 땅을 어지럽힌 장거(張擧)와 장순(張純)의 모반, 그리고 장사(長沙), 강하(江夏, 호북성 마성현麻城縣 부근) 주변에서 일어난 병비(兵匪)의 난이 가장 거셌다.

"천하는 태평하옵니다. 모두 황제의 위엄에 복종하니 아무 일도 없습니다."

십상시 무리는 입을 모아 언제나 거짓만을 아뢰었다.

한편으로는.

장사로 손견을 보내 난을 평정하도록 했다.

유언(劉焉)을 익주 목으로 봉하고, 유우(劉虞)를 유주에 봉해, 사천(四川)과 어양 방면의 도적을 토벌하도록 했다.

그 무렵이었다.

"때가 왔습니다. 추천장을 가지고 유주 유우를 찾아가십시오. 유우는 오랜 벗으로 그대의 인물 됨됨이를 보면 분명 중요한 자리에 등용할 것입니다."

탁현에서 돌아와 대주 유회 집에서 몸을 의탁하던 현덕은 주인으로부터 추천장을 건네받았다.

현덕은 그 은혜에 감사를 표한 뒤 서둘러 관우와 장비 등 일족을 데리고 유우가 있는 곳으로 떠났다. 유우는 마침 중앙에서 내려온 명령으로 어양에서 일어난 난적을 토벌하러 출전하려던 찰나였기에 몹시 기뻐했다.

"좋소. 그대들을 받아주겠소."

유우는 자기 군대에 편입시켜 전장으로 데리고 갔다.

사천과 어양의 난도 일시의 평정을 보였으므로 그 후 유우는 조정에 표(表)를 올려 현덕이 세운 훈공을 크게 기렸다.

'현덕이란 자는 앞선 황건적 대란 때도 발군의 훈공이 있었습니다.'

동시에 묘당의 공손찬(公孫瓚)도 주청하니 조정에서도 방관하지 않고 조칙을 내려 현덕을 평원현(平原縣, 산동성 평원) 영(令)으로 봉했다.

현덕은 즉시 일족을 이끌고 임지인 평원으로 내려갔다. 가보니 이곳은 땅이 비옥하고 풍요로워 관아의 창고에 돈과 곡식이 가득 쌓여 있었다.

'하늘이 내게 병마를 기르라 하시는구나.'

이에 힘입어 모두 기세충천했다. 현덕과 두 아우도 이곳에서 보상을 받게 된 것인지 일보 전진하기 위한 터를 잡아 무술을 단련하고, 병사들을 가르치고, 준마에게 귀리를 먹이며 평원의 일각에서 때가 오가는 상황을 지켜보았다.

아니나 다를까.

구름이 한 점 지나가면 바람이 한 줄기 일 듯, 전쟁터에서 도적을 소탕하니 화려한 궁궐 안에서는 관복 입은 마귀와 금비녀를 꽂은 잡귀가 날뛰었고, 안팎이 다사한 그때 하룻밤의 흑풍처럼 영제는 붕어한 것이다.

분란은 마침내 분란을 보게 되리라⋯. 한실 400년 말기 형상은 여기서 지붕이 무너지는 소리를 내기 시작했다. 어떻게 흘러가는 말세인가? 영제가 붕어했다는 소식을 듣자 사람들은 창백해지며 발밑이 천 길 낭떠러지로 무너져버린 듯한 얼굴을 했지만, 그 사람들을 보고 평상시 마음의 준비 하나 못 했다고 비웃을 수만은 없는 일이다.

"장군, 잠깐 드릴 말씀이⋯."

회합 자리도 적막이 흘러 기침 소리조차 내는 사람이 없었으나, 그때 누군가 분주하게 달려와 밖에서 모습을 드러냈다.

하진과 내통하는 금문의 무관 반은(潘隱)이었다.

"오, 반은인가? 무슨 일이냐."

하진은 바로 자리를 빠져나와 복도에서 반은이 소곤소곤 속삭이는 이야기를 들었다.

4

반은은 이렇게 말했다.

"십상시 놈들은 여느 때처럼 황제가 붕어하자마자 음모를 꾸 몄습니다. 황제의 죽음을 숨긴 채 장군을 궁으로 불러들여 훗 날의 화근을 없앤 뒤 상을 치르고, 협 황자로 하여금 제위를 잇 게 하려는 계략에 뜻을 하나로 모은 모양입니다. 분명 조금 있 으면 장군에게 입궐하라는 제명을 들고 궁중에서 사신이 찾아 올 것입니다."

"짐승 같은 놈들…. 좋아, 그리 나온다면 내게도 생각이 있다."

하진은 그 말을 듣고 분노하여 회합의 단상으로 돌아와서 반 은의 밀고를 여러 대신과 문무 관리들에게 숨김없이 공표했다.

예상했던 대로 궁궐에서 입궐을 명하는 사신이 찾아와 공손 히 전했다.

"천자께서 지금 호흡이 위태롭소. 머리맡에 공을 불러 한실 의 후사를 맡기시겠다고 말씀하셨소. 서둘러 입궐해야 하오."

"이런 능구렁이 같은 놈!"

하진은 반은에게 명령했다.

"이놈을 제물로 바쳐라!"

여러 대신들 앞에 서서 소리쳤다.

"이제 내 인내심은 바닥났다. 단호히 소신대로 하고 말겠다!"

그러자 앞서 하진에게 충언하다가 호통을 들은 전군교위 조 조가 다시 침묵을 깼다.

"장군, 오늘 기어코 결단을 내리시어 계획을 이루고자 하신다면, 먼저 천자의 자리를 바로잡은 연후에 적들을 치십시오."

하진도 이번에는 입을 다물라고 소리치는 대신 고개를 끄덕였다.

"나를 위해 새 황제를 세우고 궁궐의 역적들을 쳐부술 용자가 있는가?"

번뜩이는 눈으로 좌중을 둘러보자 그때 하진의 말이 떨어지기가 무섭게 이름을 밝히며 일어선 자가 있었다.

"사예교위(司隷校尉) 원소(袁紹)가 있습니다!"

사람들은 일제히 그쪽으로 고개를 돌렸다. 그 인물은 체격이 우람하고 가슴이 쩍 벌어졌으며 양어깨가 위풍당당하여 무예가 뛰어난 용장(勇將)으로 보였다.

한의 사도(司徒) 원안(袁安)의 손자이자 원봉(袁逢)의 아들 원소였다. 원소의 자는 본초(本初), 여남(汝南) 여양(汝陽, 하남성 회하淮河 상류의 북안) 명문가 출신으로 문하에서 많은 관리와 무사를 배출했으며 원소도 현재는 한실의 사예교위라는 직위에 올랐다.

원소는 의기양양하게 말했다.

"바라건대, 제게 정병(精兵) 5000을 주십시오. 즉시 금문에 들어가 새 황제를 추대한 후 오랫동안 궁궐에서 서식한 내관 놈들을 모조리 쓸어내겠습니다."

"가거라!"

하진은 기뻐하며 호령했다.

이 한마디에 낙양의 궁궐은 일변하여 하늘은 전운이 감돌고 땅은 아수라장으로 변했다.

원소는 즉시 몸에 철갑을 두르고 어림(御林) 근위병 5000을 거느리고 대궐까지 시원하게 밀고 들어갔다. 궁궐의 여덟 문과 시중을 지키는 문을 하나도 빠짐없이 굳게 걸고 계엄령을 선포한 후 아군 외에는 아무도 출입하지 못하도록 엄명했다.

그 사이에.

하진도 대장군에 걸맞은 무장으로 하옹(何顒), 순유(荀攸), 정태(鄭泰) 등의 무리와 대신 36명을 이끌고 꾸역꾸역 궐문으로 들어가, 영제의 관 앞에서 하진이 지지하는 변 태자를 세우고 새 황제의 즉위를 선언한 후 선창을 떼어 백관들에게 만세를 부르게 하고 말았다.

칼이 춤추고 목이 날다

1

"새 황제 폐하 만세!"

백관의 배례가 끝나고 만세를 부르는 소리가 상중인 궁궐 뜰을 뒤흔들자 어림군(근위병)을 지휘하던 원소는 칼을 뽑아 선언했다.

"다음은 역모 주모자 건석을 제물로 삼을 차례다!"

직접 궁중을 이 잡듯이 수색하여 건석을 발견하자 어디까지고 뒤쫓았다.

"네 이놈!"

건석은 공포에 질려 도망 다녔으나, 어원(御苑) 화단 그늘 속에 숨어 있다가 누군가의 창에 엉덩이를 찔려 죽었다.

건석을 찌른 사람은 같은 패거리인 십상시 곽승(郭勝)이라는 말도 있고 그곳까지 난입한 병사라는 말도 있으나, 어느 쪽이든 간에 누가 죽였는지조차 모를 정도로 궁궐 안팎은 큰 혼란에 빠졌고 사람들은 눈에 핏발을 세우며 흥분했던 것이다.

원소는 더욱 분발하여, 하진 앞으로 가서 진언했다.

"장군, 어째서 조용히 이 혼란을 지켜보고만 계십니까? 때는 바로 지금입니다. 궁정의 암 덩어리이자 사직의 좀도둑인 십상시 무리를 남김없이 죽여야 합니다. 이 기회를 놓치면 언젠가 후회할 날이 반드시 올 것입니다."

"음…. 으음."

하진은 고개를 주억거렸다.

안색은 창백하여 평상시에 보이던 혈기가 없어 보였다. 본디 소심한 하진이 잠시 분노가 끓어올라 이런 대사를 벌였으나, 순식간에 금문 안팎이 통째로 아수라 지옥으로 변하고, 자신을 죽이려 한 건석도 살해당했다는 소식을 접하자 그 노기도 가라앉은 것이다. 오히려 자기가 놓은 불꽃이 일파만파 번지는 광경을 보고 기겁하여 몸서리치는 중이다.

"어이쿠, 야단났군."

그사이에.

장양을 필두로 다른 십상시 무리는 바들바들 떨면서 내궁(예전에, 황후나 왕후가 거처하던 궁전을 이르던 말 - 옮긴이)으로 도망쳤고, 궁여지책 끝에 하후의 치맛자락 앞에서 무릎을 꿇고 절을 연신 올리며 연민을 호소했다.

"알았다, 알았으니 안심하시게."

하후는 곧 오라비를 불렀다.

그러고 나서 하진을 타일렀다.

"우리 남매가 비천한 신분에서 오늘 같은 부귀를 누리게 된 것도 그 시작은 십상시 내관들의 추천에서 비롯한 게 아니겠습니까?”

하진은 누이에게 그 말을 듣자 과거에 소를 잡고 살던 시절의 가난했던 모습을 떠올렸다.

“뭐, 날 죽이려 계획한 건석 놈만 주살하면 충분하겠지.”

내궁을 나오자 하진은 우왕좌왕하는 아군과 궁궐 신하들을 진정시켰다.

“건석은 이미 주살했다. 그자는 날 해치려 했으니 죽인 것이다. 나를 해치려는 뜻이 없는 자는 나 또한 해치지 않을 터이니 안심하고 진정하라!”

“장군, 무슨 어리석은 말씀이십니까!”

하진의 말을 듣자 원소는 붉은 피가 묻은 칼을 든 채 앞으로 다가와 경솔함을 탓했다.

“대사를 일으키면서 그런 미적지근한 선언을 장군 입으로 직접 꺼내시면 곤란합니다. 지금 궁궐의 암 덩어리를 제거하고 뿌리를 잘라버리지 않으면 후일 분명히 후회하실 겁니다.”

“아니다, 그런 말 마라. 궐문의 불길이 온 낙양의 불길로 번지고, 낙양의 불길이 천하를 불난 벌판으로 만들어버리면 돌이킬 수 없지 않으냐.”

하진의 우유부단함은 결국 원소의 말을 받아들이지 않았다.

2

잠시 궁궐에서 벌어진 전란은 진정된 듯 보였다.

그 후.

"이제 방해꾼은 동태후다."

하후와 하진의 일족은 악계를 꾸며 태후를 하간(河間, 하북성 하간현)이라는 벽촌으로 보내버렸다.

죽은 영제의 모후인 동태후도 이제는 하진 세력을 거스를 힘이 없었다. 전 황제의 애첩 왕미인이 낳은 협 황자를 지극히 아낀 나머지 하후와 하진 등의 미움을 샀기에 어쩔 수 없는 운명의 가마에 올라 눈물에 젖은 채 도읍에서 멀리 떨어진 지방으로 보내졌다.

그럼에도 불안했는지 하진 세력은 몰래 자객을 보내 동태후를 죽였다.

얼마 지나지 않아 동태후는 관 속의 싸늘한 시체가 되어 다시 낙양의 궁궐 땅을 밟았다.

도읍에서는 국장(國葬)을 거행했다.

하진은,

'병중'이라는 핑계로 궁궐과 궁 밖에 얼굴을 내밀지 않았다.

하진은 욱하는 성질이 있었다.

게다가 소심했다.

자신과 집안의 영예를 위해서라면 나쁜 짓도 서슴지 않았다. 반면 소심한 성격이 발동하여 다시금 세상을 어려워하며 자책했다.

말하자면 하진은 미천한 몸으로 신하들 위에 군림했으나 대단한 야심가도 되지 못하고 진정한 악한도 되지 못한 채, 위계와 관복이 지나치게 버거워 좌고우면(左顧右眄, 이쪽저쪽을 돌아본다는 뜻으로, 앞뒤를 재고 망설임을 이르는 말 – 옮긴이)하며 끙끙 앓는 시시한 인물이다.

조개가 사람 발소리에 놀라 입을 꾹 다물듯이, 하진이 집 밖으로 나오지 않자 어느 날 원소는 하진 집으로 직접 문안을 갔다.

"장군, 무슨 일이십니까?"

"아무 일 없다."

"기력이 없으신 것 아닙니까?"

"그렇지 않네."

"들으셨습니까?"

"무엇을?"

"동태후의 목숨을 끊은 자가 하진 장군이라며, 그 환관 놈들이 유언비어를 마구 퍼뜨립니다."

"흠…."

"그러니 제가 말씀드리지 않았습니까? 지금이라도 늦지 않았습니다. 그놈들은 어디까지나 암 덩어리입니다. 뿌리를 도려내지 않으면 아무리 따끔한 맛을 본들 금세 싹 피우고 뿌리를 뻗어 제멋대로 기승을 부릴 테고, 또 간사한 음모를 꾸며대어 손쓸 수 없게 될 것입니다."

"으음…."

"결단을 내리십시오."

"생각해보겠네."

미적지근한 표정이었다.

원소는 혀를 끌끌 차며 돌아갔다.

한편, 하진이 부리는 노복 중에 환관들이 보낸 첩자가 끼어 있었다.

"원소가 와서 이러쿵저러쿵…."

환관들에게 곧장 밀고했다.

"또 큰일이 벌어지겠군."

첩보를 전해 들은 환관들은 당황했다.

허나 위험해지면 불을 끌 수 있는 편리한 도구가 있었다. 바로 하진의 누이 하후에게 매달려 읍소하는 것이다.

"알았네."

하후는 십상시들에게 조종당하는 주렴 안의 인형이었으나 오라비에게는 나름 권위가 있었다.

"하진 장군을 들라 하게."

또 시작되었다.

"오라버니, 오라버니께서는 설마 못된 부하의 꾐에 넘어가 이 평화로운 궁중을 다시 어지럽히시려는 건 아니겠지요? 궁중 내무를 환관들이 돌보는 건 한실의 전통인데 그걸 시샘하여 죽인다면 종묘에 무례한 일이 아닙니까."

"난 전혀 그럴 생각이 없는데…."

하후가 똑똑히 못을 박자 하진은 모호하게 대답하고 자리에서 물러났다.

3

"장군, 어떻게 됐습니까?"

궐문을 나오자 하진의 가마 뒤에서 기다리던 무장이 입궐한 결과를 조용히 물었다.

"아…, 원소인가."

"하태후께서 부르셨다는 말을 듣고 걱정하던 참이었습니다. 무언가 환관 문제로 은밀한 이야기라도 나누셨습니까?"

"음…, 그렇긴 한데…."

"결심을 말씀드리셨습니까?"

"아니, 내가 말하기도 전에 태후께서 환관들에게 연민을 품어 중재하시는 바람에…."

"안 됩니다."

원소는 단호히 말을 잘랐다.

"그게 장군 약점입니다. 환관 놈들은 장군을 함정에 빠뜨리려 갖은 음모를 꾸미고 악선전을 뿌린 다음 비밀이 탄로 나면 태후의 치맛자락과 소매에 매달려 읍소를 일삼습니다. 마음이 여리신 태후와 태후가 하는 말씀에 거역하지 않는 장군의 약점을 그놈들이 꿰뚫어 보고 벌이는 짓입니다."

"과연…."

그 말을 들으니 하진도 짚이는 구석이 있었다.

"지금입니다. 바로 지금 해야 합니다. 오늘 외에 다른 날이 있겠습니까? 사방에 있는 영웅들에게 격문을 띄워 그로써 만대의 대계를 단번에 결판내셔야 합니다."

원소가 토해내는 열변에 하진의 마음도 덩달아 움직였다. 과연 옳은 말이리라….

"좋다. 하자! 사실 나도 그 정도쯤은 생각하였다."

어느새 하진은 이렇게 말했다.

두 사람이 나누는 밀담을 가마가 놓인 나무 그늘 근처에서 듣는 자가 있었다. 전군교위 조조였다.

조조는 혼자 코웃음을 쳤다.

"바보 같은 선동을 하는 놈이 있기는 있군. 암 덩어리는 몸 전체에 생기는 게 아니다. 하나의 원흉을 뿌리 뽑으면 된다. 환관 우두머리를 골라내 옥에 처넣으면 형리(刑吏) 손만으로 일은 수습될 터인데…. 사방에 있는 영웅들에게 격문을 보내기라도 하면 한실에서 벌어지는 문란을 각 주의 야심가들까지 알게 되고, 패권을 다투는 싸움의 분맥(分脈)은 제국의 영웅들과 복잡한 상황으로 얽혀 천하는 즉시 큰 혼란에 빠지리라."

조조는 하진의 가마에 달라붙어 걸으며 또 혼잣말했다.

"실패로 끝날 것이다. 자, 앞날에 어떤 풍운이 몰아칠까…."

그러나 조조는 이제 자기 생각을 하진에게 직언하지 않았다. 그런 점에서 조조는 원소처럼 우직한 열변가도 아니었으며 하진처럼 소심한 인물과도 달랐다.

조조는 지금 천하에 야심가가 넘쳐난다고 중얼거렸지만, 조조도 그중 한 사람이 아닐까? 흰 피부에 빼어난 눈썹, 붉은 입술을 다문 채 잠자코 하진을 호위하나, 아무래도 그 가마 안에 탄 상관보다 전군의 일개 장수인 조조가 더욱 깊이 있고, 더욱 속이 검으며, 그릇이 큰 범상치 않은 인물로 보였다.

한편, 서량(西涼, 감숙성甘肅省 난주蘭州) 땅에 있는 동탁은 황건적을 토벌하던 당시에 사령관으로서의 태도가 몹시 불명예스럽다고 하여 조정에서 죄를 물으려 했으나, 내관 십상시 일파를 교묘히 매수해 불문에 부쳤을 뿐 아니라 오히려 높은 벼슬을 차지해 지금은 서량 자사(刺史)로 20만 병력을 거느린 인물이 되었다.

"낙양에서 왔습니다."

그런 동탁 손에 어느 날 격문 한 통이 밀사를 통해 전해졌다.

4

낙양에 있는 하진은 그날 이후 각 주의 영웅들에게 격문을 띄워 다음과 같은 뜻을 전했다.

천하의 부(府), 추묘(樞廟)의 폐단이 현재 극에 달했다. 마땅히 공명의 깃발을 한데 모아 공명정대의 운회(雲會)를 이루고, 이로써 밝은 해와 달 아래에서 만대의 혁정(革政)을 제공과 함께 바로잡고자 한다.

그 반향이 어떤지 기다리던 차에 제국에서 잇따라

'상경하여 참가하겠음.'

'병사를 내어 원조하겠음.'

등의 내용이 적힌 답문을 들고 사신들이 파발마로 찾아와 밤낮으로 하진 집 대문을 두드렸다.

"서량의 동탁도 병사들을 끌고 찾아온다고 합니다만…"

어사(御史) 정태라는 자가 하진에게 와서 말했다.

"동탁에게도 격문을 보내셨습니까?"

"음…. 그렇다."

"그자는 승냥이나 이리 같은 사내라고 사람들이 자주 말합니다. 도읍에 이리를 들여놓으면 사람을 물지는 않을는지요?"

"나도 같은 생각이오."

정태가 염려하자 방의 한쪽에서 참모들과 일대의 지도를 펼쳐놓았던 한 노장(老將)이 하진 쪽으로 발걸음을 옮기며 동조했다.

누군가 하니 중랑장 노식이다.

노식은 황건적 토벌 전장에서 무고하게 함거에 실려 도읍으로 끌려와 한때 군 회의에서 죄를 선고받았으나, 후에 노식을 함정에 빠뜨린 좌풍이 실각하면서 죄를 면하고 다시 중랑장으로 복귀했다.

"아마 동탁은 격문을 보고 때가 왔다며 기뻐했을 것이오. 정치와 조정을 바로잡을 생각에 기뻐하는 게 아니라, 혼란을 틈타 야망을 펼칠 때가 왔기 때문이오. 나도 동탁의 인물됨을 잘 아는데 만일 그자를 궁궐에 들인다면 어떤 재앙이 불어닥칠지 모르오."

노식은 일부러 정태 쪽을 향해 이야기했다. 넌지시 하진에게 충고한 셈이다. 그러면 무엇하는가. 하진은 그 말을 듣지 않았다.

"장군처럼 의심을 품으면 천하 영웅을 다스릴 수 없소."

"그렇지만…."

정태가 더욱 쓴소리를 하려고 하자 하진은 기분이 상했다.

"그대들은 함께 대사를 도모하기엔 한참 부족하군."

"그렇습니까…."

정태와 노식도 그 말을 가슴에 담아두고 물러났다. 두 사람은 물론 생각 있는 조신들은 이 일을 전해 듣자 슬슬 하진이란 인물에게 가망이 없음을 깨닫고 그 곁을 떠나버렸다.

"동탁 장군의 병마가 벌써 민지(澠池, 하남성 낙양의 서쪽)까지 와 있습니다."

하진은 부하에게 보고를 받고 여러 번 사자를 보냈다.

"어째서 이렇게 오지 않는 것인가? 나가서 맞이하라."

동탁은 뭉그적거릴 뿐이다.

"먼 길을 왔으니 병마도 좀 쉬게 한 연후에…."

또는 군비를 정비한다는 둥 몇 번이나 재촉해도 좀처럼 움직이지 않았다. 하진의 재촉을 마이동풍(馬耳東風)으로 흘려듣고 승냥이와 이리의 눈을 번뜩이며 호시탐탐 낙양 분위기를 엿보는 중이었다.

5

한편, 궁궐 내 십상시도 하진이 제국으로 격문을 띄웠으며, 격문에 응하여 동탁 등이 민지 부근까지 와서 주둔한다는 사실을 모를 리 없었다.

"그렇다면."

환관들은 당황하면서도 대책을 궁리하느라 분주했다. 결국, 장양의 무리는 몰래 수를 써서 칼과 도끼, 철궁을 지닌 금문의 병사들을 가덕전과 장락궁(長樂宮) 내문까지 빽빽이 잠복시킨 후 하태후를 어루꾀어 하진을 불러들이라는 친서를 쓰게 했다.

궐문을 나온 사신은 여느 때처럼 아름다운 가마와 금빛 안장을 빛내며 태연한 얼굴로 하진 집으로 친서를 가져갔다.

"안 됩니다."

하진 측근들은 한눈에 십상시가 파놓은 함정임을 꿰뚫어 보고는 충고했다.

"아무리 태후가 보낸 친서라 할지라도 요즘 같은 때는 믿을 수 없습니다. 위험합니다. 한 발자국도 문밖을 나서지 않는 게 현명합니다."

이런 말을 들으면 반발하여 자신에게 없는 기량을 보여주고 싶은 게 하진의 병이라면 병이었다.

"무슨 소리! 나는 궁중의 병폐를 바로잡고 정권의 공명정대를 기하며 나아가 천하를 따르려는 사람이다. 감히 십상시 무리가 내게 무슨 짓을 하겠느냐. 그런 조정의 쥐새끼를 두려워하여 하진이 문을 걸어 잠갔다는 소문이라도 퍼지면 천하 영웅들이 도리어 나를 우습게 보지 않겠느냐."

이상하게 그날따라 완강했다.

즉시 수레와 말을 준비하라 명하고 그 대신 철갑으로 무장한 정병 500에게 겹겹이 호위하도록 하여 궁으로 향했다.

"병마는 금문을 통과할 수 없다. 문밖에서 대기하라."

아니나 다를까 청쇄문(靑鎖門)까지 오니 저지당하여 하진은 하인 몇몇만을 데리고 들어갔다. 그럼에도 하진은 거드름을 피우며 가슴을 젖히고 위풍당당하게 걸었다.

"백정 놈, 게 서라!"

가덕전 부근까지 오자 어디선가 고함이 들리더니, 앗! 하고 주춤하는 사이에 전후좌우로 십상시 일당이 풀어놓은 군사들에게 둘러싸였다.

"하진! 네놈은 본래 낙양 뒷골목에서 돼지를 잡아 근근이 먹고 살던 미천한 신분이 아니었더냐. 그 몸을 오늘의 영예로운 지위까지 올려준 게 애초에 누구의 은혜라 생각하느냐. 우리가 음으로 양으로 네 누이를 천자에게 권하고 네놈까지 천거한 덕분이거늘. 이 배은망덕한 놈!"

앞으로 뛰쳐나온 장양이 면전에서 꾸짖었다.

"아뿔싸!"

그제야 하진은 얼굴이 창백해져 입 밖으로 탄식이 튀어나왔으나 이미 때는 늦었다. 사방의 문이란 문은 모두 닫혔고 도망치려 해도 칼과 도끼, 철창이 포위하여 빠져나갈 구멍이 없었다.

"으악, 와악!"

하진은 절규했다. 하늘로라도 날아오르고 싶었는지 뛰어올라 몸을 세 번 정도 뱅글뱅글 돌렸다.

"이놈. 이제 뼈저리게 느꼈느냐."

장양은 뛰어들어 두 동강이로 찍어 내렸다.

청쇄문 밖에서는 어수선하게 술렁였다.

"하 장군은 아직 나오지 않으십니까?"

"장군께 급한 일이 생겼으니 서둘러 가마에 오르라고 고해주십시오."

무언가 궐문 안에서 이상한 기운을 감지했는지 아우성치며 동요했다.

그러자 성문 장벽 위에서 무장한 궁궐 병사가 고개를 내밀었다.

"시끄럽다. 입 다물라! 네놈들의 주인 하진은 모반죄로 심문에 부쳐졌으나 방금 이렇게 죄가 인정되어 처분은 끝났다. 이걸 수레에 싣고 물러나라!"

무언가 축국(蹴鞠, 축국에 쓰던 공. 가죽 주머니를 만들어 겨를 넣거나 공기를 넣고 그 위에 꿩의 깃을 꽂았다 - 옮긴이) 공 크기의 검은 물체가 던져져 밖에 있던 병사들이 서둘러 주워보니, 입술을 깨문 채 죽어 있는 창백한 하진의 머리였다.

반딧불이의 방황

1

"네 이놈들!"

하진의 장수이자 중군교위(中軍校尉) 원소는 하진의 목을 감싸 안고 청쇄문을 노려보았다.

"각오하라!"

마찬가지로 하진 부하 오광(吳匡)도 노발대발하여 궐문에 불을 지른 뒤 정병 500을 이끌고 밀어닥쳤다.

"십상시를 모조리 죽여라!"

"환관 놈들을 불태워라!"

화려한 궁전은 순식간에 분노한 병사들의 흙투성이 발에 점령당했다. 화염과 검은 연기, 비명과 화살 소리가 내는 돌풍이 불어닥쳤다.

"네놈도 환관이냐?"

"네놈도?"

환관으로 보이는 사람은 발견하는 즉시 사살하였다. 십상시는 궁궐 깊숙한 곳에서 지내니 병사들은 누가 누군지 잘 몰라도 수염이 없는 사내나 광대처럼 곱상하게 단장한 내관은 십상시라 여기고 목을 베거나 찔러 죽였다.

십상시 조충과 곽승 등도 서궁 취화문(翠花門)까지 도망쳤으나, 철궁에 맞아 다 죽어가는 목숨으로 땅바닥에 기는 게 발각되면서 온몸이 갈기갈기 찢겨 손발은 취화루 큰 지붕 위에 앉은 까마귀에게, 목은 서원 호수 속으로 던져졌다.

태양이 어두워지고 땅은 불타올랐다.

여인들이 사는 후궁에서 지르는 비명은 구름까지 메아리치고 땅속까지 울려 퍼지는 듯했다.

그 틈에 십상시 일파 장양과 단규(段珪)는 새 황제와 하태후, 새 황제의 아우 되는 협 황자(황제 즉위 이후에는 진류왕陳留王이라 불림) 세 사람을 검은 연기 속에서 빼내어 재빨리 북궁 비취문(翡翠門)을 탈출할 채비를 하는 중이었다.

그때였다.

사나운 말이 입에 거품을 물고 과(戈, 고대 중국에서 쓰던 갈고리 모양으로 된 무기 - 옮긴이)를 꼬나든 갑옷 차림을 한 노장을 태우고 달려왔다. 불길을 보자마자 궁중에 변고가 있음을 알아차리고 달려온 중랑장 노식이었다.

"멈춰라, 못된 도적들아. 황제와 태후를 빼돌려 어딜 가려느냐!"

호통을 치며 말에서 내리는 사이에 장양 무리는 황제와 진류왕을 태운 말에 채찍질하여 달아나 버렸다.

다만 하태후만은 노식이 붙들어 잡혀가지 않았다.

때마침 궁궐 곳곳에 난 불을 진화하기 위해 필사적으로 부하들을 지휘하던 교위 조조와 맞닥뜨렸다.

"새 황제가 귀환하실 때까지 잠시 대권을 맡아주십시오."

두 사람은 하태후에게 청하고 사방팔방으로 병사들을 보내 황제와 진류왕의 뒤를 쫓게 했다.

낙양 거리에도 불똥이 튀었다. 병란(兵亂)은 이제 곧 온 시가로 번질 것이라며 살림살이와 물건들을 메고 피난하려는 백성들로 혼란이 극에 달했다. 그 사이를 장양 무리가 탄 말과 황제와 진류왕을 태운 수레가 우왕좌왕하는 늙은이를 치고 어린아이를 걷어차며 마치 날아오르듯이 성문 외곽까지 빠져나갔다.

그러니 수레바퀴는 부서지고 장양을 태운 말도 다칠 수밖에…. 종당에는 진흙탕에 빠져 모두가 걸어야만 했다.

"아아."

황제는 종종 비틀거렸다.

그러고는 크게 탄식했다.

뒤돌아보니 껌껌한 밤이었으나 낙양 하늘은 아직도 새빨갰다.

"조금만 참으십시오."

장양 무리는 황제를 놓치지 않으려 했다. 황제를 붙드는 것만이 유일한 무기였기 때문이다.

초원 끝에 북망산(北邙山)이 보였다. 밤은 어두웠다. 벌써 삼경(三更, 하룻밤을 오경五更으로 나눈 셋째 부분. 밤 11시에서 새벽 1시 사이 – 옮긴이)에 가까워졌다. 그러자 한 떼의 병마가 뒤따라왔다. 장양은 체념했다. 추격대라 직감했기 때문이다.

"이제 다 글렀다."

원통함을 부르짖으며 장양은 강물에 몸을 던져 자결했다. 황제와 황제의 아우 진류왕은 강기슭 풀숲에서 부둥켜안은 채 가까이 다가오는 병마의 소리에 귀를 기울였다.

2

마침내 강을 건너 소나기처럼 달려온 부대는 하남의 중부연사(中部掾史) 민공(閔貢)의 병마였으나, 인기척을 느끼지 못했는지 순식간에 어둠 속으로 사라졌다.

"…."

흑흑… 황제는 풀숲에서 울음소리를 냈다.

"아아, 허기가 지셨군요. 당연합니다. 저도 오늘 아침부터 물한 방울 마시지 않은데다, 낯선 길을 정신없이 걸어오니 몸을 일으키려 해도 부들부들 떨릴 뿐입니다."

아우 진류왕은 똑 부러진 목소리로 위로했다.

"이 풀숲에서 이대로 밤을 지새울 수만은 없습니다. 더구나 매서운 밤이슬을 맞으면 옥체에 해롭습니다. 걸을 수 있는 만큼 걸읍시다. 어딘가에 민가라도 있을지 모릅니다."

"…."

황제는 가까스로 고개를 끄덕였다.

두 사람은 길을 잃지 않도록 서로의 소맷자락을 묶고 어둠 속을 걸었다.

가시덤불인지 들대추나무인지 모를 가시가 다리를 찔렀다. 황제도 진류왕도 태어나서 처음으로 이러한 세상이 있음을 알게 된지라 도저히 살아도 산 기분이 아니었다.

"아아, 반딧불이가…."

진류왕이 짧게 외쳤다.

커다란 반딧불이 떼가 하나의 덩어리가 되어 바람이 부는 대로 눈앞을 둥실둥실 날았고, 반딧불이가 내는 빛 덕분에 마음이 한결 든든해졌다.

날이 밝아왔다.

이젠 걸을 수 없었다.

황제는 비틀거리며 쓰러진 채 일어나지 못했다.

"아…."

진류왕도 털썩 주저앉고 말았다.

정신이 혼미하여 잠시 아무런 감각도 없었다. 그사이에 누군가 다가와서 깨우며 물었다.

"어디에서 왔소?"

둘러보니 낡은 장원(莊園, 한나라 이후 근대까지 존속한 궁정·귀족·관료 사유지. 한나라 때부터 진晉·남북조 때까지 장원은 주로 별장지 성격이 강하였는데 당나라 이후로는 경제적 성격을 띠게 되어 농민에게 경작하게 하고 관리인을 두어 세금을 거두어들였다 – 옮긴이)의 토담이 가까이에 있었다. 그곳 주인인 듯했다.

"대체 그대들은 어느 분 자제이시오?"

거듭된 질문에 진류왕은 아직 기운이 있는 목소리로 황제를 가리키며 입을 떼었다.

"얼마 전에 즉위하신 신제(新帝) 폐하이시오. 십상시 난이 있어 궐문에서 달아났으나, 근신들은 모두 뿔뿔이 흩어지고 겨우 내가 이곳까지 동행한 것이오."

주인은 기겁하여 눈을 동그랗게 떴다.

"그럼 그대는?"

"난 황제의 아우 진류왕이오."

"억, 그럼 정말로?"

주인은 몹시 놀란 모습으로 황제를 부축하여 장원 안으로 맞아들였다. 낡은 시골집이었다.

"인사가 늦어졌습니다. 저는 선조(先朝)를 섬기던 사도 최열(崔烈)의 아우 최의(崔毅)라 합니다. 십상시 도당이 어진 자를 내몰고 사악한 자를 받아들여 차마 눈 뜨고 볼 수 없는 폭정을 하니, 벼슬 노릇에 염증을 느끼고 초야에 숨어 지냈습니다."

주인은 다시 예를 올렸다.

그날 새벽 무렵이었다.

강에 투신한 장양을 버리고 단규는 혼자서 산길로 도망쳤으나 도중에 민공 부대에 발각되었다. 민공이 천자의 행방을 추궁하니 알 턱이 없었다.

"이 불충한 놈!"

그러면서 민공은 말 위에서 단칼에 베어버렸다. 그 목을 안장에 매단 채 병사들을 향해 수색 명령을 내렸다.

"어쨌든 이 지방에 오셨을 것이다."

자신도 말을 몰아 여기저기로 혈안이 되어 찾아다녔다.

3

최의 집을 둘러싼 숲 위로 밥 짓는 연기가 모락모락 올라왔다.

황제와 진류왕을 감춰둔 초라한 집의 널문을 열고 최의는 식사를 올렸다.

"시골인지라 아무것도 없습니다만, 허기라도 가시기 위함이라 생각하시고 이 죽을 한술 드십시오."

황제와 진류왕은 보기 딱할 정도로 허겁지겁 죽을 들이마셨다.

최의는 눈물을 흘렸다.

"안심하고 눈을 붙이십시오. 밖은 제가 지키겠습니다."

최의는 황폐하게 기울어진 장원 문 앞에 선 채 반나절이나 꼼짝도 하지 않았다.

그러는 사이에 또각또각 말발굽 소리가 숲 아래에서 들려왔다.

"누구지?"

덜컥 겁이 나면서도 태연한 얼굴로 빗자루를 쓸었다.

"이보시오, 주인. 뭐 요깃거리 좀 없소? 따뜻한 물 한 잔 주시오."

들려오는 목소리에 고개를 돌려보니 그 사람은 말에 올라탄 민공이었다.

"그야 물론입니다. 호걸, 대체 누구의 목입니까?"

최의는 방금 잘린 듯한 사람 목이 민공이 탄 말안장에 매달린 걸 보고 물었다.

"모르시오? 이놈은 십상시 장양 등과 함께 오랫동안 조당에 서식하여 천하에 해를 끼친 단규라는 자요."

"예? 그럼 귀공은?"

"하남의 연사 민공이란 사람인데, 어젯밤 이후로 황제의 행방이 불명하여 이쪽저쪽으로 찾는 중이라오."

"아아, 그럼!"

최의는 손을 올리고 쏜살같이 안쪽으로 뛰어갔다.

민공은 이상히 여겨 말을 묶어두고는 뒤따라갔다.

"아군의 호걸이 모시러 왔습니다."

최의의 목소리를 듣자 볏짚 위에서 자던 황제와 진류왕은 꿈인지 생시인지 모를 정도로 기뻐했다. 그러고는 민공이 엎드려 절하는 모습을 보자 기쁨이 더 북받쳐 부둥켜안고 목 놓아 울었다.

황제도 황제가 아니고
왕 또한 왕이 아니라네
천 수레 만 말이 내달리는
북망의 여름 초야 아득하네

그러고 보니 올 초여름 무렵부터 낙양에 사는 계집아이들 사이에서 이런 노래가 떠돌았다. 하늘에 입이 없으니 천진한 동요로 오늘의 일을 예언한 것일까.

"천하에는 하루도 황제가 없으면 아니 됩니다. 부디 한시라도 빨리 도성으로 환궁하시옵소서."

민공이 하는 말에 최의는 마구간에서 야윈 말 한 필을 끌고 와 황제에게 바쳤다.

민공은 자기 말에 진류왕을 태운 뒤 두 필의 고삐를 붙들고는 문을 나와 이편저편에 흩어진 병사들을 불러 모았다.

"오오, 황제께서는 무사하셨습니까?"

2~3리쯤 가니 달려오던 교위 원소와 마주쳤다.

사도 왕윤(王允), 태위 양표(楊彪), 좌군교위(左軍校尉) 순우경(淳于瓊), 우군(右軍) 조맹(趙萌), 후군교위(後軍校尉) 포신(鮑信) 등이 각각 수백 기를 이끌고 나와 있었는데 황제를 알현하자 일제히 통곡하기 시작했다.

"황제의 귀환을 성대히 알려 낙양의 백성을 안심시키라."

파발마를 띄워서 먼저 단규의 목을 보내 낙양 시가에 효수하고 동시에 황제의 무사귀환을 포고했다.

그리하여 황제의 어가(御駕)는 교외 근처까지 다다랐다. 그러자 갑자기 저 멀리 구릉 그늘에서 왕성한 병마가 먼지를 일으키며 나타났고 한 부대의 깃발은 마치 하늘을 덮은 듯했다.

"어, 어?"

호위하던 모든 장졸과 백관은 얼굴이 하얗게 질려 못 박힌 듯 멈춰 섰다.

4

"적인가?"

"대체 누구의 군사인가?"

황제를 비롯하여 모두가 멍하니 두려움에 떨 때 원소가 행렬 앞으로 말을 몰고 나가서 벼락같은 목소리로 꾸짖었다.

"거기 오는 건 누구의 군이냐! 황제께서 지금 환궁하는 길이시다. 길을 가로막다니 불경하도다!"

"워워, 나다!"

정면까지 온 군사 한가운데서 우람한 목소리가 울려 퍼졌다.

1000개의 깃발, 수놓은 비단 번이 민첩하게 대열을 벌리는가 싶더니 준마가 용의 발톱을 긁듯 위풍당당하게 안장 위에 앉은 대장부를 원소 앞으로 데리고 나왔다.

그자는 얼마 전부터 낙양 교외 민지에 병마를 세운 채 하진이 누차 불러도 꼼짝하지 않았던 복병의 인물 서량자사 동탁이었다.

동탁의 자는 중영(仲穎)으로 농서(隴西) 임조(臨洮, 감숙성 민현眠縣) 태생이다. 키가 8척이고 허리둘레가 열 아름이었다. 몸집이 육중하고 눈이 가늘며 이리처럼 번뜩이는 눈빛이 마치 바늘로 사람을 찌르는 듯했다.

"뭐하는 놈이냐!"

원소가 문책하니 부장 따위는 안중에도 없다는 태도로 황제 행렬 바로 앞까지 다가왔다.

"천자는 어디 계신가?"

황제는 전율하며 대답하지 못했고 백관도 하나같이 두려움에 떨었으며, 그 대단한 원소마저 동탁이 뿜어내는 위풍에 얼이 빠져 제지하지 못했다.

"물러나라!"

그때 황제 어가 바로 뒤에서 시원스럽게 꾸짖는 사람이 있었다.

그 늠름한 목소리에 동탁마저 주춤하여 말을 슬쩍 뒤로 물리고는 둘러보았다.

"뭐라? 물러나라고? 지금 그 말을 한 자는 누구냐!"

"너야말로 이름을 대라."

이렇게 말하며 말을 앞으로 몰고 나온 사람은 바로 황제의 아우 진류왕이었다. 황제보다도 어린 붉은 얼굴의 소년.

"아… 황제의 아우이신 진류왕이셨군요."

동탁도 그 사실을 알자 황급히 말 위에서 예의를 갖췄다.

진류왕은 어디까지나 얼굴을 꼿꼿이 들었다.

"그렇다. 그쪽은 누구냐?"

"서량자사 동탁입니다."

"동탁이란 자가 무슨 일로 왔느냐? 어가를 마중하러 온 것이냐, 아니면 빼앗을 작정으로 온 것이냐!"

"아…."

"어느 쪽이냐!"

"마중하러 온 것입니다."

"마중을 나왔다면서 천자가 여기에 계시거늘 말에서 내리지 않는 무례한 자도 있더냐! 어찌 말에서 내리지 않느냐!"

체구는 작았으나 진류왕의 목소리는 무척 매서웠다. 그 위엄에 기가 꺾였는지 동탁은 두말없이 말에서 내려 길가로 비켜나 삼가 황제의 어가를 향해 절을 올렸다.

"오느라 수고했다."

진류왕은 황제를 대신하여 동탁에게 말했다.

황제 행렬은 어려움 없이 낙양으로 나아갔다. 속으로 혀를 내두른 건 동탁이다. 천성으로 갖춰진 진류왕의 위풍에 한참

기가 꺾였다.

 "그렇다면 지금의 황제를 폐하고 진류왕을 제위에 올리는 편이···?"

 동탁의 큰 야망은 이미 이때부터 가슴속에 싹트기 시작했다.

여포

1

낙양을 태운 불기운도 겨우 수그러들었다.

그리하여 황제와 진류왕을 태운 어가도 무사히 황궁으로 귀환했다.

"오오."

하태후는 황제를 맞이하자 얼싸안고 잠시 목메어 울었다.

"옥새를…."

태후는 이내 황제 손에 옥새를 돌려주려고 했으나 어느 틈에 사라지고 없었다.

전국옥새(傳國玉璽, '나라에서 나라로 전해지는 옥새'라는 뜻으로, 황제를 상징하는 말이다. 중국 진秦나라 시황제가 화씨지벽和氏之璧으로 만든 옥새에서 유래되었다 – 옮긴이)가 사라진 건 한실로서는 중대한 사건이다. 그런 만큼 철저히 비밀에 부쳤으나 어느새 새어 나갔는지 그 이야기를 은밀히 들은 자는 눈살을 찌푸렸다.

"또 그런 망조가 생겼구나."

동탁은 그 이후 민지 진영을 외성까지 옮겨 매일 1000기의 철병을 거느리고 시가지와 왕궁을 제집 드나들 듯 활보했다.

"가까이 가지 마라."

"괜히 잘못 걸리지 말라고."

백성들은 오들오들 떨며 길을 열어 피했다.

그 무렵 병주(幷州)의 정원(丁原), 하내(河內) 태수 왕광(王匡), 동군(東郡)의 교모(喬瑁) 등과 여러 장수가 뒤늦게 예의 격문을 받고 상경했으나, 동탁 군의 모습을 보고 모두 어찌할 바를 몰랐다.

그러던 어느 날, 후군교위 포신은 원소에게 찾아가 슬며시 속삭였다.

"어떻게든 손을 쓰지 않으면 안 되오. 그놈들의 발이 대궐을 길바닥인 양 활보하오."

"무슨 소리요."

"뻔히 알지 않소? 동탁과 그 주변의 무리 말이오."

"잠자코 있으시오."

"어떻게 그리할 수 있단 말이오? 난 마음이 편치 않아 도저히 참을 수가 없소."

"요즘 들어 겨우 궁궐도 잠잠해지니…."

포신은 같은 근심을 사도 왕윤에게도 털어놓았다. 사법관인 왕윤도 동탁과 같은 거물은 어떻게 할 수 없었다.

그물을 든 어부가 고래를 바라보며 탄식하듯 말했다.

"흐음. 그 말이 맞다. 동감이네. 그렇지만 어쩔 도리가 없지 않은가."

성긴 수염을 잡고 뾰족한 턱을 잡아당기며 모르는 체했다.

"이제 어쩔 수 없구나…."

포신은 이 상황에 염증을 느껴 수하만을 이끌고 태산(泰山)의 한적한 땅으로 도피했다.

떠나갈 자는 떠나고 아첨할 자는 아첨하여 동탁 세력에 달라붙으니 그 세력은 날로 거대해질 뿐이다.

동탁의 본성은 군사와 태도에서 노골적으로 드러났다.

"이유(李儒)."

"예."

"일을 단행하려 한다. 어떤가. 이제 됐겠지?"

동탁은 수족인 이유에게 물었다. 그 일이란 일찍부터 동탁의 심중에 있던 책략으로, 지금의 천자를 폐위하고 그가 인정한 진류왕을 제위에 앉혀 궁궐을 제 것으로 만들려는 커다란 야망이다.

이유는 좋다며 찬성했다. 기회는 지금이며 서둘러 단행하라는 말도 빠뜨리지 않았다. 그 역시 동탁에 밀리지 않는 난폭한 반역자였다. 물론 그런 이유를 동탁은 마음에 들어 했다.

이튿날이었다. 온명원(溫明園)에서 대연회가 열렸다. 초대한 주인은 바로 동탁이다. 그러니 그 위세를 두려워하여 참석하지 않은 자가 거의 없었다. 문무백관은 전부 모였다.

"모두 모이셨습니다."

가신이 알리자 동탁은 용태를 가다듬고 원문(轅門) 앞에서 천천히 말을 내려 온통 보석이 박힌 칼을 차고 유유히 자리에 앉았다.

2

"오늘 이 연회에 참석하신 제공들께 내가 한마디 제안하고
싶소."

미주(美酒, 빛깔과 맛이 좋은 술 – 옮긴이)와 옥배(玉杯, 옥으로
만든 아름다운 술잔 – 옮긴이)를 돌리고 동탁은 일어나 천천히 발
언했다.

무슨 말을 할지 귀 기울이며 일동은 고요해졌다. 동탁은 좌
중을 향해 으레 그 거대한 몸을 돌렸다.

"천자는 천성부터 황제 자질을 갖추지 않으면 안 되오. 만백
성의 공경을 받기에 적절한 분이 아니면 안 되오. 종묘사직을
굳건히 지키고 흔들리지 않는 인과 덕을 겸비하지 않으면 안
되오. 불행히도 새 황제는 의지가 약하고 또 약하오. 한실을 위
해 우리 신하들이 늘 걱정하는 바요."

큰일이다!

듣고 있던 사람들은 모골이 송연해졌다.

동탁은 고요해진 백관들의 머리 위를 둘러보며, 왼손 주먹을
검대에 올리고 오른손을 힘차게 휘둘렀다.

"이 자리에서 말하겠소. 제공들은 심려치 마시오. 다행히도
황제 아우 진류왕이야말로 학문을 즐겨하고 총명하며, 천성이
영롱하여 천자의 그릇이라 할 수 있소. 바야흐로 천하가 다사

한 이때에 마땅히 지금의 천자를 진류왕으로 대신하여 제위의 폐립을 결행하고 싶은데, 어떻소. 이론이 있는 자는 일어서서 의견을 내시오."

무시무시한 대사를 동탁은 마치 선언하듯이 말했다. 넓은 대연회장에는 바람조차 지나가지 않는 듯했다. 기세에 압도당한 모습이다. 동탁은 반대하는 자 따위는 없으리라 생각했는지 자신만만한 눈으로 둘러보았다.

그러자 백관 자리에서 갑자기 누군가 일어서는 소리가 들렸다. 일제히 사람들의 머리는 그쪽을 향했다.

병주 자사 정원이다.

"난 기립했소. 반대 표시요."

동탁은 눈을 부릅떴다.

"목상(木像)을 보려는 게 아니오. 반대한다면 그 의견을 뱉으시오."

"천자의 자리는 천자의 뜻에 있소. 신하가 뒤에서 헐뜯을 게 아니외다."

"뒤에서 헐뜯다니! 그래서 이렇게 공론으로 밝히는 게 아닌가!"

"선제(先帝)의 정통 적자인 황제께 무슨 흠과 허물이 있단 말이오? 이런 곳에서 폐립을 논하다니 이 무슨 짓이오. 필시 찬탈을 꾀하는 자가 아니고서야 그런 망언은 뱉지 않을 것이오."

"닥쳐라! 내게 거역하는 자에겐 오직 죽음만 있을 뿐이다!"

정원이 비아냥거리자 동탁은 수놓은 도포 소매를 펄럭이며 허리춤에 찬 칼자루에 손을 갖다 댔다.

"무슨 짓을 할 셈이냐!"

정원은 눈 하나 깜빡이지 않았다.

그도 그럴 것이 정원 뒤에는 한 대장부가 떡하니 서 있었다.

'정원의 털끝이라도 건드리기만 해보라'는 듯한 무서운 얼굴로 노려보았다.

날카롭게 번뜩이는 눈빛, 늠름한 위풍, 언뜻 보기에도 한 마리 사나운 표범과 같았다.

동탁의 수족이자 항상 비서처럼 곁에 붙어 있는 이유는 깜짝 놀라 주인의 소매를 잡아당겼다.

"오늘은 모처럼 연 연회입니다. 딱딱한 국정에 관해서는 후일 다시 자리를 마련하여 논하시면 어떻겠습니까? 아무래도 술기운이 있는 곳에선 국사를 논의하기에 마땅치 않지요."

"으… 으음."

동탁도 눈치를 챘기에 마지못해 칼자루에서 손을 뗐다. 그러나 정원 뒤에 서 있는 사내가 궁금해서 도저히 견딜 수 없었다.

3

동탁이 품은 야망은 정원의 반대에 부딪힌 정도로 결코 오므라드는 게 아니었다.

대향연을 벌인 자리는 잠시 그 일로 서늘해졌으나 술잔을 주고받으며 한바탕 즐거워지자 동탁은 다시 일어나서 물었다.

"조금 전에 내가 발언한 건 아마 제군들의 의중이자 천하의 공론이라 생각하는데, 어떻게들 생각하시오?"

그러자 자리에 있던 중랑장 노식이 솔직한 의견을 냈다.

"이제 그만하시지요. 고집을 지나치게 강요하면 천자의 폐립을 명분으로 동 공께서 찬탈할 속셈이라고 사람들이 의심합니다. 옛날 은(殷)나라 태갑(太甲)이 무도하여 이윤(伊尹)이 그자를 동궁(桐宮)으로 내쫓고, 한의 창읍(昌邑)이 왕위에 올라…."

노식이 고사(古事)를 예로 들며 학자다운 간언을 하자 동탁은 격노했다.

"닥쳐라, 닥쳐! 네놈도 목이 날아가고 싶은 게냐!"

동탁은 주위의 무장을 둘러보고 노식을 가리키며 몸을 부르르 떨었다.

"저자의 목을 베라! 베어버려! 당장 베지 않고 뭐하느냐!"

"고정하십시오."

이유는 동탁을 말렸다.

"노식은 이 나라 학자입니다. 중랑장으로서보다 학식이 높은 선비로 이름이 드높습니다. 그자를 동탁이 죽였다고 천하에 소문이라도 퍼지면 장군의 부덕이 되고 맙니다. 그야말로 큰 손해입니다."

"그럼 쫓아내라!"

동탁은 계속해서 분통을 터뜨렸다.

"관직을 박탈해서 말이다. 노식을 조정에 두려는 자는 내 적으로 간주할 것이다."

이제 누구도 말리지 못했다.

노식은 관직에서 쫓겨났다. 그날 이후 노식은 세상에 가망이 없다고 단념하며 상곡(上谷)의 한적한 초야로 들어가 버렸다.

이렇게 해서 연회도 살벌하게 끝이 났다. 제위 폐립에 대한 논의는 후일로 미루자며 백관들은 그 자리를 뜨기 위해 억지로 폐회 건배를 올렸다.

사도 왕윤 같은 사람들은 맨 먼저 슬쩍 돌아갔다. 동탁은 여전히 정원의 반론에 앙심을 품고 원문 앞에서 기다리며 그자를 베어버리려고 칼을 만지작거렸다.

헌데.

아까부터 문밖에서 검은 말에 걸터앉아 방천극(方天戟, 언월도偃月刀나 창 모양으로 만든 옛날 중국 무기의 하나 - 옮긴이)을 든 채 돌아가는 객들을 일일이 물색하거나 안쪽을 들여다보는 비범한 풍모의 젊은 사내가 있었다.

동탁의 눈에 띄었기에 이유를 불러 물었다. 이유는 밖을 내다보고 속삭였다.

"저자입니다. 조금 전 정원 뒤에 버티고 서 있던 사내가."

"그놈인가. 복장이 다른데."

"무장하고 다시 돌아왔나 봅니다. 무서운 놈입니다. 정원의 양자 여포(呂布)라는 자입니다. 오원군(五原郡, 내몽고內蒙古 오원시) 태생으로 자는 봉선(奉先)이고 무예가 뛰어나 천하무적이라는 소문이 있습니다. 저런 놈에게 걸리면 큰일입니다. 피하는 게 상책입니다. 못 본 체해야 합니다."

듣고 있던 동탁은 갑자기 두려워져 서둘러 원내에 있는 정자 뒤로 숨었다.

동탁은 두 번이나 여포 때문에 정원을 치지 못한지라 꿈속에서까지 여포의 모습을 보았다. 도저히 그 위세를 잊을 수 없었다.

그 이튿날.

별안간 정원이 병사들을 이끌고 동탁의 진을 습격했다. 동탁은 그 소식을 듣자마자 크게 분노하여 즉시 무장을 하고 진두에 나가서 보니, 전날의 여포가 황금투구와 백화전포(百花戰袍)를 걸치고 당예(唐猊)의 갑옷과 사만보대(獅蠻寶帶)를 두른 채 말 위에서 종횡무진 방천극을 휘두르는 중이었다. 동탁은 비록 적이지만 그 모습에 넋을 잃고 쳐다보며 한편으로는 마음속 깊이 두려움에 떨었다.

적토마

1

그날의 전투는 동탁의 참패로 끝나고 말았다.

여포의 용맹에는 대적할 자가 없었다. 정원도 십방(十方, 여러 방면 – 옮긴이)으로 말을 달려 동탁 군을 쓰러뜨렸다.

"찬역(篡逆)의 도적아, 여기 있었느냐!"

난군 속에서 대장 동탁의 모습을 발견하고 바싹 쫓아왔다.

"한의 천하가 환관이 저지른 병폐에 어지러워지고 만백성이 도탄의 괴로움에 시달렸다. 그런데 네놈은 양주 자사로서 나라에 한 치의 공도 세운 적이 없거늘, 오직 혼란의 틈을 노려 야망을 채우고자 감히 황제의 폐립을 논하니 참으로 분수를 망각한 역적이라 할지니라. 자, 그 텅 빈 머리를 베어 시가에 걸고 낙양 백성의 제물로 바치겠다!"

동탁은 한마디도 받아치지 못했다. 적의 우세함에 겁을 먹고 수치스러운 마음에 질린 나머지 황급히 아군 방패 속으로 달아났다.

그러므로 동탁 군은 그날 몹시 사기가 꺾였고 동탁 역시 맥없는 모습으로 멀리 진영을 후퇴했다.

그날 밤.

본진의 등불 아래에서 동탁은 여러 장수를 불러 탄식했다.

"정원은 그렇다 치더라도 양자 여포가 있는 한 우리에게 승산이 없다. 여포만 내 부하로 만들면 천하가 이 손아귀에 들어올 텐데…."

그러자 장수들 사이에서 누군가가 나섰다.

"장군, 탄식하지 마십시오."

모두가 돌아보니 호분중랑장(虎賁中郞將) 이숙(李肅)이었다.

"이숙인가. 무슨 계책이라도 있느냐?"

"있습니다. 제게 장군이 아끼시는 적토마와 금은주옥(金銀珠玉) 한 낭(囊, 주머니 – 옮긴이)을 주십시오."

"그걸로 어찌할 것인가?"

"다행히도 저는 여포와 동향 출신입니다. 여포는 용맹하나 현명함이 부족하지요. 여포를 찾아가 그 두 물건과 세 치 혀로 장군의 소망을 반드시 이뤄 보이겠습니다."

"흠, 성공할 수 있겠는가?"

"맡겨만 주십시오."

그러나 망설이는 얼굴로 동탁은 옆에 있는 이유에게 의견을 물었다.

"어떻게 하면 좋겠는가? 이숙이 저렇게 말하는데."

"천하를 얻기 위해 어찌 말 한 필을 아까워하십니까?"

"그렇군."

동탁은 크게 끄덕이며 이숙이 세운 계략을 받아들여 비장의 명마인 적토와 금은주옥 한 낭을 이숙에게 주었다.

적토는 희대의 명마로서 하루에 무려 1000리를 달린다고 전해졌으며 몸이 새빨개서 바람을 따라 질주할 때는 그 갈기가 마치 흐르는 불길처럼 보이니, 동탁의 적토마라면 모르는 자가 없을 정도였다.

이숙은 종 둘과 함께 적토마와 금은주옥을 챙겨 들고 이튿날 밤, 여포 진영을 몰래 찾아갔다.

"오, 자네가 웬일인가?"

여포는 이숙을 보자 반가워하며 군막으로 맞아들였다.

"우리는 동향의 벗이나 서로 소식을 접하지 못했네. 대체 지금은 어찌 지내는가?"

이숙도 그간 격조했음을 밝히고 이렇게 말했다.

"난 한조를 섬겨 지금은 호분중랑장 관직에 있네. 자네도 사직을 도와 나랏일에 힘쓴다 들었기에 사실 오늘 밤 이렇게 축하하러 온 것이네."

2

그때 여포는 귀를 쫑긋 세우며 이숙에게 물었다.

"지금 진영 밖에서 운 것이 자네가 타는 말인가? 울음소리만 들어도 알겠네. 아주 훌륭한 명마를 갖고 있지 않은가."

"아니, 밖에서 운 말은 내가 타는 게 아닐세. 자네에게 주려고 일부러 종을 시켜 끌고 오라 했네. 마음에 드는지 한번 가서 보게."

이숙은 여포를 밖으로 은밀히 이끌었다.

"이 말은 희대의 빼어난 명마일세."

여포는 적토마를 한번 보더니 감탄을 금치 못했다.

"이런 선물을 받으면서 난 아무것도 보답할 게 없는데…."

진중임에도 주안상을 차려 극진히 환대하는 모습을 보니 진심으로 기뻐하는 듯했다.

한창 술자리가 무르익었을 때를 노려 이숙이 말했다.

"그런데 여포 군. 부군께서도 적토마를 잘 아실 테니 필시 자네에게서 빼앗지 않겠는가. 모처럼 자네에게 선물한 말인데…. 그게 안타깝네그려."

"허…, 무슨 소린가. 자네 취한 게로군."

"어째서 그런 말을 하는가?"

"내 아버지는 이미 세상을 떠난 망인이 아닌가. 어떻게 내 말을 빼앗겠는가."

"아니, 내가 말하는 사람은 친부가 아니네. 양부인 정원을 말하는 게지."

"아, 양부 말인가?"

"생각해보면 자네처럼 무용과 재략을 겸비한 사람이 담장 안의 순한 양처럼 갇혀 지내는 건 실로 안타까운 일이네."

"아버지가 돌아가신 후 오랫동안 정원의 집에서 보살핌을 받은 몸인지라 이제 와서 어쩔 도리가 없네."

"어쩔 도리가 없다? 과연 그럴까."

"나 역시 나이도 젊고, 훌륭한 재능을 크게 펼치고 싶은 마음은 있으나…."

"그래, 좋은 새는 나무를 가려 둥지를 튼다고 하네. 해와 달은 쉬이 자리를 옮기는 법일세. 허무하게 청춘의 때를 지내다니, 어리석은 짓이 아닌가."

"으음…. 자네가 보기에 현 조정의 신하 중 영웅이라 손꼽을 만한 사람은 대체 누구인가?"

"그거야 동탁 장군이지."

이숙은 딱 잘라 말했다.

"어진 이를 공경하고 선비를 예로 대할 줄 알며 관대함과 덕망까지 겸비한 영웅호걸이라 하면 동탁 장군 외에 다른 인물은 없네. 훗날 반드시 대업을 이룰 분은 그 장군이네."

"그런가…. 역시."

"자네는 어찌 생각하는가?"

"아, 사실 요즘 그리 생각했던 참이나 아무래도 정원과는 사이가 안 좋은데다 연줄도 없으니…."

미처 끝까지 듣지도 않고 이숙은 가지고 온 금은주옥을 꺼내어 설득했다.

"이것이야말로 동탁 장군께서 자네에게 예물로 보낸 물건이네. 사실 난 그 사신으로서 온 것일세."

"앗, 이것을?"

"적토마도 그분의 애마인데, 무려 성 하나와도 바꾸지 않겠다고 말씀하실 정도로 끔찍이 아끼시던 말이었네. 근래 자네가 보여준 무용을 흠모하여 부디 바치고 싶다 하셨네."

"아, 그렇게까지 이 여포를 생각해주신 것인가. 대체 무엇으로 장군의 두터운 정에 보답하면 좋겠는가."

"간단한 일이네. 잠시 귀 좀 가까이 대보게."

이숙은 여포에게 바짝 다가갔다.

진영의 군막을 스치는 바람은 조용했고 밤은 점점 깊어갔다. 병사들은 모두 잠들어 이따금 낯선 마구간에 묶인 적토마가 침묵을 깨고 말발굽 소리를 낼 뿐이었다.

3

"좋네."

여포는 고개를 크게 끄덕였다.

여포 귀에 무언가 속삭인 이숙은 희번덕거리는 여포의 눈을 바라보며 옆으로 조금 떨어져서 재차 부추겼다.

"쇠뿔은 단김에 빼라고 하네. 결심이 섰으면 즉시 하게. 난 여기서 술을 마시며 좋은 소식을 기다리겠네."

여포는 곧장 밖으로 나갔다.

진영의 중군(中軍)으로 들어가 정원의 막사를 엿보았다.

정원은 등불 밑에서 서책을 읽는 중이었는데 누군가 들어온 인기척에 뒤돌아보았다.

"누구냐!"

낯빛이 변한 여포가 칼을 빼 들어 버티고 서 있자 화들짝 놀라 일어섰다.

"여포 아닌가. 대체 무슨 일이냐. 낯빛이 왜 그러느냐?"

"아무 일도 없다! 다만 대장부가 되어 네놈처럼 평범한 사내의 자식으로 썩는 게 헛될 뿐이다."

"뭐라? 이노옴. 다시 한번 말해봐라!"

"무엇을 말이냐?"

여포는 뛰어오르기가 무섭게 단칼에 정원을 베어 목을 떨어뜨렸다.

검은 피가 등불을 끄자 밤은 비참하고 암담했다.

여포는 중군에 서서 실성한 듯이 포효하며 달렸다.

"정원을 죽였다! 정원이 부덕하여 베어버렸도다. 뜻있는 자는 내게 붙고 불복하는 자는 내게서 떠나라!"

중군은 소란스러워졌다. 떠나는 자와 따르는 자가 뒤섞여 혼란이 극에 달했으나, 절반은 어쩔 수 없이 여포 곁에 남았다.

밖이 소란스러워지자 이숙은 손뼉을 쳤다.

"대사가 성사되었군."

이내 여포를 데리고 동탁 진영으로 돌아와 경위를 보고했다.

"잘했다 잘했어, 이숙."

동탁의 기쁨은 대단했다.

이튿날, 특별히 여포를 위해 성대한 연회를 열었고 동탁이 몸소 나가 맞이할 정도로 환대했다.

여포는 선물 받은 적토마를 타고 와서는 안장에서 내려 무릎을 꿇고 절을 올렸다.

"무사는 자신을 알아주는 사람을 위해 죽는다고 합니다. 어둠을 버리고 광명을 섬기는 날을 오늘 이렇게 맞으니, 참으로 기쁠 따름입니다."

"지금 대업을 이루려는 이때에 장군처럼 뛰어난 용장을 우리 군에 모시게 되니, 마치 가물에 단비를 보는 듯하오."

동탁은 여포의 손을 잡고 주안이 차려진 자리로 이끌었다.

여포의 기분은 하늘을 찌를 듯했다.

더구나 황금 갑옷과 금포(錦袍)를 답례품으로 받기까지 했다. 가공할 만한 맹독에 휘둘려 여포는 거나하게 취했다.

호걸은 애석하게도 한 치 앞의 욕망에 눈이 멀어 결국 청운 (靑雲)의 큰 뜻을 헛디디고 말았다.

여포는 우리에 들어갔다.

동탁은 이제 두려운 자가 없었다. 그 위세는 아침에 떠오르 는 태양처럼 왕성했다.

자신은 전장군(前將軍)을 차지하고, 아우 동민(董旻)은 좌장 군(左將軍)으로 임명했으며, 여포는 기도위중랑장(騎都尉中郎 將) 도정후(都亭侯)에 봉했다.

마음만 먹으면 불가능이란 없었다.

아직 남은 숙제가 있었다. 바로 제위의 폐립! 이유는 곁에서 주야장천으로 그 일을 실현하자며 동탁을 부추겼다.

"좋다. 이번엔 단행하리라."

동탁은 때를 살피던 중 대향연을 열어 다시 백관들을 한자리 에 불렀다.

4

낙양의 도회인은 향락을 좋아했다. 특히 조정의 백관은 누구나 무악(舞樂)을 즐기고 술을 사랑했으며, 기나긴 밤을 지새우는 것도 마다하지 않는 취객이 허다했다.

'오늘은 지난번 향연보다 화기애애하군.'

동탁은 연회장 분위기를 둘러보고는 그렇게 헤아렸다.

때는 지금이다!

"제공들!"

동탁은 자리에서 일어나 일장의 인사를 시도했다.

첫 연설은 주인 측에서 으레 하는 겉치레였으니 사람들은 일제히 술잔을 들고 부드러운 목소리로 말했다.

"고맙소, 고맙소."

박수갈채도 잠시 끊이지 않았다.

동탁은 그 열화 같은 성원을 자신에 대한 지지라 여기고 돌연히 말을 꺼냈다.

"그런데 지난번에는 제공들의 현명한 판단을 청하고 의결까지 이르지 못했으나, 오늘은 이 성회와 길일을 택하여 그때 해결하지 못한 문제에 뜻을 하나로 모은 후 자리를 즐기고 싶소. 제공들의 생각은 어떻소?"

현 황제의 폐위와 진류왕 즉위 추대에 관해서였다.

끓는 물이 순식간에 식어버린 듯 향연 자리는 일시에 정적이 흘렀다.

"…."

"…."

누구든지 이 중대한 문제가 표면에 떠오르면 벙어리처럼 입을 다물고 말았다.

그러자 어디선가 소리치는 사람이 있었다.

"아니 되오! 아니 되오!"

중군의 교위 원소였다.

원소는 과감히 반대편 도화선에 불을 붙였다.

"내 물어보겠소, 동 장군. 장군은 대체 무엇을 위해 기꺼이 평화로운 땅에 파란을 불러일으키려 하오? 어찌 한 번도 아니고 두 번씩이나 현 황제를 폐하고 진류왕을 보위에 올리자는 수상한 음모를 제안하는 것이오?"

동탁은 칼에 손을 올리고는 말했다.

"닥쳐라! 감히 음모라니!"

"폐위를 은밀히 논의하는 게 음모가 아니면 도대체 무어란 말이오!"

원소도 물러나지 않고 소리쳤다.

순간 동탁의 얼굴이 새파래졌다.

"언제 밀의를 했단 말이냐! 조정의 백신들 앞에서 난 소신을 밝히는 것이다."

"이 연회는 사석이오. 조정 일을 의논하려거든 어째서 황제 옥좌 앞에서, 더 많은 중신과 태후를 모신 자리에서 하지 않는 것이오?"

"에이, 성가신 놈. 사석이 싫으면 네놈부터 썩 물러나라!"

"물러나지 않을 것이오. 음모의 연회장에 버티고 서서 누가 찬동하는지 감시하겠소.”

“입을 잘도 놀리는구나. 네놈은 이 동탁의 칼이 날카로워 보이지 않느냐!”

“폭언이로다. 제공들, 저 말이 어떻게 들리오?”

“천하의 권력은 내 손안에 있다. 내 말에 불만이 있는 무리는 원소 저놈과 이 자리에서 떠나라!”

“아아, 요망한 우렛소리가 울리니 태양도 어두컴컴하구나.”

“허튼소리를 지껄이면 단칼에 두 도막을 낼 것이다. 꺼져라, 꺼져! 이단자 같은 놈!”

“이런 곳에 누가 더 있겠느냐!”

원소는 몸을 부르르 떨며 자리를 박차고 떠났다.

그날 밤 원소는 관에 사의를 밝히고 멀리 기주 땅으로 달아났다.

5

자리를 박차고 원소가 나가자 동탁은 느닷없이 객석 한쪽을 획 가리키고는 좌우의 무사들에게 명령했다.

“태부(太傅) 원외(袁隗)! 원외를 이리로 끌고 오너라!”

원외는 새파랗게 질린 얼굴로 동탁 앞으로 끌려왔다. 원외는 원소의 숙부 되는 사람이다.

“네놈의 조카가 날 모욕하고 오만방자하게 군 태도를 그 눈으로 똑똑히 보았으렷다? 여기서 네놈의 목은 잘릴 것이나 그

전에 하나만 묻겠다. 이승과 저승의 갈림길에 서 있다는 생각으로 각오하고 대답해라!"

"예…, 예."

"네놈은 이 동탁이 선언한 제위의 폐립을 어떻게 생각하느냐? 찬동하느냐 아니면 조카 놈과 같은 생각이더냐?"

"존명(尊命)과도 같습니다."

"존명과 같다니!"

"장군의 선언이 옳다고 생각합니다."

"좋아, 그렇다면 그 목을 붙어 있게 해주지. 다른 분들은 어떻소? 난 이미 대사를 선언했소. 거역하는 자는 군법에 따라 다스릴 뿐이오."

칼을 들고 우레처럼 쩌렁쩌렁 소리쳤다.

한자리에 있던 백관들도 모두 두려움에 엎드리니 이제 어느 누구도 반대하는 사람이 없었다.

동탁은 그리하여 백관에게 우격다짐으로 선서를 시켰다.

"시중(侍中) 주비(周毖)! 교위 오경(伍瓊)! 의랑 하옹!"

일일이 관직명과 이름을 불러 기립시키고 엄명을 내렸다.

"나를 거역한 원소는 오늘 밤에 본거지인 기주로 도망칠 것이다. 원소에게도 병력이 있으니 방심은 하지 말도록. 즉시 정병을 이끌고 쫓아가서 죽여라!"

"예!"

세 장수 중 두 사람은 명을 받들고 즉시 떠났으나 시중 주비만은 반대했다.

"외람되지만 그 명령은 짧은 생각인 듯합니다. 좋은 대책이 아닙니다."

"주비! 네놈도 거역하는 게냐!"

"아닙니다. 원소의 목 하나를 치려다 대란을 초래할까 우려
됩니다. 원소는 평상시에 은덕을 베풀어 따르는 문하의 관리가
널렸으며 고향에는 가진 재산이 많습니다. 원소에게 반기를 들
었다는 소문을 들으면 산동 곳곳에서 소란을 일으키며 일시에
항의할 것입니다."

"어쩔 수 없다. 나를 거스르는 자는 죽음만 있을 뿐이다."

"본래 원소라는 인물이 사려는 있을지 몰라도 결단성은 없는
위인입니다. 게다가 천하대세를 모르고 다만 분에 못 이겨 이
자리를 박차고 나갔으나 그것은 일종의 두려움입니다. 어떻게
장군의 패업을 가로막는 해를 끼칠 수 있겠습니까? 오히려 미
운 놈에게 떡 하나 주는 셈으로 원소를 일군의 태수로 봉하고
그대로 내버려 두는 편이 좋습니다."

"어떻게 생각하는가?"

좌우를 돌아보며 물어보니 채옹(蔡邕)도 일리가 있다며 그
말에 찬성했다.

"그럼 원소를 치는 일은 보류한다."

"그렇게 하십시오. 그 이상의 상책도 없습니다."

여러 사람의 입에서 찬사를 들으니 동탁은 순식간에 기분이
좋아져 엄명을 바꿨다.

"사신을 보내 원소를 발해군(渤海郡) 태수로 임명하겠다고
전하라."

그 이후.

9월 초하루에 일어난 일이다.

오늘 출사하지 않는 자는 참수에 처하겠다.

동탁은 황제를 가덕전으로 청하고 문무백관을 향해 포고했다.

그러더니 전상(殿上)에서 칼을 뽑고 옥좌를 거들떠보지도 않은 채 수족 이유에게 명했다.

"이유, 선언문을 읽어라."

6

예정된 계획이었다. 이유는 크게 대담하고 준비한 선언문을 펼쳐 쩌렁쩌렁한 목소리로 읽기 시작했다.

'책문(策文).'

효령(孝靈) 황제

장수의 복을 이루지 못하여

일찍이 신하를 버리셨다.

이에 황제의 자리를 계승하니

나라 안팎에서 기대하였도다.

타고난 자질이 경망하여

위엄을 갖추지 못하고 나태를 보이니

흉덕(凶德)이 이미 드러나

신기(神器)를 해하고 능욕하여 종묘를 훼손했음이라.

태후 역시 가르침에 모친의 도리가 없고

모든 정사를 황폐하고 어지럽히니

　중론(衆論)이 여기 들고일어나 대혁명의 길

이유는 한층 목소리를 높여 읽어 내려갔다.

백관의 얼굴은 창백해졌고 옥좌에 앉은 황제는 덜덜 떨었으며 가덕전이 적연하여 마치 묘지와 같았다.

"아아, 아아…."

그러자 갑자기 오열하는 소리가 들렸다.

황제 곁에 있던 하태후였다.

태후는 눈물에 목이 멘 나머지 결국 의자에서 쓰러져 내려와 황제 소매에 매달렸다.

"누가 뭐래도 그대는 한의 황제입니다. 움직이면 아니 됩니다. 옥좌에서 내려와서는 아니 됩니다."

동탁은 한 손에 칼을 들고 말했다.

"지금 이유가 읽은 대로 황제는 어리석고 위엄이 없으며, 태후는 가르침에 어두워 모친의 덕이 없다. 따라서 오늘부로 현 황제를 홍농왕(弘農王)이라 칭하고 하태후는 영안궁(永安宮)에 가두며, 대신 진류왕을 우리의 황제로서 높이 받들 것이다."

황제를 옥좌에서 끌어내려 옥새 끈을 풀고 북쪽을 향한 신하들의 대열에 강제로 세웠다.

오열하는 하태후도 그 자리에서 황후를 상징하는 옷을 벗기고 평의를 입힌 후 뒤로 내치니 군신들도 차마 보지 못하고 눈을 돌렸다.

그때였다.

단 한 사람, 큰소리로 꾸짖는 자가 있었다.

"멈춰라, 반역자여! 네 이놈 동탁, 누구에게 대권을 받아 하늘을 기만하고 성명(聖明)의 천자를 강제로 폐하려 하느냐! 옳거니! 네놈을 베고 함께 죽자꾸나."

말이 끝나기 무섭게 군신들 사이에서 일어나 동탁을 향해 단검을 들고 달려들었다.

상서(尙書) 정관(丁管)이라는 젊고 순직한 궁내관(宮內官)이다.

동탁은 깜짝 놀라 몸을 획 돌려 피하고는 추한 목소리로 도움을 청했다.

찰나였다.

"네 이놈, 무슨 짓이냐!"

옆에서 튀어나온 이유가 칼을 빼자마자 정관의 목을 베었다. 동시에 무사들이 든 칼도 일제히 정관에게 날아드니 전상은 젊은 의인의 선혈로 물들었다.

그리하여.

동탁은 그 목적을 이루어 진류왕을 천자의 자리에 올렸고, 백관도 동탁의 거칠고 사나운 위세를 두려워하며 만세를 제창했다.

새 황제를 헌제(獻帝)라 칭하기로 했다.

그러나 헌제는 아직 어렸다. 무엇이든 동탁의 뜻대로 움직였다.

즉위식이 끝나자 동탁은 자신을 상국(相國)에 봉하고, 양표를 사도로, 황완(黃琬)을 태위로, 순상(荀爽)을 사공으로, 한복(韓馥)을 기주 목으로, 장자(張資)를 남양 태수로…. 이런 식으로 지방관을 임명하였으며 황제를 받드는 조신을 등용할 때도 모두 자기 심복으로 채웠다. 자신은 상국으로서 궁중에서도 신을 신고 칼을 찬 채 그 육중한 체구를 떵떵거리며 전상을 제집인 양 아무 거리낌 없이 행동하였다.

동시에.

연호도 초평(初平) 원년으로 바뀌었다.

춘원의 길짐승

1

폐위된 어린 황제는 밤낮으로 눈물만 흘리는 어머니 하태후와 영안궁의 유거(幽居)에 깊숙이 갇힌 채, 덧없는 봄날의 달과 꽃을 보며 슬픔만 탄식할 뿐이었다.

"감시를 게을리하지 말도록."

동탁은 유거를 지키는 위병에게 엄명을 해두었다.

감시병은 봄날의 긴 대낮에 하품하다가 유거 누각 위에서 시를 읊는 애처로운 목소리가 들리기에 무심코 귀를 기울였다.

봄은 왔구나
아지랑이 어린 새싹이
하늘하늘하고
한 쌍의 제비가 날아가네
바라다보니 도읍의 강
저 멀리 한 줄기 푸르고

푸른빛 구름이 자욱한 곳
이 모두 내 옛 궁궐일세
둑 위에 의인은 없을런가
충과 의를 지켜
누가 풀어주리
이 가슴속에 맺힌 한을

위병은 그 시를 받아 적어 밀고했다.

"상국, 폐제인 홍농왕이 이런 시를 읊습니다!"

동탁은 시를 읽더니 곧바로 이유를 불렀다.

"이유, 어딨느냐!"

시를 이유에게 보여주며 물었다.

"이것 봐라. 유폐되어 있으면서도 이런 비가(悲歌)를 짓는다. 살려두면 분명 훗날 골칫거리가 될 게야. 하태후도 폐제도 네게 처분을 맡기겠다. 죽이고 오너라!"

"명 받들겠습니다."

이유는 원래 난폭한 짐승의 발톱과도 같은 사내였다. 동정하기는커녕 즉시 억센 병사 10명을 데리고 영안궁으로 달려갔다.

"왕은 어디에 있는가!"

이유는 서슴없이 누각 위로 올라갔다. 마침 홍농왕과 하태후는 누각 위에서 봄날의 애환에 잠겨 있었는데 느닷없이 이유가 나타나자 기겁한 모습이었다.

"놀라지 마십시오. 이 봄날을 달래드리라며 상국께서 술을 보내셨습니다. 연수주(延壽酒)라 해서 100세까지 수명을 늘려주는 좋은 술입니다. 자, 한잔 드시지요."

이유가 웃으며 들고 온 단지에서 술을 푼 뒤 억지로 잔을 건네자 폐제는 얼굴이 어두워지며 눈물을 어렸다.

"독주겠지?"

태후도 고개를 가로저으며 말했다.

"상국이 우리에게 연수주를 보낼 리 없다. 이유, 이 술이 독주가 아니라면 네가 먼저 마셔보아라."

"뭐라, 마시지 않겠다고? 그렇다면 대신에 이 두 물건을 받으시겠는가?"

이유는 눈을 부라리며 누인 비단 띠와 단도를 내밀었다.

"오…. 나더러 죽으라는 말인가."

"둘 중 마음에 드는 걸 고르시오."

이유는 냉정하게 한마디를 쏘았다.

홍농왕은 눈물 속에서 구슬픈 시를 한 수 읊으며 괴로워했다.

아아, 하늘의 도리는 뒤집히고

인간의 도리도 사라졌네

천자의 지위를 버리고

우리가 어찌 평안하리

신하에 핍박받아 목숨은 꺼져가고

다만 하염없이 눈물만 흘릴 뿐

태후는 이유를 매섭게 노려보며 호되게 꾸짖었다.

"나라의 역적! 미천한 자여! 너희가 멸망할 날도 머지않았음이라. 아, 오라버니가 어리석어 이런 짐승들을 도읍에 들이고 말았구나."

이유는 시끄럽다며 태후의 목덜미를 잡아끌더니 높은 누각 난간에서 던져버렸다.

2

"어떻게 됐는가?"

동탁은 미주를 마시며 이유가 들고 올 소식을 기다렸다.

이윽고 이유는 도포를 피범벅으로 물들인 채 돌아와서는, 갑자기 손에 들고 있던 두 개의 머리를 내밀었다.

"상국, 분부하신 대로 처리했습니다."

홍농왕의 머리와 하태후의 머리였다.

둘 다 눈을 감았으나, 동탁에게는 두 눈을 부릅뜨고 당장에라도 달려들 것처럼 보였다.

동탁은 인상을 찌푸렸다.

"그런 건 군이 보여주지 않아도 된다. 성 밖에 묻어버려라."

그 이후로 동탁은 밤낮 술에 만취하여 궁궐의 궁내관이든 후궁의 궁녀든 가릴 것 없이 마음에 들지 않으면 그 자리에서 죽였고, 밤에는 천자의 침상에 드러누워 춘면(春眠, 봄철의 노곤한 졸음 – 옮긴이)을 즐기기도 했다.

그러던 어느 날이었다.

동탁은 양성(陽城)에 나가 나귀 네 필이 끄는 수레에 미인을 가득 태우고, 술기운에 마부 흉내를 내며 성 밖 매화나무 숲에서 만개한 꽃을 즐기는 중이었다.

마침 그날 마을 절에서 제사가 있어, 옷을 제대로 차려입은 농민들이 아무런 영문도 모른 채 걸어왔다.

동탁은 그 사람들을 보자 별안간 수레 위에서 성을 냈다.

"농민 주제에 이 화창한 날 밭에 안 나가고 몸을 치장한 채 걷다니, 괘씸한 게으름뱅이들이 아니냐. 천하의 백성에게 본보기로 보일 것이니 잡아들여라!"

갑자기 상국의 병사들에게 쫓겨 젊은 사내와 여자들이 비명을 지르며 도망쳤다. 그중 미처 도망치지 못한 사람을 병사가 잡아오자 상국은 위압적인 목소리로 명령했다.

"저자를 거열(車裂)에 처하라!"

거열은 손과 발에 밧줄을 묶고 두 마리 소에 매달아 동쪽과 서쪽을 향해 채찍질하는 것이다. 말할 것도 없이 사지가 찢어진 사람의 피로 매화 동산의 땅은 새빨갛게 물들었다.

"거, 꽃구경보다도 훨씬 재미있구나."

수레는 황혼 무렵 낙양을 향해 돌아가는 길이었다.

"이 역적 놈!"

어느 길모퉁이에서 소리치며 갑자기 수레를 향해 날아든 사내가 있었다.

미인들은 비명을 지르고 나귀는 흥분하여 뜻밖의 대혼란이 일어났다.

"뭐하느냐, 병졸들아!"

육중한 체구의 소유자인 동탁은 움직임이 민첩하지는 않았으나 힘은 무서울 정도로 셌다.

날쌔고 용감한 자객은 수레에 발을 딛고 단검을 빼서 동탁의 거대한 배를 향해 기세 좋게 달려들었으나, 동탁이 그 칼을 쳐서 떨어뜨린 후 꼼짝 못하도록 붙들자 어떻게 할 도리가 없었다.

"이 고얀 놈. 누구의 사주를 받은 게냐."

"분하구나."

"이름을 대라."

"…."

"누군가 반역을 꾀하는 놈들의 한패렷다. 누가 시켰느냐!"

그러자 자객은 괴로워하며 부르짖었다.

"반역이란 신하가 군주를 거역하는 행위다! 난 네놈의 신하인 적이 없다. 조정의 신 월기교위(越騎校尉) 오부(伍孚)다!"

"이놈을 죽여라!"

수레에서 걷어차 떨어뜨리기가 무섭게 동탁의 무사들은 오부의 전신을 무수한 칼과 창으로 젓갈처럼 짓이겨버렸다.

도읍에서 빠져나와 머나먼 발해군 태수에 임명된 원소는 그 후 낙양에서 벌어지는 정세를 들을 때마다 울분이 치밀었으나, 결국 참지 못하고 도읍의 동지이자 삼공의 중직에 있는 사도 왕윤에게 몰래 서찰을 보내 분기할 것을 격하게 재촉했다.

그러나 왕윤은 그 서찰을 보고 나서도 밤낮으로 괴로워하기만 할 뿐 동탁을 칠 계략은 세우지 못했다.

3

그러다 보니 매일 조당에 나가 정무(政務)를 다루면서도 왕윤은 조금도 의욕이 생기지 않았다. 혼자서 마음속으로 불만과 번민을 품을 뿐이다.

그러던 어느 날, 동탁의 입김이 닿은 고관들은 아무도 보이지 않고 모두 옛 조정의 구신(舊臣)들만 한 방에 모이게 되자, 왕윤은 '하늘이 주신 기회'라고 기뻐하며 급히 좌중을 향해 청했다.

"사실 오늘은 이 몸이 태어난 날이오. 어떻소, 죽리관(竹裏館) 별장에 제공들께서 함께 들러주시지 않겠소?"

"꼭 찾아뵈어 축수(祝壽)를 드리지요."

누구도 거절하지 않았다.

동탁 쪽 사람들을 빼고 오붓하게 이야기하고 싶은 마음은 마침 모든 이에게 절실했다.

죽리관으로 먼저 돌아가 왕윤은 은밀히 연회를 준비했다. 초저녁부터 옛 조정에서 일하던 신하들이 조심스레 모여들었다.

시류를 잘못 만난 불우한 사람들 간의 밀회였으니 처음부터 분위기는 어쩐지 침울했다. 거기에 술을 주고받자 왕윤은 차가운 술잔을 바라보며 조용히 눈물을 떨구었다.

의아하게 여긴 객 중 한 사람이 물었다.

"왕 공, 모처럼 경사스러운 생신날이거늘 어째서 눈물을 보이십니까?"

왕윤은 긴 한숨을 쉬며 손가락으로 눈물을 훔쳤다.

"내가 오래 살고 복을 누리는 일도 요즘 같은 때에 어찌 기뻐할 수만 있겠소. 이 몸은 전대의 왕조 이후 삼공(三公)의 한자리를 맡아 정사를 다루면서도, 동탁 세력을 건드리질 못하오. 귀에는 만백성이 전하는 원망이 들리고 눈에는 한실의 쇠망이 보이는데 어떻게 내 장수를 기뻐하며 취할 수 있단 말이오."

"아아…."

왕윤의 말을 듣자 그 자리에 앉아 있던 모두가 한숨을 내쉬었다.

"이런 세상에 태어나지 않았으면 좋았을 것을…. 옛날 한고조가 세 척의 칼로 흰 뱀을 베고 천하를 평정하신 이래 왕통이 400년에 이르거늘, 어찌 알았겠습니까? 이런 말세에 태어날 줄을……."

"정말이지 우리는 운이 지지리도 나쁘오. 하필이면 이런 때를 만나다니…."

"그렇다고 해서 조금이라도 상국이나 그 무리를 비방이라도 하면 이 목은 무사하지 않을 테고…."

각자 눈물을 흘리며 신세타령을 하자 그때 끝자리에서 별안간 손뼉을 치며 웃음을 터뜨린 자가 있었다.

"으하하. 아하하."

공들은 깜짝 놀라 뒤돌아보았다. 보아하니 그곳에 젊은 조신 하나가 홀로 잔을 들고 흰 얼굴에 홍조를 띤 채 사람들이 울며 넋두리하는 모습을 재미있다는 듯이 바라보았다.

왕윤은 그 무례함을 꾸짖었다.

"누군가 했더니 교위 조조가 아닌가. 어째서 웃는 것인가?"

그러자 조조는 한층 크게 웃으며 말했다.

"송구합니다. 웃지 않고서 배길 수나 있답니까? 조정의 여러 대신 되는 분들께서 밤에는 울다 새벽녘에 이르고, 낮에는 슬퍼하다 저녁녘에 달하니, 모였다 하면 우시기만 할 뿐입니다. 이래서야 천하의 만백성도 울면서 살 수밖에 없겠습니다. 더구나 생신을 축하하는 자리라고 굳이 모여서는 또 울보처럼 눈물 경쟁을 하시니…. 아하하. 실례인 줄은 압니다만 도무지 재미나서 웃음이 멈추질 않습니다. 아하하, 하하하."

"시끄럽다! 자네는 상국 조참(曹參)의 후손으로 400년 동안 대대손손 한실의 큰 은혜를 입었음에도, 지금의 조정 꼴이 슬프지도 않은가? 우리의 근심이 그렇게도 우습단 말인가? 대답에 따라 용서치 않겠다."

4

"이거 저도 모르게 노여움을…."

조조는 그제야 조금 진지한 표정을 짓더니 태연하게 이야기를 이었다.

"저라고 아무런 까닭 없이 웃었겠습니까? 이 시대를 살아가는 대신이라는 분들께서 계집아이처럼 밤낮을 훌쩍이며 비탄만 할 뿐, 동탁을 주벌할 계략이라고는 전혀 세우지 못하시지 않습니까? 그렇게 기개가 없으시다면 시대를 개탄할 게 아니라 미인을 무릎에 앉히고 호궁 소리라도 들으며 감격의 눈물을 흘리시면 좋을 거라는 생각이 들어 저도 모르게 웃었을 따름입니다."

조조의 빈정거림에 왕윤은 물론 다른 대신들도 화가 나 안색이 변했고 분위기는 싸늘해졌다.

"그렇게 호언장담하는 자네는 뭔가 동탁을 없앨 꾀라도 있는가? 그럴 자신이 있은 연후에 큰소리치는 것인가?"

왕윤이 힐문하자 사람들은 조조가 어떤 대답을 할지 궁금해 마른침을 삼키며 그 흰 얼굴에 시선을 집중했다.

"어찌 없겠습니까!"

조조는 의연히 눈썹을 치켜세우며 당당하게 말했다.

"비록 가진 재주는 없으나 제게 맡겨주신다면 동탁의 목을 베어 낙양 문에 내걸겠습니다."

왕윤은 조조의 자신감 넘치는 대답에 희색을 감추지 못했다.

"조 교위, 만일 지금 한 그 말에 거짓이 없다면 그야말로 하늘이 의인을 지상에 내리시어 만민을 고통에서 구하시려는 것이네. 그렇다면 자네는 어떤 계책을 세웠는가? 부디 들려주시게."

"무엇을 감추겠습니까? 제가 평소에 동 상국에게 접근하여 겉으로는 아첨하며 섬기는 이유는, 기회만 있으면 그자를 단숨에 찔러 죽이겠다는 맹세를 품어서였습니다."

"뭐라… 진작부터 그런 결심을 세운 건가?"

"그렇지 않고서야 어찌 대신들 앞에서 크게 웃고 장담할 수 있겠습니까?"

"아, 천하에 이런 의인이 또 있던가."

왕윤은 크게 감탄하고 사람들도 희색이 넘쳐흘렀다.

"왕 공께 청이 하나 있습니다만…."

조조는 말을 조심스레 꺼냈다.

"무엇인가? 사양하지 말고 말해보시게."

"다름이 아니오라 왕 공 가문에는 예부터 칠보(七寶)를 박은 희대의 명검이 전해져온다는 이야기를 들은 적 있습니다. 동탁을 베기 위해, 원컨대 그 명검을 제게 빌려주시지 않겠습니까?"

"그거야 목적만 확실히 이뤄준다면…."

"그 일은 반드시 해내 보이겠습니다. 동 상국도 근래에는 절 총애하여 심복처럼 여기니, 가까이 다가가 단칼에 베는 일 따위는 아무것도 아닙니다."

"그 일만 순조롭게 해결된다면 천하의 큰 복이라 하겠네. 그 복을 위해 어찌 가보인 명검 하나쯤을 아까워하겠나."

왕윤은 이내 가신을 시켜 비장의 칠보검을 꺼내 직접 조조에게 건넸다.

"만에 하나 일이 어긋나 들키기라도 하는 날엔 큰일이네. 충분히 염두에 두고 수행하게."

"부디 안심하십시오."

조조는 칼을 받고 그날 밤 술자리가 끝나자 늠름하게 돌아갔다. 칠보검은 밤하늘에 반짝이는 구슬 띠처럼 조조의 허리춤에서 찬연하게 빛났다.

백면랑(白面郎) 조조

1

조조는 젊은 청년이었다. 순식간에 조조의 존재는 거대해졌으나 나이와 풍채로 보자면 아직 어리고 경험이 모자란 백면(白面)의 청년에 지나지 않았다.

나이 스물에 처음 낙양의 북도위(北都尉)가 되어 수년 만에 그 재능을 인정받고, 조정의 젊은 무관 축에 끼어 궁중의 분란과 시국의 다사 속에서 살아남았다. 드디어 자신의 확고한 위치를 점하여 어느새 신구(新舊) 세력의 대관들과 어깨를 나란히 하는 젊고도 쟁쟁한 조신의 일원이 된바, 일찍부터 범상치 않은 면모를 드러냈다.

죽리관에서 열린 비밀 연회에서 왕윤도 언급했듯이 조조 집안은 본래부터 명문가였고, 고조가 패업을 세운 이후 한(漢)의 승상(丞相)인 조참의 말손이라 일컬어졌다.

출생은 패국(沛國) 초군(譙郡, 안휘성安徽省 호현亳縣)으로, 아버지 조숭(曹嵩)은 궁내관이었으나 관직을 그만두고 일찍이 초야에 내려가 지금은 진류(陳留, 하남성 개봉開封의 동남쪽)에서 지내는데 노령임에도 여전히 건재했다.

"그 아이는 봉안(鳳眼)을 가졌다."

조조 아버지 조숭도 이렇게 말하며 어릴 적부터 여러 자식 중에서 특히 조조를 총애했다.

봉안이란 봉황 눈처럼 가늘고 빛난다는 의미였다.

소년 시절에는 하얀 피부, 칠흑 같은 머리, 붉은 입술, 맑은 눈동자를 가진 적당한 체구의 미소년이었으나, 학사 스승도 마을 사람들도 '무서운 아이'라 말할 정도로 조조의 귀재를 두려워했다.

한번은 이런 일도 있었다.

소년 조조는 학문에서 하나를 듣고 열을 아니 서책에 열중하는 날이 좀처럼 없었다. 유렵(遊獵)을 좋아하여 활을 들고 짐승을 쫓거나, 조숙하여 불량배를 모아다가 마을 처녀들을 유괴하는 등 얄궂은 짓만 일삼았다.

"골칫덩어리로다."

조조의 숙부가 장래를 염려해 그 아버지에게 슬쩍 충고했다.

"지나치게 총애하니 저러는 것이오. 부모 눈에는 자식의 훌륭한 재능만 보이고 간사한 재능은 보이지 않으니…."

조숭도 슬쩍슬쩍 좋지 못한 소문을 들었던 참이라 즉시 조조를 불러들여 엄하게 꾸짖고 밤새도록 훈계를 듣게 했다.

이튿날 숙부가 찾아왔다.

그러자 조조는 갑자기 문 앞에서 졸도하여 간질 발작을 일으킨 병자처럼 괴로워했다.

꾀병인 줄도 모르고 정직한 숙부는 기겁하여 안에 있던 조숭에게 그 사실을 고했다.

아버지도 아끼는 조조의 일이었기에 얼굴이 사색이 되어 뛰어왔다. 그런데 조조는 문 앞에서 놀 뿐 평상시와 조금도 다른 점은 보이지 않았다.

"얘, 조조야!"

"아버님, 무슨 일이십니까?"

"아무 일 없느냐? 지금 숙부께서 달려와 네가 간질을 일으켜 사달이 났다며, 어서 가보라 하기에 깜짝 놀라 달려온 것이다."

"예…? 어째서 숙부께선 그런 새빨간 거짓말을 하셨을까요? 전 보시는 대로 아무 일도 없습니다."

"이상한 사람이군."

"정말이지, 숙부님은 이상한 분입니다. 거짓말해서 사람이 놀라고 당황하는 모습을 보시는 게 취미인가 봅니다. 마을 사람들도 그리 말했습니다. 도련님은 그 숙부님께 뭔가 미운털이라도 박힌 게 아니냐고요. 무슨 일만 있으면 저를 방탕한 아들이라는 둥 골칫덩이라는 둥 또 간질이 있다는 둥 여기저기 떠드시는 것 같습니다."

조조는 천연덕스러운 얼굴로 말했다. 조조 아버지는 그 일이 있은 후로 무슨 일이 생겨도 숙부가 하는 말은 믿지 않게 되었다.

"아버지 속이는 일도 별거 아니군."

우쭐한 조조는 결국 제멋대로 꾀를 부리고 못된 장난질을 계속하며 방탕한 나날을 보냈다.

2

스무 살까지 이렇다 할 직업에도 종사하지 않으며 집안에는 재산이 있고 명문가 자식이다 보니, 숙부의 예언대로 골칫덩이 아들로 통하는 조조였다.

사람들의 미움을 숱하게 받은 만큼 반면에 의협심도 갖추었기에

'똑똑한 사람일세.'

라든지

'조조는 말이 통하네. 여차할 때 의지가 된다니까.'

라며 조조를 둘러싼 일종의 인기도 있었다.

동지들 사이에서도 교현(橋玄)이라든가 하옹 같은 사람들은 오히려 조조의 거침없는 책략과 재주를 남다르다고 여겨 청년들이 모인 장소에서 진심으로 칭찬한 적도 있었다.

"조만간 천하는 어지러워질 걸세. 하루아침에 난국이 되면 이를 수습할 사람도 어지간한 인물로는 부족하네. 어쩌면 최후에 천하를 평정할 사람은 저런 사내일지도 모르지."

그 교현이 어느 날 조조에게 말했다.

"자네는 아직 이름을 얻지 못했으나 난 자네를 능력 있는 청년이라 보네. 기회가 되면 허자장(許子將)이라는 사람과 사귀어두는 게 좋을 걸세."

"자장이란 어떤 인물인가?"

조조가 물었다.

"인물을 알아보는 능력이 상당하네. 학자기도 하고."

"관상쟁이로군."

"그런 엉터리가 아닐세. 훨씬 날카로운 눈을 가진 인물 비평가라네."

"재밌군. 한번 찾아가 보겠네."

조조는 어느 날 허자장을 찾아갔다. 좌중에 제자와 손님이 수두룩했다. 조조는 이름을 밝히고 허자장이 내뱉는 기탄없는 '조조 평(評)'을 듣고자 했으나, 자장은 차가운 눈으로 흘끗 쳐다보았을 뿐 멸시하며 제대로 답을 주지 않았다.

"흐흠…."

조조도 특유의 빈정거림이 바로 앞까지 튀어나와 이렇게 야유했다.

"선생, 연못에 사는 물고기는 매일 보시는 듯하나, 아직 대해를 헤엄치는 큰 고래는 보신 적이 없으신가 봅니다."

그러자 허자장은 학자답게 얇고 거무스름한 입술 사이로 빠진 이를 드러내며 어렵게 입을 열었다.

"이 풋내기가 무슨 소리를 하는가! 자네는 치세의 능신(能臣)이요, 난세의 간웅(奸雄)이로다."

"난세의 간웅이라. 그것참 마음에 드는군."

그 말을 듣자 조조는 만족해하며 돌아갔다.

그 일이 있고 머지않아,

나이 스물에 음북도위 관직에 올랐다.

임무는 황궁 경리(警吏)였다. 조조는 취임하자마자 규율을 어김없이 지키도록 하고 이를 어기는 자는 고관일지라도 가차없이 처벌했다. 마침 십상시 중 건석의 친척이 금령을 어기고 칼을 찬 채 금문 부근을 한밤중에 거니니 조조는 몽둥이로 인정사정없이 무자비하게 죽인 일이 있을 정도였다.

"그 젊은 경리는 규율을 어기면 사정을 안 봐주네."

조조의 명성은 오히려 드높아졌다.

잠깐 사이에 기교위로 지위가 올랐을 뿐 아니라 황건적의 난이 지방에서 봉기하자 정벌군에 편입되어 영천과 그 외 지역에서 전투를 벌였으며, 언제나 붉은 깃발, 붉은 안장, 붉은 갑옷 등 눈에 띄는 차림으로 전쟁터를 질주했다. 일찍이 장량과 장보의 적군을 영천 초원에서 물리친 화공의 전투 때 우연히 마주친 유현덕과 그 휘하의 관우와 장비도,

'대체 어떤 인물인가?'

하고 눈을 크게 뜬 적이 있을 정도였다.

그러한 조조였다.

그 인물됨을 자랑하는 효기교위 조조였다.

왕윤의 집안에 내려오는 칠보의 명검을 건네받아 동탁을 찌르겠다는 서약을 하고 온 조조는 그날 밤 칼을 안고 침상에 누워 도대체 어떤 꿈을 꾸었을까.

3

그 이튿날이다.

평상시처럼 승상부(丞相府)에 출사했다.

"상국께서는 어디 계신가."

아랫사람에게 물었다.

"방금 누각에 드신 후 서원에서 쉬고 계십니다."

조조는 즉시 서원으로 가서 인사를 올렸다. 동탁은 마루 위에 편히 앉아 차를 마시는 중이었다. 옆에는 여포가 우뚝 버티고 서 있었다.

"출사가 늦지 않은가."

조조의 얼굴을 보자마자 동탁은 나무랐다.

실제로 해는 이미 중천에 떠서 승상부의 각 청(廳)에서는 모두 일을 하나 마치고 오후의 휴식을 취하는 시각이었다.

"죄송합니다. 아무래도 제 말이 야위고 쇠약한 노마(老馬)라 걸음이 더딥니다."

"좋은 말이 없는가?"

"예. 녹이 적은 신분이다 보니 좋은 말은 갖고 싶어도 좀처럼 살 수가 없습니다."

"여포."

동탁은 여포를 돌아보며 지시했다.

"내 마구간에서 적당한 말을 한 필 골라 조조에게 주도록 하라."

"예."

그 즉시 여포는 누각 밖으로 나갔다.

됐다!

조조는 여포가 사라지자 심장이 빠르게 뛰었으나 동탁은 무예가 뛰어나고 힘이 대단한 자였다.

'일을 그르치기라도 하면⋯.'

신중을 기하여 틈을 노리는데, 동탁의 몸은 육중하여 조금이라도 오래 앉아 있으면 금세 피로해지는 듯했다.

획 등을 돌린 채 평상 위에 눕는 것이다.

'지금이다! 하늘이 주신 기회다!'

조조는 속으로 쾌재를 부르며 칠보검을 자루에서 슬며시 빼내 등 뒤에 숨기고 평상 아래까지 다가갔다.

그러자 명검의 검광이 동탁 옆에 있는 벽거울에 아지랑이처럼 번쩍하고 비쳤다.

"조조, 지금 번쩍인 게 무엇인가?"

동탁은 벌떡 몸을 일으켜 날카로운 눈빛을 쏘았다.

조조는 칼을 집어넣을 겨를도 없어 가슴이 철렁 내려앉았으나 천연덕스러운 얼굴로 말했다.

"예. 제가 근래에 희대의 명검을 손에 넣은지라 혹 마음에 드신다면 상국께 헌상하려고 차고 왔습니다. 보시기 전에 제가 잠시 닦았더니 그 검광이 방에 가득 찼나 봅니다."

그러고는 당황하는 기색도 없이 칼을 내밀었다.

"흐음…. 어디 보자."

동탁이 손에 들고 보는 사이 여포가 돌아왔다.

"과연, 명검이다. 이 칼이 어때 보이는가?"

동탁은 마음에 들었는지 여포에게도 보여주었다.

"칼집은 여겄습니다. 칠보가 새겨진 장식이 훌륭하지 않습니까?"

조조는 이때다 싶어 여포에게 칼집을 건넸다.

여포는 말없이 칠보검을 칼집에 집어넣고는 조조에게 말했다.

"말을 한번 보시게."

"예. 감사히 받겠습니다."

조조는 서둘러 정원으로 나와 여포가 끌고 온 준마의 갈기를 쓰다듬으며 말했다.

"아…. 훌륭한 말입니다. 원컨대 상국이 보시는 앞에서 한번 시승해보고 싶습니다."

"좋네. 어디 한번 타보게."

동탁도 무심코 우쭐하는 마음에 허락하자, 조조는 안장 위로 휙 뛰어올라 채찍을 내리치기가 무섭게 승상부 문밖으로 달려가 그대로 영영 돌아오지 않았다.

4

"아직도 돌아오지 않았는가."

동탁은 의심이 들어 몇 번이나 중얼거렸다.

"시승해본다면서 도대체 어디까지 간 것이냐, 조조 놈은…."

여포는 그제야 입을 열었다.

"승상, 그놈은 아마도 두 번 다시 이곳에 돌아오지 않을 겁니다."

"어째서?"

"아까 승상께 명검을 바칠 때 거동으로 보아 아무래도 낌새가 수상합니다."

"음. 그때 그놈의 행동은 나도 조금 이상하다 여겼다만…."

"말을 하사받고는 천만다행이라 여기며 쏜살같이 도망쳤을지도 모릅니다."

"그렇다면 살려둘 수 없는 고얀 놈이 아니냐. 이유를 불러라.

어서 이유를!"

갑자기 불같이 언성을 높이며 커다란 몸집을 일으켜 평상에서 내려왔다.

이유는 상세한 일의 내막을 들었다.

"실수하셨습니다. 표범을 우리에서 놓아준 거나 다름없습니다. 조조의 처자식은 도읍 밖에 있으니 분명 상국의 목숨을 노린 겝니다."

"못된 놈. 이유, 어떻게 하면 좋겠는가?"

"한시라도 빨리 조조 집으로 사람을 보내 불러들이십시오. 딴마음이 없으면 들어오겠지만, 아마 그 집에서도 이미 떠났을 겁니다."

혹시나 하는 마음에 즉시 사역병 예닐곱 명을 보냈으나, 과연 이유가 예상한 대로였다.

사역병이 한 보고는 한층 가관이었다.

"조금 전 조조가 누런 털을 자랑하는 준마를 타고 벼락같이 동문을 지나가기에 파수병이 조조를 쫓아가 겨우 성 밖으로 나가는 관문에서 붙들고 힐문했답니다. 조조가 말하기를 나는 승상이 내린 급한 분부를 들고 급히 사신으로 가는 길이다. 네놈이 나를 방해하여 급한 임무를 지체시킨다면 후에 동 상국으로부터 어떤 꾸지람을 들을지 모른다고 하기에 아무도 의심 없이 보내주었고, 조조는 그대로 채찍을 든 채 관문을 넘어 행방을 감추었습니다."

"역시…."

동탁의 노기로 가득 찬 얼굴이 울긋불긋해졌다.

"잔재주가 있는 놈이라 날로 은혜를 베풀고 아껴주었더니, 감히 내 총애에 기어오르고 등을 돌려? 찢어 죽여도 성에 안 차는 놈이다! 이유!"

"예!"

"그놈의 인상착의를 그린 후 여러 주에 모사본을 배부하여 엄중히 포고하라."

"알겠습니다."

"만일 조조를 생포한 자가 있으면 만호후(萬戶侯)에 봉하고, 그 목을 승상부에 바치는 자에게는 천금의 상을 내리겠다."

"곧 배부하겠습니다."

"잠깐…."

이유가 물러나려 하자 동탁은 재빨리 말을 덧붙였다.

"짐작건대 이 농간은 백면랑인 조조 그놈 혼자 꾸민 짓이 아닐 것이다. 분명 그 밖에도 공모한 패거리가 있을 게야."

"물론입니다."

"더욱 중대한 일이다. 조조를 수배하는 일과 추격대에만 집중하지 말고, 한편으로 도읍 내 있는 패거리를 이 잡듯이 수색해서 붙잡으면 철저히 고문하도록!"

"예. 그쪽도 차질 없이 서둘러 준비하겠습니다."

이유는 성큼성큼 걸어 나와서 포수청(捕囚廳) 관리들을 불러 모은 뒤 삼엄한 활동 지령을 내렸다.